KB233478

얼음불

얼음불

지은이 | 카이 마이어
옮긴이 | 김해생
표지그림 | 이영비
펴낸이 | 김서영
펴낸곳 | 토마토하우스
등록 | 2005년 8월 4일 (제406-2005-000027호)
주소 | 413-756 경기도 파주시 교하읍 문발리 파주북시티 520-11
　　　www.sonyunhangil.co.kr
　　　sonyunhangil@hangilsa.co.kr
전화 | 031-955-2012　팩스 | 031-955-2089

Frostfeuer
by Kai Meyer

1판 1쇄 펴낸날 2007년 11월 10일

ISBN 978-89-92089-39-5 43850

값 12,000원

CHANGPO design group **031-955-2080**

• 잘못 만들어진 책은 구입하신 서점에서 바꿔드립니다.

• 이 도서의 국립중앙도서관 출판시도서목록(CIP)은
e-CIP 홈페이지(http://www.nl.go.kr/cip.php)에서 이용하실 수 있습니다.
(CIP제어번호: CIP2007003269)

얼음불

카이 마이어 지음 ✤ 김해생 옮김

얼음불

눈보라 여왕의 고드름

밤과 북극이 끝나는 곳. 그곳에 눈보라 여왕이 다스리는 나라가 안개에 싸여 있다.

그곳이 얼마나 큰지 아는 사람은 아무도 없다. 누구도 특별한 이유 없이 그곳에 가려하지 않는다. 그리고 그 나라의 가장 높은 절벽 맨 꼭대기에 여왕의 궁전이 지금도 그대로 우뚝 솟아 있다는 사실을 아는 사람은 거의 없다. 그곳은 바위와 얼음이 영원히 하나가 되는 곳이다.

눈보라 여왕은 나이가 많다. 그녀가 언제 처음 이 춥고 황량한 곳에 왔는지 아무도 모른다. 눈보라 여왕은 바람과 눈과 마술로 궁전을 지었다. 복도는 끝없이 길고 홀은 한없이 넓어서, 그 안에서 길을 잃고 갇혀 버린 바람들이 살려 달라 울부짖고 있다. 이 방 저 방을 헤매며 몰아치는 눈 폭풍은 단 한 번도 성 밖으로 나와 본 적이 없었다. 이곳에서는 태초의 별빛조차 눈보라 여왕의 눈빛에 잡혀 꼼짝없이 얼음 탑에 갇혀 있었다.

몇 년 전, 오랜 시간이 흐른 것 같지만 사실 그 성의 역사에 비하면 눈 깜짝할 시간에 지나지 않는, 아무튼 그때 흰 독수리 한 마리가 날아들어와 미로와도 같은 그 궁전 안을 재빠르게 헤집고 날아갔다. 그 독수리는 평범한 독수리가 아니었다. 그 사실을 아는 사람은 없었다. 오직 독수리 자신과 증오에 찬 눈빛으로 그를 쫓는 눈보라 여왕만이 알고 있을 뿐. 흰 독수리는 눈보라 여왕에게서 가장 귀중한 것을 훔쳤다. 흰 독수리는 성에가 낀 발톱으로 고드름 하나를 단단히 움켜쥐고 있었다. 눈보라 여왕의 심장에서 떼 낸 것이었다.

이 북극의 여왕처럼 나이가 많고 성격이 차갑고 꾀가 많은 사람은 심장을 가슴에 넣고 다니지 않는다. 심장이란 극악무도한 영혼에 의해서도 녹을 수 있는 것이므로,

가슴에 넣고 다녔다가는 언제 어느 때 감동을 받을지 모를 일이다. 또 가끔씩 찾아오는 행복의 순간에 심장이 더 빨리 뛸지도 모른다.

눈보라 여왕은 이 모든 사태에 미리 대비했다. 수많은 시대를 거슬러 올라간 아득한 옛날에 눈보라 여왕은 가슴에서 심장을 떼 내어 성 안 깊숙이 감춰 두었다. 그곳은 사람의 손도 마법의 힘도 닿지 않는 곳이었다. 그 후 여왕은 자신의 몸속에 추위 외에는 아무것도 넣고 다니지 않았다.

흰 독수리가 침입하기 전까지는 그 누구도 눈보라 여왕의 심장을 보지 못했다. 흰 독수리는 얼음 성벽의 틈새를 통해 궁전 안으로 들어와 여왕의 심장에 내려앉았다. 그리고 고드름 하나를 떼 냈다. 눈보라 여왕은 고드름을 도둑맞고 상심이 매우 컸으나 곧 마음의 안정을 되찾았다. 그러나 고드름이 심장에서 떨어져 나간 순간 여왕의 마력은 눈에 띄게 그 위력이 약해졌다. 눈보라 여왕 같은 사람에게도 약점이 있었으니, 그것이 바로 얼음심장이었다. 이제 눈보라 여왕도 그 사실을 깨달았다.

눈보라 여왕은 난폭한 하인들을 불러 당장 흰 독수리를 잡아, 고드름을 제자리에 도로 갖다 놓으라고 소리쳤다. 그러나 하인들도 흰 독수리를 잡지 못했다.

흰 독수리는 날개를 활짝 펴고 여러 홀과 복도를 굽이굽이 날아갔다. 간혹 맑은 얼음에 비친 자신의 그림자가 옆을 스치고 지나갈 때나 복도에 눈사태가 나 어마어마한 눈덩이가 뒤에서 덮칠 듯 달려들 때면 깜짝 깜짝 놀라기도 했다.

흰 독수리는 드디어 궁전 안으로 들어올 때 지나 온 성벽 틈새로 되돌아 왔다. 독수리가 그 틈새로 다시 빠져나올 때 성에 갇혀 있던 바람들도 함께 빠져나와, 북극의 하늘이 펼쳐놓은 자유의 품에 안겼다.

가파른 얼음벽 주위로 안개가 피어올라, 발아래로 이어진 천 길 낭떠러지는 그 끝이 보이지 않았다. 독수리의 눈으로도 그 깊이를 헤아릴 수 없었다. 밤의 저편에서 무언가 밀려와 암벽에 부딪쳤다. 무엇인지는 몰라도 거기가 바다는 아니었다. 아마도 세상의 끝일 것이다. 어쩌면 이 세상이 생기기 전부터 있었던 것 가운데 여태 남아 있는

것인지도 모르겠다. 아니면 이 세상이 끝난 다음에 닥쳐
올 그 무엇인지도…….

흰 독수리는 허공을 지그재그로 가르고는 풀려난 바람
을 타고 내륙을 향해 미끄러졌다. 바람은 자유를 얻은 기
쁨에 쌩쌩 달렸다. 덕분에 흰 독수리는 그 어떤 새보다 빨
리 얼음 벌판을 지났다.

아래를 보니 도시의 집들이 지붕에 눈을 이고 있었다.
그 지붕들은 눈보라 여왕이 무섭고 두려워 오그리거나 수
그린 채 엎디어 있었다. 흰 독수리는 그 지붕들 아래 자기
를 지켜보는 눈들이 있다는 사실을 알고 있었다. 두터운
모피 모자를 눈이 가리도록 눌러 쓴 그 사람들은 흰 독수
리가 무슨 일을 했는지 잘 알고 있었다. 그들은 흰 독수리
가 고마웠다.

흰 독수리는 얼어붙은 황야를 지나 쏜살같이 날았다.
눈보라 여왕이 복수심에 불타 미친 듯 화를 내며 악을 쓰
는 소리가 등 뒤에서 들리는 듯했다. 흰 독수리는 뒤를 돌
아보지 않았다. 두려웠다. 이 세상 끝자락에 자리 잡은,
밤의 어둠과 눈으로 만든 높은 성벽과 첨탑들. 그 위에 둥

실 떠 있을 여왕의 얼굴을 마주 볼 용기가 나지 않았다.

흰 독수리는 눈보라 여왕의 심장에서 떼 낸 고드름을 발톱으로 단단히 움켜쥔 채 온 힘을 다해 날았다. 멀리, 더 멀리. 남쪽 나라로. 차르(러시아에서는 황제를 '차르'라고 부른다―옮긴이)의 제국으로. 그곳에서라면 잠시 숨을 돌린 후 자신도 숨고 고드름도 숨길 수 있으리라.

도중에 흰 독수리는 썰매를 타고 가는 파란 머리의 아가씨로 변했다. 원래의 모습으로 되돌아온 것이다. 그 아가씨 옆에는 여행 가방과 우산이 놓여 있었다. 그녀는 아직도 뒤를 돌아볼 수 없었다. 누가 미행하고 있다는 사실을 알고 있었던 것이다.

머나먼 길.

특이한 아가씨.

이제 기적과도 같은 놀라운 이야기가 시작된다.

탬슨 스펠웰과 서리 아저씨

1893년 러시아의 수도 상트페테르부르크

한 노인이 겨울궁전 앞 벤치에 앉아 눈송이에게 모이를 주고 있다.

옆에 놓인 작은 가죽 주머니에서 은빛 가루를 한 움큼 꺼내, 부드럽게 웃으며 허공에 뿌렸다. 그러자 잿빛 하늘에서 며칠째 쉬지 않고 내리는 흰 눈송이들이 사방에서 몰려 와 구름처럼 부풀었다. 눈구름에서는 빛이 났다. 눈송이가 땅에 닿았을 때 은빛 가루는 이미 사라지고 없었다. 눈송이가 다 먹어치운 것이었다.

노인은 키가 컸다. 고령에도 불구하고 풍채가 당당했으

므로 누구도 노인의 옆자리에 앉을 엄두를 내지 못했다. 추위에 단련된 그의 얼굴은 무성한 수염에 거의 다 가려져 있었다. 수염은 마치 북쪽 타이가 지방에 내리는 눈처럼 새하얬다. 주름진 눈꺼풀 아래로 푸른 눈동자가 수정처럼 빛나고 있었다.

노인은 곰의 모피로 만든 외투를 입고 있었다. 머리에 쓴 모자에도 눈이 내려 쌓였다. 그러나 노인은 외투에도 모자에도 마음을 쓰지 않는 것 같았다. 외투는 앞이 벌어져 있었고 모자는 허술하게 젖혀져 있었다. 추위 따위는 아랑곳하지 않는 듯했다.

"서리 아저씨, 안녕하세요?"

노인이 머리를 들어 쳐다보았다. 잠시 그의 얼굴에서 미소가 사라졌다. 눈송이에게 모이 주는 일을 방해 받았기 때문이었다. 그러나 곧 말을 걸어온 아가씨를 알아보았다. 노인은 다시 미소 지었다.

"레이디 스펠웰? 탬슨 스펠웰?"

노인이 물었다.

눈보라 속에서 알록달록한 유령 같은 한 아가씨가 나타

탬슨 스펠웰과 서리 아저씨

났다. 땅에 끌리는 진홍색 외투 아래로 송곳니처럼 뾰족하게 나온 보라색 구두가 보였다. 머리에 쓰고 있는 펠트 모자는 엄청나게 컸으며, 마치 누가 깔고 앉은 것처럼 눌려 손풍금 모양으로 주름 져 있었다. 울긋불긋한 목도리는 그녀의 목을 여러 번 감고도 그 끝이 땅에 닿을 듯했다.

접어서 한쪽 손에 들고 있는 우산도 무지개 색이었다. 다른 손에는 닳아빠진 가죽가방이 들려 있었다. 그녀는 벤치 앞에 서서 턱으로 빈 자리를 가리키며 물었다.

"앉아도 돼요?"

서리 아저씨는 은빛 가루가 든 주머니를 닫아 외투 속에 넣었다.

"감히 내 옆에 앉으려 하는 사람은 참으로 오랜만이군."

탬슨은 자리에 앉아 가방 손잡이에 우산을 끼우고는 옆에 쌓인 눈 더미 옆에 놓았다. 그러고는 뭉툭한 벙어리장갑을 쥔 채 양손을 무릎에 놓았다. 제비꽃 같은 파란 곱슬머리 몇 올이 찌그러진 모자챙 아래로 삐져나온 모습이 마치 낯선 곳에 사는 새의 깃털 같았다.

“저 사람들, 아저씨가 누군지 아나요?”

탬슨은 추위에 목을 잔뜩 움츠린 채 드문드문 궁전 앞 광장을 지나가는 사람들은 가리켰다. 장막과도 같은 눈발 너머로 말이 끄는 썰매가 달렸다. 아무도 벤치에 앉아 있는 특이한 두 사람에게 주의를 기울이지 않았다.

곰처럼 우람한 노인이 기운 없이 머리를 가로저었다.

“사람들은 내가 그들과 거리를 두고 싶어 하는 줄 알아. 내 진심을 모르지. 옛날에는 그러지 않았는데…….”

탬슨은 노인의 입에서 보드카 냄새가 나는 것 같다고 생각했다. 러시아의 겨울왕조차도 과거를 그리워하다니! 참으로 어두운 시절이야. 탬슨은 생각했다.

“제가 부르는 소리를 금방 알아들으셔서 다행이에요.”

탬슨이 말했다.

“네 아버지는 내 친구였어.”

서리 아저씨는 잠시 망설이더니 이렇게 덧붙였다.

“그런 일을 당해서 참 안됐구나.”

탬슨은 아버지가 돌아가신 지 얼마 지나지 않았기에 그의 죽음을 입에 올리고 싶지 않았다.

탬슨 스펠웰과 서리 아저씨

"언제부터 이렇게 눈이 많이 오죠?"

서리 아저씨는 하늘을 쳐다보았다.

"며칠 전부터. 너는 내가 눈이 오게 만든 줄 알겠지만, 아니야. 나는 아무 짓도 안 했다. 이 눈은 나도 어쩔 수가 없어."

탬슨은 상트페테르부르크가 이런 폭설에 휩싸인 이유는 오직 한 가지뿐이라는 생각에 나지막이 욕을 내뱉었다.

"지금 가지고 있니? 눈보라 여왕의 고드름?"

서리 아저씨가 머뭇거리지 않고 물었다.

탬슨은 머리를 끄덕였지만 고드름을 외투에서 꺼낼 기색은 보이지 않았다. 고드름 때문에 가슴이 차가웠다. 그것을 다시 내놓아야 한다는 생각을 하면 가슴이 아팠다. 오래 지니고 있을수록 더욱더 그랬다.

"나는 싫다."

서리 아저씨가 말했다.

"넌 그것 때문에 온 거지?"

탬슨은 절망감에 휩싸여 잠시 눈을 감았다.

"그럼 누구한테 맡겨요?"

“대체 누구를 위해 그걸 훔쳤니?”

“몇 달 전 눈보라 여왕의 나라에서 활동하는 한 혁명 단체가 아버지와 저에게 연락했어요. 그들은 몇 년 전부터 반란을 계획하고 있어요. 그들은 제 아버지 같은 사람만이 눈보라 여왕을 무너뜨릴 뭐랄까…… 능력이 있다는 사실을 알고 있었어요.”

“너 역시. 매우 특별한 능력이지.”

탬슨은 서리 아저씨 옆에 앉은 이후 처음으로 미소를 지었다.

“아버지에 비하면 저는 애송이예요.”

“그 아버지에 그 딸이지.”

잠시 그녀의 미소가 더 밝아졌다. 그러나 곧 다시 어두워진 얼굴로 말했다.

“아저씨가 고드름을 맡아 주시기를 바랐어요. 아저씨 말고는 믿고 맡길 사람이 아무도 없어요.”

서리 아저씨는 머리를 가로저었다.

“그러면 내가 화를 입는다. 누구든 그 고드름을 오래 지니고 있으면 영혼이 얼어버려.”

순간 그의 눈에서 번쩍 하고 빛이 났다. 아마도 두려움 때문일 것이다. 아니면 전혀 다른 이유가 있거나.

"그 물건에서 손을 떼기로 한 결정은 옳다. 하지만 방법은 오직 한 가지뿐이야."

"그게 뭐죠?"

탬슨의 이마에 주름이 생겼다.

"눈보라 여왕에게 돌려줘."

탬슨은 혹한에 메마르고 갈라진 두 입술을 꼭 다물더니 잠시 후 말했다.

"안 돼요."

"하지만 너도 줄곧 그 생각을 했잖아."

"아니에요."

탬슨은 거짓말을 했다.

"아버지는 고드름을 훔치려다 돌아가셨어요. 눈보라 여왕이…… 여왕이 아버지를 죽였어요."

스펠웰 마법사의 몸뚱이는 얼음으로 변해 눈보라 여왕의 궁성에 그대로 남아 있다. 수많은 얼음 탑 가운데 한 곳에 조각상처럼 선 채. 그곳은 정적만이 흐를 뿐, 아무도 오지 않는 쓸쓸한 곳이다.

템슨의 아랫입술이 실룩거렸다.

"제 손으로 돌려주느니 차라리 저도 아버지처럼 죽겠어요."

서리 아저씨는 부드럽게 웃으며 떨리는 오른손으로 템슨의 두 손을 덥석 잡았다.

"용감한 말이다, 템슨 스펠웰. 우리는 이전에 단 한 번 만났지. 그때 너는 아직 어린아이였어. 하지만 네 아버지는 너를 매우 용감한 아이라고 했지."

"고드름을 맡아 주세요."

템슨이 간청했다.

"안 돼."

서리 아저씨는 손을 도로 빼서 흰 수염을 쓰다듬었다.

"이것은 오직 너 혼자만의 싸움이고 네가 결정할 일이다. 그런데 지금 몇 살이지?"

"스물다섯이요."

"나이보다 어려 보이는구나."

"산보다도, 숲보다도 나이가 많으신 분이 그걸 어떻게

아세요?"

서리 아저씨의 웃음소리가 얼음이 갈라지는 것처럼 쩡쩡 울렸다.

"네 말이 맞는지도 모르겠다. 그래도 이 늙은이의 충고를 들으렴. 고드름을 눈보라 여왕에게 돌려줘. 안 그러면 여왕이 너도 죽일 거다. 여왕의 제국이 너와 무슨 상관이냐? 그 나라 백성들이 노예처럼 살건 말건. 응?"

탬슨은 머리를 여러 번 가로저었다. 그녀의 결심은 단호했다. 식어버린 잿더미에서 불길이 일듯 갑자기 새로운 힘이 솟아올랐다.

"여왕의 백성들 때문에 이러는 게 아니잖아요. 이제는 그때문이 아니에요."

탬슨은 잠시 침묵했다.

"여기 와 있어요? 상트페테르부르크에?"

서리 아저씨는 머리를 끄덕였다.

"이 눈도 여왕이 몰고 온 거야. 눈송이에게 모이를 주니까 재잘재잘 말을 하더라."

"여왕은 어디에 묵고 있어요?"

　서리 아저씨는 눈보라 여왕이 묵고 있는 장소를 가르쳐 주었다.

　탬슨은 구겨진 모자를 바로 편 후 벤치에서 몸을 일으켰다.

　"이제 어쩔 셈이냐?"

　서리 아저씨가 물었다.

　"여왕이 저를 찾아오도록 할 거예요."

　"그 다음에는?"

　"그 다음에는…… 제 임무를 완수해야죠. 저희 집안에서 대대로 해 오고 있는 일이에요."

　"아버지의 원수를 갚겠다고?"

　서리 아저씨의 말투에는 실망감이 서려 있었다.

　탬슨은 우산과 가방을 들고 서리 아저씨 앞에 섰다.

　"눈보라 여왕은 심장의 고드름을 되찾으려 할 거예요. 제가 그것을 가지고 있다는 사실을 여왕도 알아요. 그러니 저를 찾아오겠죠."

　"눈보라 여왕에게 덫을 놓는다고?"

　탬슨은 대답하지 않았다.

"그건 아주 어리석은 생각이야!"

"안녕히 계세요."

탬슨은 노인에게 작별 인사를 했다.

"잠깐!"

탬슨은 땅을 쳐다보던 눈을 들어 서리 아저씨를 쳐다보았다.

"네가 알아둬야 할 것이 있다."

서리 아저씨는 어른이 철없는 아이에게 말할 때처럼 깊은 한숨을 내쉬었다.

"갑작스럽게 닥친 겨울, 폭설, 혹한…… 이 모든 것이 눈보라 여왕 때문이야."

"그런데요?"

"네 생각에는 눈보라 여왕이 돌아갈 때 이 모든 것을 겨울 날씨의 옷자락 끌 듯 끌고 갈 것 같지? 하지만 그렇게 간단한 게 아니란다. 이번 추위는 본질적으로 달라. 게다가 이건 맛보기일 뿐이다."

탬슨은 의아한 눈으로 서리 아저씨를 쳐다보았다.

"네가 여왕의 심장에서 고드름을 훔치고 나서 여왕의

힘은 약해졌어."

서리 아저씨가 계속 말했다.

"이 세상이 생기기 전에 태초의 추위가 있었다. 그 추위가 지금 눈보라 여왕의 몸에서 빠져나와 잃었던 자기 자리를 되찾으려 하고 있어."

"그러면 더 추워지나요?"

"훨씬 더 추워져."

서리 아저씨가 암울하게 말했다.

"여왕이 고드름을 되찾고 힘도 되찾아야만 추위를 벽장에 가둘 수 있어. 그러지 않으면 상상하지도 못할 끔찍한 추위가 엄습할 거야. 나조차도 그 추위는 오래 견디지 못할 거다."

"저한테 시간이 얼마나 있죠?"

"기껏해야 며칠뿐이야."

탬슨은 무지개 색 우산을 쥐고 있던 손에 잔뜩 힘을 주었다. 찌그러진 가방 안에서 뭔가 꿈틀거렸다. 아주 조그맣게 달그락거리는 소리가 났다.

"알려주셔서 고맙습니다."

탬슨 스펠웰과 서리 아저씨

탬슨은 인사를 하고 그곳을 떠났다.

서리 아저씨는 서글픈 표정으로 주머니를 꺼내 눈송이
에게 모이를 흩뿌렸다. 그 모이 속에는 잊혀진 마법이 들
어 있었다.

마우스와 올빼미

마우스는 여자였다. 하지만 그 사실을 아는 사람은 별로 없었다. 대부분은 마우스를 남자라고 생각했다. 그리고 마우스도 거울을 보며 종종 자기가 남자라고 생각할 때가 있었다.

사실 마우스는 도둑이었다.

격조 높은 오로라 호텔의 복도 안에서, 마우스는 악마의 무리에게 쫓기기라도 하듯 정신없이 달렸다. 한 남자가 마우스 뒤를 바짝 쫓았다. 호텔 방을 터는 도둑들에게는 재수 없는 날이었다. 마우스처럼 노련한 도둑도 예외는 아니었다.

오로라 호텔의 맨 위층은 특별한 손님만이 투숙할 수 있었다. 그곳 황실 스위트룸에서는 네브스키 광장의 번화가가 훤히 내다 보였다. 그 방에서 하룻밤 지내는 데 드는 돈은 상트페테르부르크의 일반 시민이 일 년 내내 번 돈을 다 들여도 모자랐다.

마우스는 황실 스위트룸을 향해 은제(銀製) 전등이 달린 천장 아래를 달렸다. 복도 굽이마다 값비싼 도자기로 만든 침받이가 비치되어 있었고, 벽에는 묵직한 마호가니 서랍장들이 늘어서 있었다. 마우스가 그 곁을 지나 달리자 서랍장 위의 레이스 덮개가 펄럭였다.

이따금 마우스는 목을 길게 빼고 자신을 뒤쫓는 사람이 얼마만큼 와 있는지 살폈다. 아직은 간격이 많이 벌어져 있었다. 아마도 그의 추적을 따돌린 일이 처음은 아닌 모양이었다.

마우스는 급사 제복을 입고 있었다. 그 옷에는 손님들이 첫눈에 알아볼 만큼 많지는 않지만 여러 군데 꿰맨 자국이 있었다.

제복은 보라색 벨벳으로 지은 바지와 재킷이었는데, 재

킷에는 은은한 빛이 나는 버클이 달려 있었다. 견장의 술 장식은 마우스가 카펫에서 잘라 꿰매 붙인 것이었다. 구두는 티끌 하나 없이 반짝반짝 닦여 있었다. 구두를 닦는 일도 마우스가 이 호텔에서 하는 일이었다. 손님들이 객실 문 밖에 구두를 내놓으면 마우스가 밤에 모두 걷어 지하실로 가지고 갔다. 그리고 새벽이 오면 반짝반짝 빛이 나게 닦은 구두를 객실 문 앞에 도로 갖다 놓았다. 한 켤레도 주인이 뒤바뀌는 일 없이 정확하게.

대단한 능력이라고 무도회장의 직업 댄서인 쿠쿠시카는 주장했지만, 마우스는 아무것도 아니라고 했다. 단지 밤에 일하고 낮에 자기만 하면 되는 일이었다. 게다가 그 일을 하지 않을 수 없는 사람에게는 그것조차 내세울 거리가 못 되었다.

마우스의 등 뒤에서 발자국 소리가 커졌다.

그 오랜 세월을 잘 버텼는데 왜 하필 오늘 붙잡혀야만 하지? 그럴 만한 이유라도 있었나?

마우스는 오늘 자신이 한 일을 찬찬히 되새겨 보았다. 저녁 때 자기 접시를 다 비우고 손님들이 접시에 남긴 음식도 깨끗이 먹어치웠다. 급사들과 청소부들이 놀렸지만 마우스는 무시했다. 그들이 드러내놓고 자기 흉을 보아도 마우스는 못 들은 척했다. 그들은 마우스를 '여자 선머슴'이라고 불렀다.

"여자 선머슴이 나가신다. 지독하고 고약한 신발 냄새가 나누나!"

마우스는 이런 일을 매일 매일 잘 참고 견뎠다. 잘못한 일도 없었다. 정말 아무 잘못도 하지 않았다!

아니, 이 좀도둑질은 빼고. 하지만 처음 하는 일도 아닌데…… 그리고 여태까지 언제나 잘 빠져나오지 않았나?

마우스는 다시 한 번 뒤를 돌아보았다. 뒤쫓는 발자국 소리는 바닥에 깔린 두터운 카펫에 묻혀 거의 들리지 않았다. 마우스는 제복 호주머니에서 금 브로치를 꺼내 손에 꼭 쥔 채 생각에 잠겼다.

방문은 잠겨 있지 않았어. 그건 내 잘못이 아니잖아? 그리고 브로치는 옷 더미 위에 무방비로 놓여 있었다고. 절도를 조심하라고 여기저기 경고문이 나붙어 있었건만. 더구나 요즘처럼 어려운 시절에…… 브로치 주인이 좀 더 주의를 기울였어야 했어.

그래. 내 잘못이 아냐. 난 그저 그 물건이 자기를 주머니에 넣으라고 유혹하는 말을 들었을 뿐이야. 어차피 이미 일어난 일인걸. 사모님, 죄송합니다!

그 브로치를 지하실에 있는 노획물 보관 장소에 갖다놓는 일은 자존심이 걸린 문제다. 어쨌든 나중 문제였다. 우선은 그 물건에서 손을 떼야 했다. 아무도 모르는 곳에 감춰야 했다. 일단 자신의 몸에서 그 물건이 나오지 않도록 말이다.

특히 올빼미에게는 절대 들켜서는 안 된다. 올빼미는 예전부터 마우스를 절도 현장에서 잡으려고 혈안이었다. 증거가 없으면 절도죄가 성립하지 않으니 마우스를 처벌할 수 없었다.

끝없이 긴 복도에는 서랍장 두 개만이 달랑 놓여 있었다. 서랍은 모두 아교 칠이 되어 있었다. 그 복도에 있는 유일한 문은 황실 스위트룸의 출입문이었다. 금테를 두른 침받이가 있었지만 훔친 물건을 숨기기에는 형편없는 장소였다.

마우스와 올빼미

마우스는 땀이 났다. 뛰느라 그런 것만은 아니었다. 슬슬 사태가 심각해졌다. 올빼미는 이미 오래전부터 마우스의 유죄를 증명하려고 애썼다. 마우스는 다시 생각에 잠겼다. 올빼미에게 들키면 내 뒷덜미를 잡고, 복도를 지나 호텔 입구 로비까지 질질 끌고 갈 거야. 그러고는 지배인에게 '도둑을 잡았소. 이 여자 선머슴이 범인이오.' 하고 자랑스럽게 말할 거야. 그러면…… 그래, 그러면 나는 호텔에서 쫓겨날 거야. 이 추운 러시아의 겨울밤에. 갈 곳도 없는데. 빵 한 조각, 뜨거운 차 한 잔 살 돈조차 없는데…….

호텔에서 쫓겨나면 누군가 나를 죽이지 않더라도 그냥 얼어 죽거나 굶어 죽을 거야.

마우스는 얼른 조치를 취해야 했다. 잠시 브로치를 삼킬까 생각도 했다. 하지만 그 물건은 마우스의 엄지보다도 더 컸고, 고정 핀도 붙어 있었다. 좋은 생각이 아니었다.

복도의 삼분의 일을 지났을 때 바로 뒤 모퉁이에 올빼미의 그림자가 보였다. 복도 한 가운데는 황실 스위트룸의 출입문이 있었다. 문 양쪽에 멋진 기둥이 서 있고, 문 위 벽면에는 으르렁대는 곰의 형상이 돋을새김되어 있는 화려한 문이었다. 그 앞에 구두 두 켤레가 있었다.

오늘 구두를 걷으면서 아직 여기까지는 오지 않았었다. 마우스가 복도에서 밀고 다니며 손님들의 구두를 싣는 수레는 지금 한 층 아래에 있다. 때때로 마우스는 그 수레에 백 켤레가 넘는 구두를 싣기도 했다.

마우스는 여러 해 전부터 호텔 투숙객의 구두를 담당해 왔으므로 구두의 모양, 크기 그리고 가죽의 종류에 통달해 있었다. 그러나 이렇게 특이한 구두는 생전 처음 보는 것이었다.

한 켤레는 값비싼 숙녀화였다. 금과 은으로 섬세하게 세공된 장식이 붙어 있었고, 굽이 높았다. 수정으로 만든 것 같이 보였다.

다른 한 켤레는 완전히 딴판이었다. 납작하고 장식도 없는 낡은 가죽 구두였다. 주방 입구에서 남은 음식을 구걸하던 거지들의 신과도 같았는데, 상태가 매우 특이했다. 한 일 년 정도 바람 부는 숲 속에 방치되어 온갖 짐승들에게 여기 저기 물어뜯긴 듯했다.

마우스는 그 구두에 대해 길게 생각할 시간이 없었다.

너덜너덜한 가죽 구두 한 짝에 브로치를 쑤셔 넣고는 뒤
로 돌아 추적자를 살폈다. 수정 구두에 손을 대기는 왠지
꺼려졌다. 올빼미는 보이지 않았다. 한 순간 마우스는 소
름이 끼쳤다. 그제야 비로소 평소와 다르게 유난히 춥다
는 사실을 깨달았다. 마치 이 문을 열면 따뜻한 스위트룸
으로 들어가는 것이 아니라, 눈보라가 회오리치는 네브스
키 광장으로 나갈 것만 같았다.

마우스는 용수철처럼 튀어 일어나 브로치와 구두와 스
위트룸을 뒤로하고 달렸다. 그리고 다음 모퉁이를 돈 후
안도의 한숨을 내쉬려 했다.

그 순간 올빼미가 다가와 마우스의 팔을 붙들었다.

올빼미는 마우스의 겨드랑이 아래에 손을 넣어 힘들이
지 않고 바닥에서 마우스를 들어올렸다. 그러고는 마우스
가 발버둥치기를 그만둘 때까지 기다렸다. 이제 마우스의
얼굴과 올빼미의 얼굴이 같은 높이에 있었다.

"마우스."

올빼미는 이렇게만 말했다. 마우스에게 최후의 순간이
다가왔음을 알리는 어조였다.

올빼미는 호텔의 야간 경비원이었다. 마우스와 마찬가지로 올빼미도 매일 밤 혼자서 오로라 호텔을 돌았다. 그의 본명이 무엇인지 아무도 몰랐다.

올빼미는 키가 컸다. 거의 마우스의 두 배쯤 되었다. 어깨도 어찌나 넓은지, 마우스의 눈에는 복도처럼 보였다. 그의 손은 삽과도 같아서 마우스와 같은 좀도둑의 머리를 잡아채기에 안성맞춤이었다. 얼굴은 크고 평평했으며, 광대 사이가 하도 넓어서 코앞에서 보자니 한 번에 한 쪽씩 나누어 봐야 했다. 바위로 깎은 듯 거친 그의 얼굴은 마우스의 시야에 다 들어오지 않았다.

"마우스."

그가 또 말했다. 아까보다 더 위협적인 어조였다.

"이거 놔요!"

마우스는 발로 올빼미를 차려고 했다. 하지만 겁이 나면서 유치한 발상이라는 생각이 들었다. 올빼미에게 마우스는 모기 한 마리 정도에 지나지 않는 상대일 터였다.

올빼미는 마우스에게 뜻 모를 눈빛을 다시 한 번 던지고는 바닥에 내려놓았다. 그러고는 왼손으로 여전히 마우

스의 팔을 꽉 잡은 채 오른손으로 마우스의 제복을 더듬
었다.

"호주머니."

올빼미가 말했다.

사실 마우스는 올빼미가 자기를 꽉 잡고 있어 다행이라
고 생각했다. 무릎이 덜덜 떨려 서 있기도 힘든 지경이었
기 때문이다.

"호주머니!"

그가 다시 한 번 소리 질렀다.

마우스는 잠시 후에야 비로소 올빼미가 무엇을 원하는
지 알아들었다. 어쩐지 짐승이 킁킁대는 소리를 해독하는
것 같이 느껴졌다.

마우스는 떨리는 손가락으로 바지 주머니를 뒤집어 보
였다. 한쪽 주머니에서 땅콩 한 알이 굴러 떨어졌을 뿐,
아무것도 없었다.

올빼미는 한쪽 눈썹을 치켜올렸다.

"아무것도 없어요."

마우스는 공격은 최상의 방어라는 말이 생각나 이렇게

쏘아붙였다. 이 격언을 누가 생각해냈건, 분명 안전한 장소에서 생각해 냈을 거야. 머리를 기대고 편안히 앉아서. 이렇게 긴박한 위기의 순간에 생각하지는 않았겠지. 마우스는 생각했다.

"흠?"

올빼미가 콧소리를 내고는 위협하듯 몸을 앞으로 굽혔다. 인간 탑이 덮칠 것만 같아 마우스는 몹시 어지러웠다.

"아무것도 안 훔쳤어요."

마우스가 완강하게 말했다.

아차! 이건 실수다, 하는 생각이 마우스의 머리를 스쳤다. 올빼미는 마우스에게 무엇을 훔쳤다고 몰아세우지 않았다. 이제 마우스가 제 발이 저리다는 사실을 올빼미가 알아버렸다.

올빼미가 무서운 이유는 몸집이 크고 힘이 세기 때문만은 아니었다. 그보다는 사람들이 그를 과소평가하고 있다는 사실이 더 위험했다. 물론 그는 몸집이 엄청나게 컸고, 누구라도 그에게서 한 대 맞는 순간 저 세상으로 갈 수 있었다. 그러나 동시에 과묵한 성격 때문에 웃자란 아이 같이 서툰 인상도 풍겼다.

마우스는 그가 일부러 그런 인상을 풍긴다는 의혹을 떨칠 수 없었다. 남몰래 칼날 같은 간계를 숨기고 있으리라고 마우스는 확신했다. 그가 마음만 먹으면 그 거인 같은 몸집으로도 고양이처럼 소리 없이 움직일 수 있었다. 종종 생각지도 않은 곳에서 갑자기 마주칠 때도 있었고, 동시에 여러 장소에 나타나는 것 같은 느낌이 들 때도 있었다. 그리고 올빼미가 없어도 그의 눈과 귀는 어디에나 있었다.

눈빛으로 보건대 올빼미는 마우스가 브로치를 훔쳤다고 확신하고 있었다. 그는 알고 있는 게 분명했다. 어떻게 알았을까?

쿠쿠시카는 마우스에게 호텔 직원 가운데 몇 사람은 올빼미가 비밀경찰의 끄나풀이 아닐까 의심하고 있다고 일러주었다. 그것은 마우스가 보기에 너무도 그럴 듯한 소문이었다. 비밀경찰 요원들은 교활하고 잔혹했으므로 온 국민의 미움을 받고 있었다. 하필 그들 가운데 한 사람이 마우스의 철천지원수다? 그럴 가능성은 너무도 높았다.

마우스는 쿠쿠시카에게서 그 말을 듣기 전에 어째서 스스로 그 생각을 못했는지, 오히려 그 사실이 더 놀라웠다. 끄나풀이라…… 그렇겠지!

이 교활한 괴물은 자신의 개인적인 욕망을 채우기 위해 마우스를 희생양으로 삼았다. 마우스라는 이름 외에는 아무것도 가진 것이 없는 이 여자 아이를.

마우스는 이 호텔에서 태어났다. 호텔 밖으로는 나가 본 적도 없었다. 모두들 그녀를 여자 선머슴이라고만 불렀다. 그녀의 몸은 너무 말랐고, 머리칼은 채칼로 자른 듯 짧았다. 올빼미는 이런 여자 아이를 표적으로 삼고, 모든 것을 다 알고 있다는 듯 분노에 찬 눈으로 노려보았다.

마우스는 위기를 모면했다. 그녀는 훔친 물건을 구두 속에 숨기면 정말로 올빼미를 속일 수 있다고 믿었을까?

마우스는 눈을 감고 이제부터 벌어질 사태를 각오했다.

그녀의 위 팔뚝을 잡고 있던 손아귀가 느슨해졌다. 아주 잠깐, 눈을 뜨면 올빼미가 사라지고 없을 것 같은 희망이 슬며시 일었다. 마치 어떤 환영처럼.

물론 올빼미는 사라지지 않았다. 그는 거기 꼼짝 않고

마우스와 올빼미

서서 마우스를 뚫어져라 쳐다보고 있었다. 그의 표정은
진흙으로 빚은 얼굴처럼 굳어 있었다.

"나는 너를 감시하고 있어."

그가 낮은 목소리로 말했다.

마우스는 어쩔 수 없이 머리를 끄덕였다.

"나는 네가 무슨 짓을 하는지 다 알아."

그 순간 너무도 끔찍한 소름이 온 몸에 퍼져 마우스는
본능적으로 몸을 홱 돌려 달아났다. 마우스는 다시 복도
모퉁이를 돌아 달렸다. 차디찬 복도를 따라 황실 스위트
룸을 지났다. 그 구두를 다시 쳐다볼 겨를도 없었다. 나중
에 다시 와서 닦는다 하고 가져가면 되니까.

올빼미는 따라오지 않았다. 하지만 마우스는 올빼미의
그림자를 보고 그가 여전히 거기 있다는 사실을 알았다. 그
자리에서 꼼짝 않고. 어쩌면 거기에는 정말 그의 그림자만
있을 뿐 올빼미는 이미 딴 데로 가고 없을지도 몰랐다.

나는 너를 감시하고 있어.

마우스는 그 말을 믿었다.

또 한 모퉁이를 지났다. 목재로 마감 처리를 한 벽면을

지나 샹들리에가 달린 천장 아래로 달렸다. 마우스가 달릴 때 이는 바람에 샹들리에의 유리 장식이 짤랑거렸다.

나는 네가 무슨 짓을 하는지 다 알아.

마우스는 드디어 엘리베이터 승강장의 살문 앞에 도달했다. 몰골이 말이 아니었다.

"마우스, 안녕!"

춥고 어두운 바깥세상

막심이 엘리베이터 안에 서 있었다. 한 손으로는 열린 미닫이문을 잡고, 다른 손으로는 기다란 레버를 잡고 있었다. 그 레버를 움직여야 비로소 엘리베이터가 층마다 오르내릴 수 있었다. 막심은 엘리베이터 보이였다.

마우스는 막심 앞에 몇 발짝 떨어져 서 있었다. 엘리베이터 내벽은 반짝거리는 황동과 금과 거울들로 치장되어 있었고, 전등 불빛이 엘리베이터의 좁은 공간을 석양빛으로 물들이고 있었다. 그 광채가 밖으로 흘러나와 마우스의 발끝에 닿았다.

막심은 마우스에게서 눈을 돌려 복도를 둘러보았다.

“구두 수레는 어디 있어?”

엘리베이터 보이들은 마우스가 구두 수레를 엘리베이터 안에 밀고 들어오는 일을 못마땅해했다. 마우스는 이미 오래전부터 신발들에서 나는 냄새를 못 느꼈지만, 그들은 구두 수레가 한 번 엘리베이터에 들어오면 땀 냄새와 가죽 냄새가 한 시간 이상 진동한다고 했다. 고약하게도 호텔에는 엘리베이터가 이것 한 대밖에 없었다. 그렇다고 수레를 밀고 계단을 오르내릴 수는 없는 일이었다. 이 엘리베이터는 미국의 오티스라는 사람이 개발한 신기술로 만든 최신형으로, 러시아에서는 오로라 호텔이 최초로 수입했다. 실제로 오로라 호텔의 고위 경영진은 이 엘리베이터를 매우 자랑스럽게 여겼다.

막심은 평범한 엘리베이터 보이가 아니었다. 그는 열여섯 살인데, 엘리베이터 보이들 가운데 가장 나이가 많았고 경험도 가장 많았다. 그에게는 타고난 통솔력이 있었다. 게다가 잘 생기기까지 했다. 한때 마우스는 남몰래 막심을 사랑했었다. 하지만 어느 날 돈 많은 투숙객의 딸이 그에게 키스할 때 그가 잔돈 몇 푼 때문에 가만히 있는 것을 보고는 그만 두었다.

"뭐야?"

그가 물었다.

마우스는 그의 말투에 조롱이나 꿍꿍이속이 숨어 있는
지 살폈으나 찾아내지 못했다. 정말로 단지 친절하게 대
하려는 것뿐인지도 모르지. 마우스는 생각했다.

"뭐야라니, 뭐가?"

마우스가 서먹한 태도로 물었다.

"네 수레."

"아, 그거…… 바로 아래층에 있어."

"내가 데려다 줄까?"

엘리베이터 보이들은 모두 자신의 일에 대한 자부심이
대단했다. 엘리베이터를 어깨에 메고서라도 층층이 다닐
기세였다. 뿐만 아니라 그들의 제복은 매우 멋있었다. 빨
간 벨벳으로 지은 옷에 엘리베이터 장식과 똑같은 금도금
장식이 달려 있었다. 그들이 엘리베이터 안에 서면 거울에
반사되어 번쩍이는 공간과 완전히 하나가 되었다. 지배인
은 그들을 '황금 소년들' 이라 부르며 자랑스러워했다.

"그냥 계단으로 갈래."

마우스는 이렇게 말하고 돌아서려 했다.

"어서 타. 어차피 한밤중에는 엘리베이터를 타는 사람도 없어서 심심해."

그래서 나더러 친구 해 달라고? 막심은 지금까지 마우스에게 손님이 엘리베이터에 남긴 더러운 구두 발자국만큼도 관심을 보인 적이 없었다.

마우스는 조심스럽게 다가갔다. 이제 마우스의 몸이 황금 불빛 속에 완전히 싸였다. 어떤 유치한 이유에서인지 마우스는 갑자기 자신이 진짜 여자처럼 느껴졌다. 마치 신비의 빛이 이번에는 엘리베이터 보이뿐만 아니라 자기 자신도 훨씬 더 예뻐 보이게 만든 것 같았다.

"5층?"

막심이 묻고는 마치 차르가 몸소 그의 엘리베이터에 타기라도 한 양 레버를 잡은 손으로 자세를 취했다.

마우스는 잠시 망설이다 아무도 없는 복도를 마지막으로 한 번 더 둘러보고는, 좁은 틈을 넘어 엘리베이터 안으로 들어갔다. 그녀가 발을 디디자 카펫이 깔려 있는데도 낮고 둔탁한 소리가 났다. 마우스는 약간 어지러웠다. 발아래 깊고 어두운 낭떠러지가 있다는 생각에 줄곧 불안했다.

막심이 승강장의 살문을 닫자 마우스는 막심 옆에 나란히 섰다. 그러면 그의 시선을 피할 수 있을 테니까. 그러나 마우스는 너무 흥분한 나머지 벽에 붙은 거울은 미처 생각하지 못했다. 그녀는 도망 다닌 끝이라 아직도 숨이 찼다. 어디를 보아도 자기를 쳐다보는 금발의 소년이 있었다.

마우스는 거울을 싫어했다. 그녀는 나이에 비해 너무 작고 말랐다. 거울을 쳐다보면 정말이지 여자다운 면을 찾아보기 힘들었다. 엘리베이터 불빛 아래 서면 누구나 건강해 보였건만 마우스는 거기서도 창백했다. 입술조차도 혈색을 띠지 않아 아주 얇아 보였다. 그녀의 암갈색 눈은 언제나 좀 피곤해 보였다. 사실 언제나 좀 피곤했다. 말단 직원들의 수장인 지배인은 마우스더러 사내아이처럼 보여야 한다고 말했다. 점잖은 손님들이 여자 아이를 밤새 혹사시킨다고 언짢게 생각할지도 모르니까.

마우스는 아주 어릴 때부터 사내아이처럼 보였다. 여자

답게 보이려는 생각은 해본 적도 없었다. 여자 선머슴. 그
것이 마우스의 모습이었다.

엘리베이터가 덜컹하고 움직이기 시작했다. 머리 위 갱
도에서 증기 엔진이 왱왱 소리를 냈다. 육중한 톱니바퀴
가 삐걱거리며 돌았다.

"제복 멋지다."

마우스는 침묵이 부담스럽고 어색해서 이렇게 말했다.

"고마워."

막심은 이렇게 말하고는 자신의 시선으로 마우스의 옷
을 훑었다.

그래. 그럴 차례지. 견장을 카펫 술로 고친 것도 발견할
거야. 마우스는 씁쓸하게 생각했다.

"너도 이런 거 하나 가질래?"

막심이 물었다. 마우스는 아직도 그의 눈을 바로 볼 수
없었다.

"이런 거?"

그녀는 불확실해서 되물었다.

"내 것 같은 제복."

“나는 엘리베이터 보이가 아니야.”

그리고 영원히 되지 못할 거야. 마우스는 속으로 덧붙였다. 지배인은 여자 아이를 좋아하지 않으니까. 비록 사내같이 보여도.

“괜찮아. 나 작년에 키가 거의 머리 하나만큼 자랐어. 전에 입던 옷을 줄게.”

“농담하지 마.”

“왜? 내 방에 놔 둬 봤자 좀만 슬뿐이야.”

급사들과 엘리베이터 보이들의 숙소에 좀이 있다는 사실은 상상하기 어려웠다. 마우스가 자는 지하실 틈바구니에는 쥐도 있었다. 하지만 신경 쓰지 않았다. 마우스는 바닥을 기어다니는 작은 동물들은 거의 다 좋아했다.

“어때?”

막심이 물었다. 엘리베이터가 섰다. 이제 살문 앞에 복도가 이어졌다. 그 복도도 위층 못지않게 화려했다. 오로라 호텔에 있는 것은 무엇이든 값지고 우아하고 고귀했다. 몇몇 직원들이 손님이 없는 데서 보이는 행동만 빼고.

좀 떨어진 곳에 마우스의 구두 수레가 기다리고 있었

다. 철제 선반에 바퀴가 네 개 달린 수레였다.

"옷을 나한테 주겠다고?"

마우스는 반신반의하며 물었다.

막심의 모습에서는 벽에 붙은 금도금 장식과도 같은 빛이 났다.

"내가 그걸로 뭘 하겠어?"

"나 돈 없어."

"그냥 주려는 거야."

애는 너 좋아하지 않아. 마음속에서 마우스를 주의시키는 목소리가 들렸다. 이곳에 너를 좋아하는 사람은 아무도 없어.

"좋아!"

마우스가 불쑥 말하고 말았다. 심장이 조금 전 올빼미에게 잡혔을 때처럼 마구 뛰었다. 단지 지금은 그 이유가 좀 좋다는 사실만 달랐다.

"자, 그럼."

막심은 마우스와 함께 복도에 내려, 승강장의 살문을 밖에서 열쇠를 돌려 잠갔다. 그리고 운행 중지라는 안내

문이 쓰인 금속 팻말을 달았다. 마우스는 막심의 이런 행동이 매우 용감하다고 생각했다. 막심 같은 사람이라면 그런 모험을 할 법도 했다.

마우스는 막심을 따라갔다. 어느 문 앞에 다다르자 호텔 관계자 외 출입 금지를 알리는 안내문이 있었다. 그 문 뒤로 아주 좁고 어두운 통로가 이어졌다. 종업원 숙소로 이끄는 통로였다. 바닥에 카펫도 없고 벽에 그림도 없었다. 파이프가 회벽에 붙은 채 알몸을 드러내고 있었다.

막심은 마우스와 함께 복도 끝까지 갔다. 거기에 비상구가 있었다. 무거워 보이는 문에 쇠 빗장이 달려 있었다. 마우스는 그 문 뒤에 무엇이 있는지 상상할 수 없었다. 그녀는 호텔의 외관을 무도회장에 걸린 그림에서만 보았다. 그 그림에는 네브스키 광장 옆의 멋진 전면만 보였지 건물의 뒷면이나 다른 부분은 보이지 않았다.

"여기서 기다려."

막심이 말했다. 복도 좌우로 숙소의 문이 늘어서 있었다. 여섯 명이 함께 한 방을 썼다. 여자 종업원 숙소는 한 층 아래 있었다.

막심의 미소가 마우스의 기운을 북돋아 주었다. 마우스가 머리를 끄덕여 보이자 막심은 왼쪽 맨 끝의 문을 열고 안으로 사라졌다. 숙소의 역한 공기가 훅 하고 마우스에게 들이닥쳤다.

마우스는 마음이 불편하기 짝이 없었다. 막심의 제의를 괜히 받아들였다고 벌써 후회했다. 만약 누군가 그 방에서 튀어 나온다면 마우스는 이 막다른 골목에서 도망갈 곳도 없었다. 등 뒤의 비상문은 갑자기 더 높고 무거워 보였다.

몰매를 맞을까 두렵지는 않았다. 아이들은 아직 그렇게까지 하지는 않았다. 하지만 마우스를 놀려 대는 일만으로도 충분히 잔인했다. 마우스는 이미 오래전에 그들이 왜 그러는지 생각하기를 그만두었다. 그녀 자신은 그 누구도 괴롭힌 적이 없었다. 마우스에게 죄가 있다면 천한 일을 한다는 사실과 아름답지 않은 겉모습일 것이다.

어쩌면 막심의 제복이 상황을 변화시킬지도 몰라. 그 옷을 입으면 사람들이 나를 좀 더 존중해 줄 거야. 이런 생각만으로도 한밤중에 남자 숙소 복도에 멍청히 서 있는 위험을 감수할 만했다.

문이 다시 열렸다. 막심이 복도로 나왔다.

"빨리 왔네."

마우스는 수줍게 웃으며 말했다.

막심의 손에는 넝마와도 같은 낡은 외투가 들려 있었다. 아주 너덜너덜하고 몹시 구겨진 외투였다.

"좀이 더 빨랐던걸."

막심이 말했다. 그의 말은 방금 전 엘리베이터에서와 똑같이 친절하게 울렸다. 마우스는 심술궂은 태도와 조롱 속에만 악의가 있는 것이 아니라, 때로는 상냥한 미소와 예의바른 태도 속에도 숨어 있다는 사실을 난생 처음 깨달았다.

막심이 나온 반대쪽의 문도 열렸다. 그리고 복도 저 앞쪽에서 두 개의 문이 더 열렸다. 순식간에 어두운 복도는 잠옷 차림의 소년들로 가득 찼다. 웅얼대는 소리, 키득거리는 소리가 마우스에게 몰려왔다.

"왜 그래?"

마우스의 목소리는 슬프게 잠겼다. 갑자기 그녀의 목도

그곳 복도와 같이 막혀 버렸다.

"여자 선머슴."

한 아이가 말했다. 다른 아이들도 따라했다. 순식간에 낮은 음의 합창이 되었다.

"여자 선머슴! 여자 선머슴! 여자 선머슴!"

마우스는 비상구의 쇠 빗장에 등을 부딪쳤다. 재킷을 뚫고 냉기가 면도날처럼 파고들었다.

"여자 선머슴! 여자 선머슴!"

"어른들이 그러는데, 너 한 번도 호텔 밖으로 나간 적 없다며? 사실이야?"

막심이 말하며 마우스에게 한 발 가까이 다가섰다.

그래! 마우스는 그렇게 부르짖고 싶었다. 그래, 사실이다! 나는 밖에 나가면 죽으니까. 그래서 안 나갔어!

마우스는 그 무엇보다도, 정말 그 어떤 것보다도 바깥 세상이 두려웠다. 머리에 하늘을 이고 길거리에 서 있는 모습을 그녀는 상상할 수 없었다. 그 넓디넓은 허허벌판을 생각만 해도 숨이 막혔다.

마우스는 아무 말도 하지 못했다. 신음 소리조차도 낼

춥고 어두운 바깥세상

수 없었다. 심장이 달리는 말처럼 마구 뛰었다.

막심의 어조는 여전히 다정했다.

"우리 생각에, 네가 한 번도 호텔 밖으로 나가지 않는다면 그건 네게 큰 손해야. 이제 때가 왔어. 그렇게 생각지 않아?"

"여자 선머슴! 여자 선머슴!"

쉰 목소리의 합창이 웅얼거렸다. 최소 열두 명의 소년들. 그들 대부분이 변성기였다.

"이러지 마. 나는 누구한테도 잘못한 거 없어."

마우스가 기어들어가는 목소리로 말했다.

막심이 웃으며 머리를 가로저었다.

"우리는 너를 해치려는 게 아니야. 너를 도우려는 거야."

막심은 소년들 가운데 한 사람에게 눈짓을 했다. 정육실에서 일하는 아이였다. 그 살찐 녀석이 즉각 마우스의 어깨를 잡고 위로 쳐들었다. 마우스는 마른 꽃다발처럼 번쩍 들렸다. 막심이 마우스 곁을 지나 문으로 다가가 빗장을 밀고 문을 열었다.

눈발이 들이닥쳤다. 갑작스러운 추위에 소년들은 소리를 지르며 한 걸음 뒤로 물러섰다.

"정문까지 그리 멀지 않아."

막심이 놀란 마음에 굳어버린 마우스를 안심시키듯 말했다.

"정말이야. 호텔을 한 바퀴 다 돌 필요도 없어. 반 바퀴만 돌면 돼."

마우스의 눈에 눈물이 솟았다. 그때 있는 힘을 다해 정육실 아이의 무릎을 발로 찼다. 그가 갑자기 울부짖으며 마우스를 잡았던 손을 놓았다. 그러고는 벽에 기대어 미끄러지더니 신음하며 자신의 다리를 붙잡았다. 다른 소년 몇몇이 심술궂게 웃었으나 막심이 손짓하자 입을 다물었다. 입구 로비에서 일하는 급사 둘이 튀어나와 마우스를 붙잡고, 그녀의 얼굴을 열린 문 밖을 향해 돌렸다. 어둠 속에 철제 비상계단의 맨 위 칸이 보였다. 그 외에는 어둠과 눈보라뿐, 아무것도 보이지 않았다.

마우스는 소리를 지르기 시작했다. 허우적거리며 닥치는 대로 때리고 할퀴고 차고 물었다.

“너를 도우려는 것뿐이야.”

막심이 한 번 더 말했다. 그러자 누군가 마우스를 밀었고, 마우스는 비틀거리며 문 밖 철제 계단으로 밀려나왔다. 마우스는 한참을 비틀거린 후에야 계단의 난간을 붙잡았다. 그렇게 찬 것을 만져보기는 생전 처음이었다. 마우스는 비명을 지르며 손을 다시 떼어 이리저리 흔들었다. 그때 막심의 웃는 얼굴이 눈에 들어왔다. 옷 뭉치가 날아왔다. 막심이 들고 있던 낡은 외투였다. 그리고 이내 문이 닫혔다. 안쪽에서 삐걱거리며 빗장 걸리는 소리가 들렸다.

“문 열어!”

마우스는 당황해 소리를 지르며 두 주먹으로 문을 두드렸다.

“제발 문 좀 열어 줘!”

마우스는 아이들이 이제 장난을 실컷 즐겼을 테니 곧 다시 문을 열어 주리라는 희망을 버리지 않았다. 다시 따뜻한 호텔 안으로 들어가면 아이들은 호텔이 떠나갈 듯 큰 소리로 웃어대겠지. 나는 그 웃음소리를 뒤로 하고 복도를 달려갈 거야. 마우스는 생각했다. 그러나 문은 굳게 닫혀 있었다.

마우스는 밖에 혼자 서 있었다. 그곳에 서서 덜덜 떨었다. 추워서 그런 것만은 아니었다. 누군가 자신의 가슴을 가죽 벨트로 조이는 것 같았다. 숨이 막혔다. 위장이 배 밖으로 튀어 나올 것 같았다. 온몸이 사시나무처럼 떨리고 흔들렸다. 목소리는 나오지 않았다. 뺨에 얼어붙은 눈물은 뒤이어 흐르는 눈물에 녹았다 다시 얼었다.

너무 어두워 철제 계단의 발판이 잘 보이지 않았다. 어차피 마우스는 한 발도 내디딜 수 없었다. 그녀를 둘러싼 바깥세상의 공기는 그녀를 꽉 붙잡은 채 송진처럼 단단하게 굳어 버렸다. 마우스는 옴짝달싹하지 못했다. 근육은 마비되어 말을 듣지 않았다.

얼마나 오래 그러고 서 있었을까?

드디어 굳은 자세를 풀고 아주 아주 조심스럽게 한 발을 첫 번째 발판에 놓았다. 마치 온몸을 둘러 친 얼음벽을 부수는 듯했다. 다시 멈춰 섰다. 외투를 집어 들어 걸쳤다. 너무 컸다. 성인용이었다. 옷자락이 바닥에 끌렸다.

손은 덜렁거리는 소매 안으로 깊이 숨었다.

마우스의 움직임은 너무 불안했다. 하마터면 미끄러져 아래로 떨어질 뻔했다. 다시 얼음 같은 난간을 붙잡았다. 옷소매로 덮어 잡았건만 그래도 전해지는 냉기는 끔찍했다. 마우스는 평생을 난방이 잘 되는 호텔에서 보냈다. 그녀는 진짜 추위가 무엇인지 전혀 모르고 살았다는 사실을 이제야 비로소 깨달았다.

하늘을 쳐다보았다. 무겁게 젖은 수많은 눈송이만이 어둠 속에 소리 없이 땅으로 내리고 있었다. 하늘이 땅 같았다. 텅 빈 어둠 속에 모든 것이 한없이 멀기만 했다.

마우스의 눈이 서서히 어둠에 적응했다. 이제 보니 계단은 아주 좁은 길에 있었다. 호텔 뒷벽 바로 맞은편에 벽돌담이 높이 솟아 있었다. 얼마나 높은지 알 수 없었다.

마우스는 벽을 등지고 내려오기 시작했다. 한 칸 또 한 칸. 그 끔찍한 추위 속에서도 마우스는 빨리 움직일 수 없었다. 숨을 쉬기도 힘들었다. 애써 심호흡을 했다. 가슴에는 온통 두려움만 가득했다. 마치 꼭두각시 인형에 매달린 줄을 삭둑 자든 듯, 근육을 움직이는 촉수도 잘려나간 것만 같았다.

마우스는 비틀거리며 계단 아래로 내려갔다. 눈보라가 몰아치는 혹한의 어둠 속에 건물 5층 높이에 서 있는 일은 끝없는 낭떠러지 앞에 서 있는 일과도 같았다. 그러나 마우스의 마음을 가장 심하게 짓누르는 것은 높이도 어둠도 아니었다. 그것은 자신이 바깥에 나와 있다는 사실이었다. 호텔 건물 밖에.

마우스는 종종 쿠쿠시카에게 바깥세상이 두렵다고 이야기했었다. 하지만 쿠쿠시카도 그 이유를 설명해 주지는 못했다. 당시에는 내 머릿속에 뭔가 있을 거라고 생각했었다. 그러나 지금은 아무 생각도 들지 않았다. 머릿속이 텅 빈 듯했다. 그녀 머리 위의 하늘처럼.

한 계단. 한 계단. 아주 천천히.

좀 더 빨리 움직이지 않으면 얼어 죽을 것 같았다. 마우스는 매일 밤 상트페테르부르크의 거리에서 얼어 죽는 사람이 있다는 사실을 알고 있었다. 돈 없고, 잘 곳도 없는 사람들. 마우스에게 호텔은 전체가 자기 거였다. 지금 호텔과 나 사이에 이 벽만 없었다면! 그리고 정문까지 이토

춥고 어두운 바깥세상

록 멀지만 않다면!

난 못 가! 못 해! 계단을 한 칸 내려갈 때마다 밑으로 한 칸이 새로 생기는 것 같았다. 칠흑 같은 허공 속으로 계단은 끝없이 내려갔다.

마우스는 막심과 다른 아이들에 대한 미움조차 잊어버렸다. 머릿속에는 오직 두려움뿐이었다. 두려움과 추위가 다른 것은 모두 생각 밖으로 내몰았다.

마침내 아래로 내려왔다. 발끝으로 발판 모서리를 더듬었다. 다음 발판은 눈 속에 깊이 잠겨 있었다. 마우스의 발이 평평한 땅바닥에 닿았다. 눈이 잔뜩 쌓여 있었다. 상트페테르부르크 전체가 눈에 덮여 있었다.

마우스의 발이 눈 속으로 빠졌다. 별로 깊지는 않았다. 몸이 너무 가벼워 외투 자락을 밟고 비틀거렸다. 호텔 벽을 향해 넘어졌으나 그래도 어찌어찌 두 다리로 섰다. 마우스는 흐느껴 울며 생각했다. 지금 쓰러지면 일어나지 못할 거야. 이 무거운 공허에 눌려 눈 속 깊이 묻혀 버릴 거야. 마치 거인의 장화에 밟힌 것처럼.

앞으로 가! 어서!

마우스는 등을 벽에 기대고 몸을 옆으로 밀었다. 벽이 어느 정도는 지지대가 되어 바깥세상을 적어도 한 방향으로는 차단시켜 주었다. 그 덕에 아주 무방비 상태라고 느껴지지는 않았다.

다음 모퉁이까지 나아가는 일은 끔찍한 모험이었다. 좁은 골목이 넓은 길로 이어졌다. 비상계단이 있는 곳이 오로라 호텔 뒷벽이었으니 그 곳은 측벽일 것이었다. 그 벽을 따라 네브스키 광장 앞 정문으로 가는 길이 마우스에게는 끝도 없이 멀어 보였다. 마치 걸어서 시베리아로 가는 것 같았다.

절망적이야. 마우스의 마음속 목소리가 속삭였다. 넌 못 가. 넌 죽을 거야. 그냥 지금 여기 눈 위에 눕는 게 낫겠어. 얼어 죽으면 고통스럽지는 않다고 쿠쿠시카가 말했잖아. 그냥 잠이 드는 거라고.

마우스는 포기하지 않았다. 아직은 포기할 수 없었다.

휘날리는 눈 장막 뒤 멀리 길이 끝난 곳에 희미한 빛이 보였다. 네브스키 광장의 가스등 불빛이었다.

발아래 흰 눈과 너무 긴 외투가 거추장스러웠다. 등을

벽에 대고 두 손은 손가락을 쫙 펴서 벽돌에 붙인 채 몸을 옆으로 밀었다. 마우스는 바깥세계를 보지 않으려고 눈을 감았다. 추위가 불길과도 같이 그녀를 덮쳤다.

눈을 감자 마치 어두운 대양의 깊은 곳에서 물 위로 솟아오르듯 어떤 상이 나타났다. 뾰족뾰족한 윤곽이 보였다. 깎아지른 바위절벽 아득히 높은 곳에서 탑과 성벽들이 눈보라가 휘날리는 하늘을 찌르고 있었다.

마우스는 눈을 떴다. 상이 사라졌다. 상상 속의 눈이 현실이 되었다. 불빛이 가까워졌다. 그러나 마우스의 발걸음은 점점 더 무거워졌다. 만약 내가 여기서 얼어 죽으면 막심과 다른 아이들이 벌을 받을까? 그러지는 않겠지. 아무도 그들을 탓하지 않을 거야. 마우스는 생각했다. 그녀는 단지 깨진 창유리처럼 쉽게 갈아 치울 수 있는 여자 선머슴일 뿐이었다.

건물 벽을 향해 눈이 몰아쳐 마우스의 발은 더 깊게 빠져들었다. 발가락은 이미 감각을 잃은 지 오래였다. 네브스키 광장까지는 아직 몇 발짝 더 가야했다. 번화가가 반대쪽이었다면 좋았을 것을! 너무 어두웠다. 너무 추웠다.

너무 밖이었다.

마우스는 건물 모퉁이에서 희미하게 빛나는 가스등 불빛을 향해 남은 힘을 다해 몸을 던졌다. 눈앞이 깜깜했다. 거기서 쓰러져 눈 속을 굴렀다. 좀 떨어진 곳에 정문이 보였다. 금과 황동과 유리 회전문. 너무 멀었다.

마우스는 너무 지쳐 몸이 따뜻해졌다. 너무 지치면 그렇다고 쿠쿠시카가 말했었다. 최악의 상황을 겪고 나니 추위도 견딜 만했다. 마우스의 몸은 아주 뜨거워졌다. 기분도 매우 좋아졌다. 매우 편안해졌다.

누군가 마우스 곁에 있었다.

말도 안 돼! 이렇게 밤늦은 시각에 누가? 이렇게 추운 데서?

하지만 분명 누군가 있었다. 마우스 위로 몸을 굽히고 이마를 쓰다듬었다. 그러자 그 손에서 온기가 나오는 것 같이 느껴졌다. 갑자기 여러 가지 색이 보였다. 마우스의 눈앞에 무지개색이 펼쳐졌다.

"불쌍한 것."

여자 목소리가 속삭였다.

그 여자 손님은 그렇게 말하고는 마치 갑자기 뭔가 발견한 사람처럼 행동을 멈췄다. 무슨 냄새를 맡는 것 같았다.

"너한테서 그 여자 냄새가 나!"

누구 냄새? 마우스가 생각했다. 누구 냄새든 상관없다. 그 여자 손님은 반쯤 굶어죽게 생긴 새끼 강아지를 안 듯 마우스를 일으켜 안았다. 마우스의 몸은 등불 빛을 가르며 차양을 높인 호텔 정문을 향해 옮겨졌다.

이제 곧 다시 안으로 들어갈 것이다. 오로라 호텔 안으로! 그 생각을 하자 마우스는 다시 기운이 났다.

"저 혼자…… 걸을 수 있어요."

마우스가 낑낑거리며 말했다.

"물론 그렇지."

그 여자 손님은 이렇게 말했지만 마우스를 내려놓을 기색은 보이지 않았다.

"저기…… 저 혼자…….

그러자 그 여자 손님이 마우스를 내려놓았다. 여름에는 빨간 카펫이 호텔 안으로 이끄는 회전문 바로 앞에 마우스는 두 다리로 섰다.

벽과 천장이 있는 밝고 따뜻한 곳. 안전한 곳.

마우스는 여전히 불안한 마음으로 약간 기우뚱하게 섰다. 사방을 둘러보았다. 그 여자 손님은 사라지고 없었다. 그러나 마우스의 몸에는 온기가 남아 있었다. 이제는 춥지 않았다.

마우스는 어찌어찌 회전문을 돌아 들어갔다. 긴 외투가 문에 끼었다. 마우스는 외투를 홱 잡아채고는 바닥에 떨어뜨렸다. 외투는 잃어버린 그림자처럼 바닥에 깔렸다. 야간 수위가 놀라 계속 쳐다보며 뭐라고 했지만 마우스는 아랑곳하지 않았다.

마우스는 지하실로 통하는 옥내계단으로 갔다. 난간을 꼭 붙잡고 서둘러 아래로 내려갔다. 이제는 돌과 나무와 시멘트로 쌓은 벽이 아무리 높다 한들 조금도 두렵지 않았다.

몸의 온기가 사라지자 그 여자 손님에 대한 기억도 사라졌다. 지하실은 추웠다. 그래도 얼어 죽을 것 같은 바깥의 추위에 비할 바가 아니었다.

마우스는 금세 자기 방에 도착했다. 지하에 벽을 두른

작은 공간이었다. 마우스는 거기서 낮에는 자고 밤에는
구두를 닦았다. 뜨거운 석탄 난로 옆에 웅크리고 앉아 불
꽃이 탁탁 튀는 소리를 들었다. 얼었던 눈물이 뺨에서 녹
아내렸다.

마우스의 밀실

다음날 오후 마우스는 남자 손님용 사우나의 문을 열었다. 마우스는 여전히 지난밤의 공포로 떨고 있었다. 아무리 애를 써도 무서운 기억을 떨쳐 낼 수 없었다. 다른 아이들과 마주칠 생각을 하면 창피하기도 했다. 그러나 그보다는 할 일을 소홀히 하게 될까 봐 걱정이었다.

사우나는 호텔 지하에 있었다. 그곳은 번쩍거리는 호텔 로비와는 동떨어진, 복도를 돌고 돌아 끝닿은 곳이었다. 돔 양식의 욕실 벽면에는 바닥에서 둥근 천장까지 타일이 붙어 있었다. 손바닥만한 타일 조각 수천, 수만 개로 만들어진 반짝이는 모자이크는, 각 욕실마다 러시아 숲 속의 사냥 장면이나 넓은 바다에 떠 있는 배 또는 환상적인 바다 밑 풍경을 묘사하고 있었다. 증기에 섞인 향유와 손님들이 흘린 땀으로 타일 벽에는 끈끈한 막이 생겼다.

타일 벽을 깨끗이 닦는 일도 마우스가 호텔에서 하는 일이었다. 그 일은 해도 해도 끝이 없었다. 맨 끝 욕실을 다 닦기도 전에 맨 앞 욕실의 타일이 또 더러워졌으므로 마우스는 어김없이 욕을 먹었다.

마우스는 매일 증기 속을 뚫고 전날 마지막으로 닦은 욕실을 찾아 그 다음 칸부터 다시 한 장 한 장 타일을 문질러 나갔다. 이 일을 할 때 마우스는 아마로 지은 간편한 옷을 입었다. 그 옷을 입은 채 증기에 싸이면 다른 사람들 눈에는 거의 보이지 않았다. 혹시 벌거벗은 남자의 눈에 띄더라도 그 남자에게는 문제될 일이 없었다. 어차피 다들 마우스를 사내아이라고 생각했다.

수세미를 비눗물에 담그면서 마우스는 지난밤에 일어난 일을 생각했다. 쿠쿠시카에게 그 이야기를 하고 싶었지만 그가 출근하려면 아직 한 시간이나 기다려야 했다. 마우스는 메모를 적어 쿠쿠시카의 옷장 틈새로 밀어 넣었다. 그가 멋진 야회복으로 갈아입을 때 그 메모를 발견할 것이다.

종업원들 대부분이 호텔에서 먹고 잤지만 쿠쿠시카는 네바 강 건너에 작은 집이 있었다. 봄과 여름에는 창가에 꽃을 키우기도 했다. 여가 시간에는 열린 창가에 앉아 꽃 향기를 맡으며 강물을 바라보았다. 쿠쿠시카는 마우스에 게 가끔 그런 이야기를 했지만 자주 하지는 않았다. 아마 도 그런 이야기를 들으면 마우스가 서글퍼 하리라 생각하 는 것 같았다. 그러나 마우스는 꽃이나 강 풍경이 조금도 부럽지 않았다. 그녀가 원하는 것은 오직 사방으로 둘러 친 벽과 튼튼한 지붕뿐이었다.

마우스는 높은 곳의 타일을 닦느라 올라섰던 사다리에 서 내려와 사다리를 옆으로 조금 밀었다. 마우스는 남자 들의 알몸을 보기가 민망해서 눈을 옆으로 돌리지 않으려 애썼다. 허리에 수건을 두른 사람도 더러 있었지만 대부 분은 아무것도 걸치지 않았다. 증기 속에서 돌아다니는 뚱뚱하고 나이 많은 남자들의 흐릿한 모습은, 마치 원시 시대의 공룡이 안개 속에서 어슬렁거리는 것 같았다.

마우스의 밀실

마우스는 비눗물이 담긴 양동이를 들다 그만 손이 미끄러져 양동이를 놓치고 말았다. 그 바람에 양동이가 타일 바닥에 넘어졌다.

마우스가 어떻게 해보기도 전에 육중한 체구의 아저씨 한 사람이 증기 속에서 나와 수세미를 밟고 미끄러졌다. 그 남자는 괴성을 지르며 넘어졌다.

남자는 비명을 질렀다. 일어서려 했으나 다시 미끄러져, 욕실 바닥에 드러누운 채 욕설과 불평을 늘어놓았다. 마우스는 그에게 들켜 닦달을 당하기 전에 양동이와 사다리를 챙겨, 피어오르는 안개 속으로 되돌아가 그곳에 몸을 감추었다.

숨지 말아야 했어. 그녀는 생각했다.

두려움 앞에 당당히 맞서야 했어.

밖으로 나갔어야 했어. 내 발로. 나도 마음만 먹으면 나갈 수 있다는 사실을 나 자신에게 증명해야 해.

하지만 우선은 그 뚱보가 지르는 소리를 듣고 다른 사람이 오기 전에 그곳을 떠야 했다. 마우스는 사다리와 청소 도구를 벽면의 오목한 곳에 감춘 뒤, 앞 칸 욕실의 창문으로 달아났다. 좌우로 탈의실이 늘어서 있었다. 마우스에게 다가오는 사람은 아무도 없었다.

사우나의 열기와 습기는 직원 통로로 통하는 문 앞에서 그쳤다. 마우스의 입에서 전속력으로 달리는 증기기관차처럼 하얗고 조그만 구름이 피어나왔다. 그나마 금세 사라져 아무 흔적도 남기지 않아 천만다행이었다. 그곳의 불빛은 약하게 가물거렸다. 오로라 호텔에는 이런 복도가 몇 군데 있었다. 직원들만이 사용하는 그 복도는 커다란 바위를 밀어 뚫어 놓은 터널 같았다.

벽을 덮은 그림자가 마우스 앞으로 다가왔다,

"쿠쿠시카?"

마우스는 숨을 헐떡이며 거기 서 있었다.

그림자가 백열등 불빛 속으로 들어왔다. 넓은 어깨와 거친 얼굴 위로 불빛이 수은처럼 쏟아졌다.

그가 입을 연 순간 마우스는 간이 얼어붙는 것 같았다.

"사우나에 소동이 일어났는데 네가 이 근처를 배회하고 있다?"

올빼미였다.

마우스의 밀실

“소동이라고요?”

더듬지 말자. 이 사람 앞에서 겁먹은 표시를 내면 안 돼! 마우스는 속으로 말했다.

“아, 그래요?”

그걸 어떻게 이렇게 빨리 알았을까? 그리고 어떻게 이렇게 빨리 뒤쫓아 왔을까? 하지만 마우스는 곧 올빼미는 모든 것을 다 알고 있다는 사실이 생각났다. 그는 언제나 다른 사람들보다 좀 더 일찍, 좀 더 정확하게 알고 있었다. 좋지 않은 일은 특히 더 그랬다.

“어디 가려는 거야?”

올빼미가 무표정하게 물었다.

“지배인이 특별 지시를 내렸어요.”

마우스는 거짓말을 했다.

“아래 세탁실에 가는 길이에요. 쥐 잡으러. 세탁부들이 불평을 했어요. 그런데 저 말고는 아무도 그 일을 하려 하지 않아서요.”

마우스는 올빼미가 질문할 틈을 주지 않기 위해 거짓말에 거짓말을 보태며 계속 떠들었다.

"제가 세탁통 뒤로 기어들어가 봐야겠어요. 시트 압착 롤러 위에도 올라가 보고. 처음 하는 일도 아니에요. 그리고 대부분은……."

"어딘가 밀실이 있지?"

올빼미가 마우스의 말을 무시한 채 물었다.

"밀실이라니요? 제가 왜 숨어요?"

마우스가 시치미를 뗐다.

"네가 훔친 물건들을 어딘가에 숨겼잖아?"

"난 안 훔쳤어요!"

올빼미가 손을 뻗어 마우스의 위팔을 아프도록 세게 잡았다.

"앞장 서! 밀실로!"

올빼미가 명령했다.

그때 어둡고 긴 복도를 가르는 목소리가 있었다.

"무슨 일이오?"

화난 어조에 빠른 발걸음. 쿠쿠시카였다.

마우스의 밀실

"여기서 뭐 하는 겁니까?"

쿠쿠시카는 이렇게 말하며 올빼미를 똑바로 쳐다보았다. 그는 자신보다 더 크고 더 힘 센 남자의 눈빛에 당당하게 맞섰다. 마우스는 그런 자신감을 얻을 수만 있다면 자신의 오른팔이라도 팔고 싶었다.

올빼미는 여전히 손을 놓지 않았다. 그는 마치 작동 장치가 망가진 자동인형처럼 그곳에 서 있었다.

단지 그의 눈만이 살아 있는 것 같았다. 그의 눈은 노골적인 분노로 번쩍였다.

"그 아이를 당장 놓아 주시오!"

쿠쿠시카는 그런 식으로 강력하게 맞설 만큼 용감했다. 그는 호리호리한 남자였다. 마르지도 약하지도 않았지만 거인 같은 올빼미에 비하면 확실히 왜소했다. 일찌감치 하얗게 센 머리칼이 깜박이는 불빛 아래 눈처럼 하얗게 빛났다. 그가 보기보다 젊다는 사실을 사람들은 그가 웃을 때에야 비로소 알아보았다. 사십대 초반이라고 마우스는 알고 있었다. 대략 올빼미와 비슷한 나이였다.

마우스의 팔을 죄고 있던 수갑이 잠시 느슨해지는 듯

하더니 다시 한 번 꽉 조였다. 마우스가 비명을 지르자 올빼미는 그제서야 비로소 손을 풀었다. 고통을 주는 사람 앞에서 움츠러들려는 본능을 마우스는 잘 극복했다. 똑바로 서서 고집스럽게 턱을 치켜들었다.

"저 사람이 내가 물건을 훔쳤다고 했어요."

"그런데?"

쿠쿠시카가 올빼미의 얼굴에서 시선을 떼지 않은 채 물었다.

"훔쳤니?"

"아니오."

마우스는 독을 삼킨 듯 목구멍이 탔다. 올빼미를 속이는 일과 쿠쿠시카를 속이는 일은 전혀 다른 문제였다.

"안 훔쳤다는군요."

쿠쿠시카가 말했다.

"이 아이한테 볼 일이 더 남았나요?"

"이건 당신하고 상관없는 일이오."

올빼미가 으르렁거렸다.

"내가 보기에는 상당히 상관이 많은 일 같군요."

마우스의 밀실

쿠쿠시카는 평소와 같이 점잖게 대꾸했다. 그는 종종 말을 매우 세련되게 했다. 네브스키 광장의 알렉산더 극장에서 공연이 있을 때 오로라 호텔에 묵는 배우들이 말하는 것과 거의 비슷했다. 호텔 직원 절반의 교양을 다 합쳐도 쿠쿠시카에게는 못 미쳤고, 쿠쿠시카는 전 직원에게 충분한 예의를 갖추었다. 그는 원래 선생님이었는데, 실직 후 어쩔 수 없이 오로라 호텔에서 직업 댄서로 일하며 외로운 여자 손님들의 파트너가 되어 주었다. 쿠쿠시카는 잘 생긴데다 멋진 차림을 하고 있으며, 왈츠를 추며 나누는 대화도 외모만큼이나 멋있었으므로 여자들은 그를 좋아했다.

쿠쿠시카와 올빼미는 마우스의 머리 너머로 서로를 탐색했다. 섬세한 감각과 거친 힘의 대결이었다.

마우스는 두 사람이 금방이라도 자신의 팔을 잡고 서로 자기 쪽으로 잡아당길 것만 같았다. 갑자기 마우스는 이 싸움이 단지 자기 때문에 하는 싸움만은 아닌 것 같다는 생각이 들었다. 누군가 다른 사람 때문에 하는 매우 오래된 싸움 같았다.

올빼미는 눈치 채지 않게 주먹을 쥐었다.

"당신은 입 다물고 춤이나 추시지."

올빼미는 도둑은 마우스가 아니라 쿠쿠시카라는 듯 경멸조로 말했다. 마우스는 또 다시 가슴이 뜨끔했다.

"이 아이가 도둑질을 했다는 증거는 가지고 있겠지요?"

쿠쿠시카는 동요하지 않고 마우스를 가리키며 말했다.

"그렇다면 우리 세 사람 모두 지금 당장 담당 부서로 가는 게 좋겠군요. 거기 가서 말씀 하시지요."

"아무 증거도 없어요."

마우스가 거만하게 외쳤다.

"단지 나를 싫어할 뿐이에요."

다들 나를 싫어해요. 쿠쿠시카만 빼고. 마우스는 속으로 이렇게 덧붙였다.

올빼미는 주먹 쥔 손을 다시 폈다. 쿠쿠시카의 말에 마음이 움직여 그런 것은 아니었다. 올빼미는 서두를 필요가 없다는 사실을 잘 알고 있었다. 마우스가 자신의 손아귀를 빠져나가지는 못할 테니까. 제까짓 게 가면 어디로 가겠는가?

마우스의 밀실

올빼미는 홱 하고 돌아서서 가버렸다. 더는 한 마디도 못한 채. 심지어 위협적인 눈빛으로 쏘아 보지도 않은 채. 마치 태엽을 감은 자동인형이 움직이기 시작한 것 같았다. 태엽 돌아가는 소리만 난다면 어김없는 인형이라고 마우스는 생각했다. 그리고 이제부터는 밤마다 올빼미에 대한 경계를 조금도 늦춰서는 안 되겠다는 생각도 했다.

올빼미는 복도를 돌아 사라졌다. 발소리가 쿵쿵 울렸고, 욕실로 통하는 문이 탕 하고 닫히는 소리가 났다.

"더러운 자식!"

쿠쿠시카가 열띤 어조로 말했다.

"위험한 사람이에요."

마우스가 말했다.

"아둔하고 거칠어서 그래."

"저를 노리고 있어요."

쿠쿠시카는 웃으며 마우스의 짧은 머리칼을 쓰다듬었다. 마우스의 머리를 쓰다듬을 수 있는 사람은 쿠쿠시카뿐이었다. 아무도 쓰다듬으려 하지도 않았지만.

"네 전갈을 받았다."

쿠쿠시카가 정중하게 말했다.

"쿠쿠."

마우스가 한숨을 쉬며 말했다.

"그건 전갈이 아니라 그냥 낱말 몇 개를 적어 놓은 쪽지일 뿐이에요."

"중요한 것은 내용이야. 형식이 아니라."

그가 잘 쓰는 말이었다. 두 사람 다 그 사실을 알고 있었으므로 함께 씩 웃었다.

"무슨 일이 있었는지 말해 봐."

쿠쿠시카가 말했다.

"그 녀석들이 이번에는 또 무슨 짓을 했니?"

쿠쿠시카는 곧 근무를 시작해야 했으므로 마우스는 그와 함께 입구 쪽으로 가면서 모든 것을 이야기했다.

마우스는 쿠쿠시카에게 막심과 다른 아이들에 관한 이야기를 잘 털어놓았다. 쿠쿠시카에게서 읽기와 쓰기 외에도, 고민거리를 다른 사람에게 이야기하면 한결 도움이 된다고 배웠기 때문이었다. 쿠쿠시카는 다른 사람의 이야기를 잘 들어주었다. 쿠쿠시카도 언제나 해결책을 알고 있는 것은 아니었다. 그리고 사우나에서 미끄러진 뚱보 때문에 또 난리가 날 것이라는 이야기까지 하면 쿠쿠시카에게 너무 큰 부담을 줄 것 같았다. 그런데 막심과 그 패거리에 대해서 그는 단지 이렇게 말할 뿐이었다.

"그 녀석들이 철이 없어."

마우스는 한 쪽 눈썹을 찌푸렸다.

"그 애들이 다음에 또 나를 얼려 죽이려 하면 철이 없어서 그러려니 하란 말이에요?"

"아니. 하지만 복도나 엘리베이터에서 마주치면 그러려니 해. 그들의 눈을 똑바로 봐. 피하지 말고. 너는 그들보다 우월해. 너는 이 말을 항상 명심해야 한다."

"하지만 그들은 저보다 힘이 세요."

마우스가 말했다.

"나이도 더 많고. 그리고 지배인이 그들을 싸고돌아요. 무슨 짓을 하건."

"지배인도 그 애들과 똑같기 때문이야. 그 애들에게서 자신의 모습을 보니까. 하지만 지배인은 바보가 아니야. 네가 어떤 사람인지 지배인은 잘 알고 있어. 잔뜩 모양만

낸 자기 조무래기들을 다 합쳐도 너 한 사람만 못하다는 사실 말이야. 그래서 너를 좋아하지 않는 거다.”

지배인이 자신을 싫어한다는 사실은 마우스도 알고 있었다. 하지만 그 사실을 쿠쿠시카의 입을 통해 확인하는 일은 결코 유쾌한 일이 아니었다.

“나는 네게 읽기와 쓰기를 가르쳤어.”

쿠쿠시카가 말을 이었다.

“학교에 다니는 아이들은 매일 몇 시간씩 공부하고 숙제하고, 공부 하기 싫어하면 맞으면서 배운단다. 너는 학교에 다니지도 않았지만 무엇이든 빨리 배웠어. 너는 너 스스로 배우고 싶어 했어. 나도 한때 학교에서 아이들을 가르쳤지만 너보다 이해가 빠른 학생은 보지 못했다.”

“거짓말을 하려면 좀 그럴 듯하게 해요, 쿠쿠.”

쿠쿠시카가 웃었다.

“중요한 건 내용이야.”

그러고는 진지하게 덧붙였다.

“그리고 그건 사실이야.”

“고마워요.”

마우스가 말했다.

"거짓말이라도 상관없어요."

"거짓말이 아니라니까."

마우스는 쿠쿠시카를 껴안았다.

"상관없다니까요."

✚

올빼미의 말이 맞았다. 실제로 밀실이 있었다.

마우스가 처음 훔친 물건, 그녀를 도둑의 길로 이끈 물건은 포도주 창고의 열쇠였다. 그때 마우스는 남의 물건을 훔치기가 얼마나 쉬운지 알게 되었다.

마우스는 쿠쿠시카와 헤어진 후 포도주 창고로 갔다. 걸음을 재촉했지만 너무 서두르지는 않았다. 여러 번 뒤를 돌아보며 뒤쫓는 사람이 없는지 확인했다.

마우스는 포도주 창고의 문을 열고 그 안으로 사라졌다. 그리고 문을 잠근 후에야 비로소 전등을 켰다. 전등 불빛은 상한 이처럼 누랬고, 끊임없이 깜박거렸다.

포도주 창고는 세 칸으로 되어 있었고, 위로 궁형천장 (활처럼 둥글게 휜 모양의 천장―옮긴이) 세 개가 나란히 붙어 있었다. 각 칸의 길이는 족히 15미터는 되었다. 거칠게 쌓아 올린 서른여덟 개의 기둥이 천장의 낮은 부분을 받치고 있었다. 기둥 그림자가 바닥에 줄무늬를 그렸다.

오로라 호텔의 경영진은 자기네 호텔이 러시아 제국에서 가장 값비싼 포도주를 소장하고 있다고 자랑했다. 마우스는 그 주장을 의심했다. 정말 그랬다면 창고 열쇠를 그토록 허술하게 보관하지는 않았을 것이다. 열쇠가 없어진 후에도 열쇠 구멍조차 바꾸지 않았다.

마우스는 포도주를 좋아하지 않았지만 궁형천장 아래 분위기는 좋아했다. 천장이 매우 낮고 두터웠으므로 거기 있으면 바깥세상에 대한 생각이 다 사라졌다. 맨 뒤 칸에 있는 오크 통의 나무 냄새와 선반 앞으로 삐죽이 나와 있는 포도주병의 코르크 마개 냄새가 진하게 진동했다. 포도주에서도 아주 독특한 향기가 났다. 달콤한 향, 새콤한 향, 그리고 알코올의 작용과는 무관하게 어쨌든 취하게 만드는 향도 있었다. 마우스는 그 향을 맡으면 마치 화려한 색실로 짠 이불을 머리끝까지 덮어 쓴 것 같았고, 그 이불 아래서 꿈에서나 있을 법한 멋진 일이 실제로 일어날 것만 같았다.

다른 사람들은 이 지하 창고를 무서워했을 것이다. 그곳에는 불빛이 전혀 닿지 않아 귀신이 나올 것 같은 구석이 많이 있었다. 선반이나 오크 통 뒤에는 쥐들이 살았다. 하지만 쥐들은 주방장이 다가 오면 어느새 몸을 숨겼다. 쥐들은 아무런 흔적도 남기지 않았다. 마우스만이 이따금 한 마리씩 발견할 뿐이었다. 지하실 식구끼리는 허물이 없으니까.

맨 뒤 칸, 맨 마지막 오크 통 뒤 벽에 틈이 하나 있었다. 마우스 외에는 이 틈을 아는 사람이 아무도 없었다. 그 틈을 처음 발견한 때가 언제인지 마우스는 기억할 수 없었다. 마치 태어날 때부터 알고 있었던 것 같았다.

아마도 마우스가 그 지하실에서 태어났기 때문에 그럴지도 몰랐다. 이 포도주 창고에서, 이 어두운 궁형천장 아래서 마우스는 처음으로 세상의 빛을 보았다. 바스락거리는 등불에서 새어나오는 어두침침한 빛이었다.

마지막 오크 통은 비어 있었다. 늘 그랬다. 마우스는 통에 금이 가서 포도주가 샐 거라 생각했다. 새 통을 마련해야 한다고 적극적으로 나서는 사람은 아무도 없었다. 그 통을 조금 힘주어 옆으로 밀면, 한 발짝 떨어진 다른 통의 불룩한 배에 닿을 때까지 굴렀다. 그러면 비밀의 틈새로 가는 입구가 열리는 것이다. 그 안으로 들어가면 더 비밀스러운 장소가 있었다.

마우스는 뒷걸음해서 틈새로 들어가 오크 통을 원래 위치로 되돌려 놓았다. 좁은 공간에서 그 일을 하기란 좀 불편하고 힘들었지만 마우스는 이미 오래전부터 그 일에 익숙해 있었다. 바닥에 유리로 된 석유등이 준비되어 있었다. 마우스는 석유등에 불을 붙였다.

틈새 가장자리 벽돌에 바른 석회는 창고의 다른 벽보다 밝은 색을 띠었다. 아마도 이 틈새가 한때는 좀더 넓은 통로였을 것이다. 서툰 솜씨로 서둘러 입구를 막은 티가 났다. 벽돌 이음새가 떨어져 나갔고, 벽은 허물어질 것 같았다. 마우스가 마음만 먹으면 맨손으로도 입구를 넓힐 수 있을 만큼 그 주변의 벽돌은 허술하게 쌓여 있었다.

마우스의 밀실

틈새 뒤로 짧은 통로가 나 있었다. 통로 벽은 매우 건조해서 먼지가 가득했다. 누군가 벽에 버팀목을 받쳐놓았는데 언젠가 버팀목 하나가 옆으로 밀려, 지금은 그 터널 안에 비스듬히 걸려 있었다.

썩어가는 그 버팀목에서 다섯 발짝쯤 더 가면 진흙과 석회로 쌓은 벽이 나왔고, 통로는 거기서 끝났다. 그 통로의 길이는 다 합쳐도 여덟 발짝을 넘지 못했고, 폭도 세 발짝 밖에 되지 않았다. 결코 아늑하다고 할 수 없는 그 어두운 터널을 마우스는 자신이 훔친 물건들로 멋지게 꾸몄다. 우아한 살롱으로 바꿔 놓았다고나 할까? 아무튼 할 수 있는 한 아름답게 꾸몄다.

마우스는 뒷벽부터 5미터에 걸친 측벽에 버팀목 너머로 붉은 벨벳을 덮었다. 뒷벽만이 알몸을 드러내고 있었다. 거기에는 어느 잊혀진 귀족의 초상을 그린 유화를 걸었다. 금테를 두른 액자 속의 그 귀족은 다른 귀족들의 초상화와는 달리 사랑이 가득한 눈빛으로 바라보고 있었다. 마우스는 그의 이름도 지위도 몰랐지만, 때때로 그의 인자한 얼굴을 바라본다고 해서 나쁠 것은 없다고 생각했다.

　마우스는 화려한 모자 상자 안에 훔친 물건들을 보관했다. 그 상자들도 여러 해에 걸쳐 부자 손님들 방에서 훔쳐 모은 것들이었다. 책 몇 권, 펜과 잉크 병 대여섯 개, 코담배 상자, 수놓은 손수건, 유리 물병 한 개 그리고 싸구려 팔찌와 브로치 몇 개.

　마우스는 값비싼 물건을 훔치지 않으려고 언제나 주의했다. 남에게 큰 피해를 입히거나 스스로 부자가 되려는 생각은 결코 하지 않았다. 어차피 훔친 물건을 다른 사람에게 팔 수도 없었다. 마우스는 단지 스릴을 즐기기 위해 도둑질을 했다. 그리고 이런저런 꼭 갖고 싶은 물건을, 이를테면 화장품이나 손거울 같은 것을 훔쳤다. 마우스는 한때 진짜 여자처럼 보이고 싶어 훔친 화장품으로 화장을 한 적이 있었다. 그러나 손거울에 비친 자신의 모습에 화가 치밀어 거울을 던져버렸다.

　터널 방 한가운데 마우스가 훔치지 않은 물건이 있었다. 마우스가 처음으로 이곳에 기어들어왔을 때부터 있던 물건이었다. 그녀가 모은 잡동사니와 허섭스레기 가운데 그 물건이 가장 멋있었다.

마우스의 밀실

그것이 정확하게 무엇인지 마우스는 알지 못했다. 신기한 물건이었다. 밋밋한 금속으로 만든 공이었는데, 크기는 마우스 키의 절반만 했다. 녹색 칠을 한 표면에는 엄지손가락 길이의 침이 돌아가며 가득 꽂혀 있었고, 침 끝은 둥글게 마무리되어 있었다. 마치 별 같았다. 그리고 공 한쪽에 손톱만한 크기의 나사가 꽉 조여 있었다.

마우스는 호기심에 그 나사를 한 번 풀어 보았다. 그러자 머리카락 하나 겨우 들어갈 만큼 작은 구멍이 나왔다. 어떤 목적으로 그 구멍을 뚫어 놓았는지 마우스는 알 수 없었다. 다시 나사를 조여 구멍을 막은 후 다시는 건드리지 않았다.

그 별을 누가 이 곳에 갖다 놓았든 이제는 관심 밖의 물건이 된 게 분명했다. 마우스 외에는 이 곳에 오는 사람이 아무도 없었다. 이제 그 별은 마우스의 것이었다. 중요한 것은 바로 그 사실이라고 마우스는 생각했다.

마우스가 터널로 기어들어온 틈새는 그 쇠별이 들어오기에는 너무 좁았다. 그러므로 막아 놓은 벽의 갈라진 틈은 그 이상한 물건을 그곳으로 가져오기 위해 냈으리라는 추측은 누구라도 쉽게 할 수 있었다. 터널 자체도 그 목적으로 뚫었을 것이다. 누군가 이 이상한 공을 이곳에 가져다 놓고는 기어들어갈 만큼 좁은 틈만 남기고 벽을 다시 막았을 것이다. 이 모든 것이 마우스에게는 몇 년째 수수께끼였지만 아직도 그 해답에는 한 발짝도 다가가지 못했다.

마우스는 종종 자신이 훔친 물건들 사이에 앉아 그 별을 쳐다보았다. 마치 언젠가는 그 별이 마우스에게 말을 걸고 마침내 비밀을 털어놓기라도 할 것처럼. 마우스는 그 별에 얽힌 비밀이 언젠가는 밝혀질 것이라는 희망을 버리지 않았다.

뒷벽에 걸린 유화 아래로 쿠션이 한 무더기 쌓여 있었다. 대부분 마우스가 몇 년 전에 지하로 옮겨 놓은 것들이었다. 터널 안은 매우 건조했으므로 쿠션에 좀이나 곰팡이가 슬지는 않았다. 마우스는 쿠션에 편안하게 기대어 석유등을 바닥에 내려놓고 책 한 권을 집어 들었다. 기대에 부풀어 전날 읽다 만 쪽을 펼쳤다. 낡은 책이었다. 종이는 색이 누렇게 바랬고 모서리가 너덜너덜했다.

쿠쿠시카는 마우스에게 읽기와 쓰기를 가르쳤다. 쿠쿠

시카 외에는 어느 누구도 마우스에게 무엇을 가르치려 하지 않았다. 구두를 닦는 일과 타일에 광을 내는 일만 빼고. 마우스는 그리 빨리 읽지 못했다. 어떤 낱말들은 두 번 읽어야 비로소 그 뜻을 제대로 이해할 수 있었다.

마우스는 귀돈 왕자와 백조 공주(러시아 작가 푸시킨의 동화 『술탄 황제의 이야기』에 나오는 주인공들 — 옮긴이)의 사랑 이야기가 어떻게 끝날지 알 것 같은 찰나에 손님 구두 속에 넣어 둔 금 브로치 생각이 났다.

간밤 언제쯤인가 마우스는 벌떡 일어나 나머지 구두들을 걷어 왔다. 무릎은 덜덜 떨렸고 지독히도 어지러웠다. 그런데 황실 스위트룸 앞에 있던 그 구두는 사라지고 없었다. 그 구두와 함께 훔친 브로치도 사라졌다. 마우스는 그 방에 투숙한 사람이 그 브로치를 그냥 두지 않으리라는 생각에 마음이 편치 못했다. 그런데 구두 주인은 왜 닦지도 않은 구두를 도로 들여놓았을까?

마우스는 뺨에 흐르는 눈물을 훔치며 성가시다고 생각했다. 이야기 때문에 울다니! 바보 같고 유치해. 마우스는 혼잣말을 하며, 유리그릇을 다루듯 조심스럽게 책을 옆으로 치우고 벌떡 일어났다.

곧바로 포도주 창고를 서둘러 가로질렀다. 불을 끄고 문을 잠근 뒤 구두 방을 향해 힘껏 달렸다. 복도 굽이에는 백열등이 벌거벗은 채 드문드문 달려 있었다. 그나마 대단한 사치였다. 상트페테르부르크에서 전깃불을 사용하는 건물은 정말 드물었다. 아직도 전깃불은 그 불빛 아래를 거니는 사람들의 장신구만큼이나 값비싼 것이었다. 다른 종업원들은 지하로 내려올 때 어둠과 공포를 몰아버리기 위해 대부분 등불을 들고 왔다. 그러나 마우스는 그 복도의 모든 구석을 다 알고 있었으므로 완전한 어둠 속에서도 길을 찾을 수 있었다.

구두 방에 도착하자 마우스는 축축한 아마 옷을 벗고 제복으로 갈아입었다. 양어깨에 각각 한 번씩 손을 대어 술 장식을 가지런히 하고 재킷을 반듯하게 편 다음 놀이하듯 고리를 맞물렸다.

출발 준비 완료!

말썽 많은 브로치를 되찾으러 출발!

마우스의 밀실

눈보라 여왕과 벙어리 소년

　　마우스는 구두 수레를 밀고 엘리베이터로 가서 벨을 눌렀다. 엘리베이터 보이가 문을 열었다. 마우스는 대담하게 그 아이를 쳐다보았다. 사람이 다른 사람의 눈을 똑바로 쳐다볼 수도 있다는 사실을 마우스는 그때 처음 깨달았다. 그러자 조금 용기가 생겼다. 마우스는 그 아이가 당황하고 있다는 사실을 눈치 챘다. 마우스는 그 아이를 바로 알아보았다. 간밤에 맨 앞줄에 서 있던 아이들 가운데 한 아이였다. 줄무늬 잠옷이 그 아이에게 턱없이 컸다. 그 모습이 어찌나 우스꽝스러웠던지! 그 말을 면전에 대고 하고 싶었지만 그럴 용기는 나지 않았다.

마우스는 여느 날과 달리 맨 위층에서부터 일을 시작했다. 사납게 방망이질 하는 가슴을 안고 전날 올빼미에게 쫓기던 그 복도를 수레를 밀며 지나갔다. 어제 처음 느꼈던 그 매서운 추위가 이제는 층 전체를 덮친 것 같았다. 5층의 다른 스위트룸에는 현재 투숙객이 없었다. 아마도 그래서 불평하는 사람이 없었나 보다고 마우스는 생각했다. 그리고 관리인에게 말해야겠다고 생각했다.

머뭇거리며 수레를 복도 벽에 붙여 놓고 마우스는 침을 삼켰다. 그리고 손가락 한 개를 구부려 황실 스위트룸의 문을 두드렸다. 그 소리는 너무 약했다. 그래도 마우스는 한동안 기다린 다음, 이번에는 손 전체로 좀 더 세게 두드렸다.

안에서 중간 문이 열리는 소리가 나고 카펫 위를 걷는 발소리가 났다. 냉기가 스며 나와 마우스의 발에서 다리로 소름이 번졌다.

문이 열리면 누군가 자신을 굽어보게 될 것이므로 마우스는 머리를 들었다. 그런데 눈 하나만 겨우 보일 정도로 문이 열리더니 마우스의 얼굴과 거의 같은 높이에 정말로 눈 하나가 나타났다.

"실례합니다."

마우스는 잠긴 목소리로 말했다.

"방해해서 죄송합니다."

문이 좀 더 열렸다. 마우스 앞에 헝클어진 갈색 머리의 소년이 서 있었다. 그의 옷은 스위트룸에 투숙하는 사람 치고는 너무 낡아 보였다. 얼핏 보면 거지 같았다.

그는 마우스를 쳐다보고 머리를 짧게 한 번 끄덕였다.

소년의 그런 행동에 마우스는 당황했다. 이제 어떻게 하나? 그러나 곧 생각을 가다듬고 말했다.

"저는…… 저는 이 호텔 직원인데요. 구두를 가지러 왔습니다."

그 소년이 다시 머리를 끄덕였다.

"죄송하지만 제가 실수를 했어요. 어젯밤에."

그래. 눈이 이상해. 뭔가 달라. 마우스는 생각했다. 그 소년의 눈은 머리칼과 마찬가지로 짙은 갈색이었다. 하지만 마우스를 혼란스럽게 만든 것은 색깔이 아니었다. 소년의 눈에는 흰자가 거의 없다시피 했다. 눈동자가 눈을 거의 다 차지했고 동공이 대단히 컸다. 예쁜 눈이야. 하지만 이상해. 마우스는 속으로 말했다.

소년의 모습은 텁수룩하고 야성적이었다. 야무진 몸집에 목이 길었다. 그는 잠시 몸 둘 바를 모르는 사람처럼 안절부절 했다. 실제로 그는 마우스보다 조금 클까 말까 했다. 나이를 가늠하기는 쉽지 않았다.

"누구지?"

스위트룸 안쪽에서 여자 목소리가 들려왔다. 듣기 좋은 목소리였다. 젊고 상냥한 여자 손님의 얼굴이 연상되었다.

소년이 뒤를 돌아보았다. 그러고는 다시 마우스를 보았으나 아무 말도 하지 않았다. 입술이 움직였지만 아무 소리도 나오지 않았다.

아! 말을 못 하는구나. 벙어리야! 마우스는 순간적으로 생각했다.

마우스는 그 소년이 어쩔 줄 몰라 하는 모습을 보고 서둘러 큰 소리로 말했다.

"마담, 방해해서 죄송합니다."

러시아의 귀족들은 프랑스의 언어와 생활양식을 떠받

들었으므로 마우스는 스위트룸의 여자 손님을 '마담'이라고 불렀다. 마우스는 이 호칭이 그 손님의 마음에 들기를 바랐다.

안쪽에서 바스락거리는 소리가 났다. 어딘가에 또 창문이 열린 모양이었다. 칼날 같은 바람이 소년의 어깨를 넘어 마우스에게 불어 닥쳤다. 마우스는 너무 오싹해서 하마터면 한 발짝 뒤로 밀려날 뻔했다.

"실례합니다."

마우스는 다시 한 번 말했다. 뒤에서 다가오는 사람과 마우스를 번갈아 쳐다보는 소년의 모습이 눈에 띄게 다급해졌다. 다가오는 발소리가 들리지는 않았지만 마우스는 하고자 했던 말을 다시 하기 시작했다. '제가 실수를 했어요'까지 말했을 때 소년의 뒤에서 한 여자 손님이 마우스의 눈앞에 모습을 드러냈다. 그 여자 손님은 소년을 부드럽게 옆으로 밀치고 문을 활짝 열었다.

마우스는 평생 그 여자 손님과 같은 사람을 본 적이 없었다. 그토록 아름답고 그토록 특별해 보이는 사람은 처음이었다. 여자는 키가 매우 컸다. 굽 높은 수정 구두를 신어서 그런 것만은 아니었다. 마우스는 소년의 신을 살피지 않았지만 브로치를 숨겼던 낡은 구두는 이 소년의 신이 분명했다.

그 여자 손님의 옷은 첫눈에도 수수해 보였다. 몸에 딱 붙는 흰색 드레스였는데, 부잣집 여자들이 즐겨 하는 요란한 장식은 없었다. 이렇다 할 장신구도 하지 않았다. 할 필요가 무엇이겠는가? 그녀의 얼굴 앞에서는 어떤 보석도 빛이 바랠 것이다. 그 여자 손님은 은빛 머리칼을 높게 빗어 올린 모습이었다. 머리칼 몇 올은 어깨 위로 부드럽게 흘러내렸다. 피부는 너무도 밝아서 평생 한 번도 햇빛을 보지 않은 사람 같았다.

그 여자 손님은 얼음처럼 차가운 시선으로 마우스의 얼굴을 훑었다.

"무슨 일이지?"

그 말은 정중하지 않은 말투에도 불구하고 무례하게 들리지 않았다. 이런 목소리로 하는 욕이라면 들어도 기분이 나쁘지 않을 것 같았다.

마우스는 더듬더듬 준비해 온 이야기를 했다. 그 이야

기는 엉성했다. 그래서 오히려 그럴 듯하게 들렸다. 거짓말을 그토록 엉성하게 지어내는 사람은 없으니까. 그러나 불과 몇 분 지나지 않은 지금 소리 내어 말해 보니 지금까지 생각해 낸 말 가운데 가장 허튼 소리로 들렸다. 결국 마우스가 다음과 같이 주장하는 꼴이 되었다. 어떤 손님의 브로치가 떨어져 구두 속으로 빠졌다. 마우스가 구두를 닦다가 그 브로치를 발견하고 옆에 놓아두었다. 그런데 실수로 다른 구두 속으로 들어간 모양이다. 혹시 이 스위트룸에서 나온 구두 속으로 들어간 것 아닌지 모르겠다. 마우스는 절망적인 표정을 짓고, 브로치를 빨리 찾아 원래 주인에게 돌려주지 않으면 자신은 호텔에서 쫓겨날 것이라고 주장했다.

"그래?"

이 아름다운 여자 손님은 이렇게 말하며 조금도 동요하지 않았으므로, 마우스의 마음을 꿰뚫어보았는지 아닌지는 알 수 없었다.

소년은 스위트룸의 현관 안쪽으로 들어가 버렸다. 이제 그는 보이지 않았지만 여전히 문 옆에 서 있을 것이라고 마우스는 생각했다.

　“폐를 끼쳐서 정말 죄송합니다만 잠시 살펴봐 주시겠습니까? 구두 속에…….”

　마우스가 말했다.

　여자 손님은 계속해서 마우스를 훑어보더니 소년에게 뭔가 확인하려는 듯 고개를 옆으로 돌렸다.

　“어제 구두가 전혀 안 닦여 있었다고 하지 않았니?”

　그녀가 소년에게 물었다. 그 말 속에는 불쾌감이 들어 있었지만 어조는 여전히 따뜻하고 부드러웠다.

　마우스는 뜨끔했다. 너무 흥분한 나머지 세상에서 가장 멍청한 실수를 하고 말았던 것이다. 그 구두는 지하실에 가져가지도 않았었다. 마우스가 걸어 가기 전에 누군가, 그 여자 아니면 그 소년이, 다시 스위트룸 안으로 들여놓았었다. 그토록 중요한 사실을 잊어버리다니! 이렇게 멍청할 수가! 마우스는 그런 실수를 한 자신이 너무도 한심해 소리라도 지르고 싶었다.

　그러나 이제 와서 되돌리기에는 너무 늦었다. 게다가 놀랍게도 갑자기 공범이 생겼다.

“네가 착각했다고?”

여자 손님은 소년이 무슨 말이라도 한 양 물었다. 아마도 수화를 한 모양이었다. 아무튼 마우스는 아무 말도 듣지 못했다. 갸름하고 희고 너무도 아름다운 그 얼굴이 다시 마우스를 향했다. 무표정하던 그 얼굴이 놀라움과 호기심으로 가득한 얼굴로 돌변했다.

여자 손님은 매우 우아하게 몸을 굽혀 자신의 얼굴을 마우스의 얼굴에 바짝 가까이 가져왔다. 그러고는 혼잣말하듯 이렇게 말했다.

“그럴 수가 있나?”

“무슨 말씀이신지요, 마담?”

마우스는 머리와 어깨를 살짝 뒤로 젖혔지만 물러서지는 않았다. 나한테서 무슨 냄새를 맡는 걸까?

“그렇다면 우리가 발견한 그 브로치가 네가 찾는 것이겠구나.”

여자 손님은 단숨에 몸을 다시 펴고 말했다.

“들어와.”

여자 손님이 반 발짝 옆으로 비켜섰다.

"괜찮습니다."

푸른 눈에서 재촉의 빛이 번쩍 빛났다.

"들어오라니까."

그것은 명령이었다. 하지만 그 억양은 마치 정중한 요청 같았다.

마우스는 여자 손님 곁을 지나 스위트룸 안으로 들어갔다. 현관에는 창문이 없었지만 그래도 마우스의 지하 구두 방의 세 배는 될 만큼 컸다. 현관 안쪽으로 두 개의 문이 있었다. 욕실로 난 문은 닫혀 있었고 다른 하나는 활짝 열려, 드넓은 침실이 다 들여다보였다. 침실에는 차양을 드리운 거대한 침대가 놓여 있었다. 밖은 이미 어두웠지만 그 방에는 신비한 은빛이 감돌았다. 마치 넓은 창 밖 바로 앞에 보름달이 뜬 것 같았다. 창밖에는 여전히 눈이 내리고 있었다. 하늘은 온통 구름으로 가득할 것이었다.

마우스는 입구 가까이에 서 있었다. 여자 손님의 입 꼬리가 치켜 올라갔지만 눈은 웃지 않았다. 그녀는 마우스 뒤에서 문을 닫았다.

"네가 찾는 그 브로치는 침실에 있어."

마우스는 비로소 추위를 다시 느꼈다. 이 두 사람은 방이 이렇게 춥다는 걸 못 느끼는 걸까? 마우스는 자신의 입에서와 마찬가지로 소년의 입에서도 하얀 구름이 나오는 것을 보았다. 그 여자 손님에게서만 입김이 보이지 않았다.

오지 말았어야 했어. 마우스는 초조하게 생각했다. 도대체 그 빌어먹을 브로치가 내게 무슨 소용이야? 하지만 이왕 이렇게 된 것. 물러설 수는 없었다.

마우스는 어물어물 고맙다고 말하고 두 사람을 지나쳐 침실로 들어갔다. 왼쪽 벽은 온통 유리창으로 되어 있었고 창밖에는 테라스가 넓게 뻗어 있었다. 테라스 위로 축축한 눈송이가 무겁게 떨어졌다. 달은 어디에도 보이지 않았다. 마우스가 그 방에 감도는 은빛의 출처를 발견하기도 전에 여자 손님이 문 옆에서 전등 스위치를 눌렀다. 높은 천장에 매달린 샹들리에를 빙 돌아 날씬한 백열등에 불이 들어왔다. 차양침대, 서랍장, 소파, 두터운 액자 속의 그림들이 전등 불빛에 모습을 드러냈다. 은빛은 먼지 요정처럼 단숨에 꺼져 버렸다.

이 여자 손님은 노르스름한 불빛에도 변함없이 아름다

웠지만 아까만큼 신비해 보이지는 않았다. 그리고 나이가 적어도 열 살은 더 들어 보였다. 머리칼의 광채도 사라졌다. 이제 보니 거의 밋밋한 회색이었다. 침실 문 앞에 안절부절못하고 서 있는 소년의 옷도 아까보다 더 남루해 보였다. 마우스는 그가 겁을 먹고 있다는 사실을 알아차렸다.

"정말 방해하고 싶지 않습니다."

마우스가 말했다. 그 목소리는 너무 가늘고 높아 소프라노 가수의 노래 같았다.

여자 손님이 소년에게 몸을 굽혀 귀에 대고 뭐라고 속삭였다. 소년의 크고 짙은 눈이 더 커졌다. 마우스는 등줄기가 오싹했는데 그 방의 냉기 때문에 그런 것 같지가 않았다. 그보다는 팔다리에 얼음이 붙어 근육과 뼈가 서서히 얼어드는 듯했다.

소년은 움직이지 않고 눈길만 마우스를 향했다. 여자 손님이 처음으로 날카로운 목소리로 한 마디 내뱉었다. 마우스는 그 말을 알아듣지 못했다.

"그냥 가겠어요."

마우스가 어렵게 중얼거렸다.

"정말이에요. 괜찮아요."

"그냥 있어."

여자 손님이 명령했다.

소년은 한 번 더 망설이더니 뒤로 돌아 서둘러 현관을 지나 복도로 나갔다. 그의 뒤에서 출입문이 닫혔다.

여자 손님은 한 손을 침실 문 손잡이로 가져갔다. 마우스의 유일한 도피구가 차단된 순간 샹들리에의 수정이 가만히 짤랑거렸다.

"왜 그러세요?"

마우스는 갑자기 말이 잘 안 나왔다. 아마도 목젖이 얼어붙은 모양이었다. 아니면 턱이 떠는 말을 안 듣기로 했거나.

사방이 온통 썰렁했다. 찬 기운이 마우스를 덮쳤다. 그러나 그 느낌은 바깥세상의 추위와는 달랐다. 몸이 떨리지 않았다. 오히려 마비되는 느낌이었다.

"넌 도둑이야."

여자 손님은 침실을 천천히 가로질러 창가로 갔다. 방

가운데는 어른 키만 한 여행가방과 짐 상자 몇 개가 있었고, 한 쪽 구석에는 천을 바른 칸막이가 세워져 있었다. 그 앞에 평범한 가죽구두 몇 켤레가 놓여 있었다. 모두 똑같았다. 모두 똑같이 낡았다. 사실 구두라기보다 깔창 주위에 가죽 조각을 이어 붙인 것이라고 하는 편이 더 정확했다.

칸막이 위로 구겨진 옷들이 널려 있었다. 그 벙어리 소년이 입고 있는 것과 같은 평범한 셔츠와 바지들이었다. 모두 낡고 헤지고 좀이 슬어 있었다. 마우스는 이 모든 것이 화려한 스위트룸이나 여왕 같은 이 여자 손님과 도무지 어울리지 않아 의아하기만 했다.

"도둑은 벌을 받아야 해."

여자 손님이 말을 잇고는 얼굴을 창유리에 바짝 가까이 가져갔다. 그녀의 입김에 창유리가 흐려져야 하건만 전혀 그러지 않았다.

"도둑은 공공질서를 해치지. 사람은 공공질서를 지켜야 해. 어느 나라든."

공공질서? 무슨 소리를 하는 거지?

마우스는 이제 생각하는 일조차 힘들었다. 마치 머릿속까지 얼어버리는 것 같았다. 조금도 아프지 않았지만 피할 수는 없는 일이었다.

여자 손님의 시선은 어두운 창밖을 향하고 있었다. 테라스에 무거운 눈송이가 끊임없이 내려앉았다. 테라스는 눈 속에 점점 더 깊이 파묻혔다. 혹시 유리에 비친 자신의 모습을 보고 있는 걸까? 아까보다 더 나이 들어 보인다는 사실을 깨달았을까? 아까만큼 위풍당당해 보이지 않는다는 사실을?

"너 얼마 전에 이 호텔에서 전에는 본 적이 없는 어떤 사람 만난 적 있지?"

마우스는 정신을 집중하려고 애썼다. 이 여자 손님의 말에. 자신이 처한 상황에. 무엇인가에.

"말해 봐."

여자 손님이 말했다. 이번에는 아주 참을성 없이 들렸다. 여자 손님은 몸을 돌려 자신의 시선으로 마우스를 뚫을 듯 쳐다보았다.

"여기…… 여기는 호텔이에요, 마담. 많은 사람들이 오고 가는……."

"나는 어떤 특정한 사람을 말하는 거야. 어떤 여자. 알록달록한 옷을 즐겨 입지. 머리칼은 파랗고."

마우스는 자신의 기억에 그런 사람이 있었던 것 같았다. 하지만 누구를 가리키는지 알아차리기까지는 한참 걸렸다.

"없어요."

마우스는 그런 기억에도 불구하고 이렇게 말했다.

"거짓말 마."

마우스는 이제 모든 사람이 자기만 보면 이 말을 하는 것 같았다. 그래서 기분이 나쁘지도 않았다. 사실 대부분은 그 말이 맞았다.

"어떤 분을 말씀하시는지 모르겠어요."

여자 손님은 무섭도록 빠른 속도로 두 걸음 다가섰다. 마우스는 찬 기운이 그녀의 드레스에서 나오는 것 같은 느낌이 들었다. 눈사람이 녹아서 물이 흐를 때처럼 그녀에게서 얼음 같은 바람이 흘러나오는 것 같았다.

"기억해 봐! 유치하게 알록달록한 목도리, 닳아 빠진

가죽가방, 흉물스러운 우산 그리고 찌그러진 펠트 모자.”

“기억이 안 나요.”

드문 일이지만 그 말은 진실이었다. 호텔 앞에서 마우스를 들어 입구로 안고 간 그 사람에게 이 모든 특징이 있었는지도 모른다. 하지만 그 특징들이 마우스의 눈에 띄지는 않았었다.

“네게서 그 여자 냄새가 나.”

여자 손님이 이렇게 말했다.

“그러니 거짓말은 그만 둬. 나는 에를렌에게 야간 경비원을 데려오라고 시켰어. 나는 너를 경비원에게 넘길 거야. 네가 훔친 그 브로치와 함께. 그러면 경비원이 너를 어떻게 할까? 경찰에 넘길까? 어쨌든 너는 일자리를 잃고 말거야. 그렇게 되면 좋겠어?”

올빼미는 분명 그렇게 할 것이다. 거기에는 의심의 여지가 없었다. 그 전에 올빼미는 우선 마우스를 늘씬하게 패줄 것이다.

“그 여자는 호텔 앞에 있었어요.”

마우스가 힘없이 말했다.

“저는 그 여자를 한 번밖에 못 봤어요.”

여자 손님은 깊은 숨을 내쉬었다.

“그렇다면 그 여자도 내가 여기 와 있다는 사실을 알고 있겠군.”

잠시 골똘히 생각하더니 다시 물었다.

“그 여자가 나를 찾던가?”

“아니오.”

“확실해?”

“아니오. 그러니까 제 말은 네, 확실해요. 안 찾았어요. 저는 마담을 알지도 못했던 걸요.”

올빼미에 대한 공포 때문에 마우스는 정신을 바짝 차렸다. 마치 머릿속을 꽉 채우고 있던 얼음이 쨍 하고 깨진 듯했다.

“그 여자와 뭘 했지?”

“그분이 저를 도와 주셨어요. 밖에서. 제가 걸을 수 없게 되었을 때 눈 속에서 저를 호텔 입구로 데려다 주셨어요.”

“그래?”

여자 손님의 이마에 주름이 잡혔다. 그런데 그 이마는 다시 조금 전처럼 탱탱해지지 않았다. 그녀는 젊음과 위엄을 점점 더 빠른 속도로 잃어갔다. 마치 얼굴에 쓴 얼음 가면이 서서히 녹아내리는 것 같았다.

"그 여자가 아무 이유 없이 너를 구해 주지는 않았을 거야. 아마도 너를 이용할 생각을 했겠지. 너는 작고 잽싼 데다 이 호텔의 구석구석을 네 옷의 호주머니 속처럼 잘 알고 있으니까. 안 그래?"

마우스는 이 여자 손님이 어떤 대답을 원하는지 몰라 아예 아무 말도 하지 않았다.

여자 손님은 다시 몸을 바로 세우고 창가로 돌아갔다. 이제 보니까 좀 전에 입구에서 처음 보았을 때보다 훨씬 작았다.

마우스는 문 쪽으로 몸을 돌려 달아나고 싶었다. 오직 이곳을 빠져나가고 싶은 생각뿐이었다. 그러나 몸이 움직이지 않았다. 손가락 하나도 달싹할 수 없었다. 마우스는 마치 스위트룸에 설치된 물건처럼 카펫에 발을 붙이고 서서 눈동자만 이리저리 굴릴 뿐이었다.

여자 손님은 이제 마우스에게 전혀 마음을 쓰지 않았다. 마우스는 그녀에게서 눈을 돌려 침실의 한 쪽을 쳐다보았다. 방금 전까지도 눈에 들어오지 않던 곳이었다.

침대에서 그리 멀리 않은 지점에 갈색의 모피가 떨어져 있었다. 마우스는 처음에 그것이 아무렇게나 벗어 놓은 모피 외투인 줄 알았다. 그러나 자세히 보니 그것은 순록의 가죽이었다. 접힌 부분 아래로 죽은 동물의 주둥이가 처량하게 삐죽 나와 있었다. 코가 검고 넙적했다. 그 모피 뭉치를 둘러싸고 작고 둥근 거울 세 개가 방 안쪽을 향해 놓여 있었다. 유리를 천장으로 향한 채 바닥에 평평하게 깔린 그 거울에는 테두리가 없었으므로 둥근 물웅덩이나 얼음판 같기도 했다.

모피와 거울을 쳐다보느라 잠시 마우스의 시야에서 그 여자 손님이 사라졌다. 마우스는 불현듯 자신이 안 보는 동안 그 여자 손님의 키가 두 배로 커졌을 것만 같았다. 그리고 자신을 압도하듯 당당해져 있을 것 같았다. 그러나 마우스가 다시 그 여자 손님을 쳐다보았을 때 그녀는 마우스를 등진 채 변함없이 창가에 서 있었다. 날씬하고 컸지만 좀 전에 느꼈던 것 같이 어마어마해 보이지는 않았다.

마우스는 시험 삼아 다시 한 번 그 여자 손님에게서 눈을 돌렸다. 그러자 놀랍도록 커 보였던 첫인상이 다시 엄습했다. 그러나 다시 그 여자 손님을 쳐다보았을 때 그녀는 원래의 모습으로 돌아가 있었다.

마우스는 어렴풋이 동화에 나오는 인물들이 떠올랐다. 그 인물들의 본모습은 겉으로 보이는 모습과는 달랐다. 그들의 본모습은 아주 멀리서 볼 때에만 보였다. 그들은 무섭도록 컸다.

마우스는 스스로 용기를 주는 말을 떠올리려고 애썼지만 잘 되지 않았다. 머릿속이 다시 얼어붙은 것 같았다.

시간이 얼마나 흘렀을까?

마침내 문 두드리는 소리가 나고 여자 손님이 에를렌이라고 불렀던 그 소년이 들어왔다. 에를렌은 꼼짝 않고 서 있는 마우스를 놀란 눈으로 쳐다보고는 자기 주인을 향해 어떤 몸짓을 했다.

여자 손님은 창에 비친 자신의 모습에서 눈을 떼지 않

은 채 천천히 머리를 끄덕였다. 그녀는 서랍장을 가리켰다. 그 곳에 브로치가 있었다. 에를렌은 급히 브로치를 집어 마우스에게로 와서 손을 잡았다.

"에를렌과 함께 가."

여자 손님이 말했다.

"야간 경비원이 복도에서 너희들을 기다리고 있어."

이제 마우스는 다시 움직일 수 있었다. 처음에는 동작이 좀 뻣뻣했으나 점차 부드러워졌다. 하지만 맥이 하나도 없었다. 도망치는 일은 생각도 할 수 없었다.

에를렌이 마우스의 손을 잡고 현관으로 이끌었다. 그러고는 침실의 문을 닫고 스위트룸의 출입문으로 마우스를 데려갔다.

"저 여자는 누구야?"

마우스가 잠긴 목소리로 물었다.

"그리고 너는 누구니?"

소년은 격렬히 머리를 가로저었다. 침실 쪽을 향해 머리를 한 번 끄덕이더니 다시 출입문을 향해 끄덕였다. 문은 약간 열려 있었다. 문 밖에서 올빼미가 기다리고 있을 생각을 하니 마우스는 온몸에 소름이 끼쳤다.

에를렌은 자신의 손으로 마우스의 손을 펴서 손바닥에 브로치를 놓았다. 그러고는 마치 인형에게 하듯이 마우스의 손으로 주먹을 쥐어 주었다.

마우스는 어리둥절하여 그를 쳐다보았다.

소년은 문을 열었다. 복도에는 아무도 없었다. 마우스는 망설이며 소년을 앞질러 몸을 내밀고 좌우를 살폈다. 아무도 없었다.

소년이 마우스를 밀었다. 가! 빨리! 사슴과 같은 그의 눈이 이렇게 애원했다.

마우스는 여전히 무슨 뜻인지 확실히 이해하지 못했다. 도망가라는 거야? 정말? 그랬다. 에를렌은 주인의 명령을 어겼다. 올빼미는 부르지도 않았다. 그가 마우스를 위해 거짓말을 했던 것이다!

마우스가 고맙다는 말을 하기도 전에 아니, 다시 한 번 소년을 돌아보기도 전에 등 뒤에서 문이 닫혔다.

마우스는 땀으로 젖은 손에 브로치를 쥔 채 구두 수레 옆에 혼자 멍하니 서 있었다. 서서히 정신이 들고 활기도 되찾았다. 머리도 잘 돌아갔다.

그가 나를 도왔어! 마우스는 생각하며 놀라움을 가누지 못했다.

정말로 나를 위해 그렇게 했어!

알록달록한 여자 손님과 주문 가방

혼자 조용히 생각할 일이 있을 때면 마우스는 종종 바닥없는 계단으로 갔다.

그 계단을 그렇게 부르는 사람은 마우스뿐이었다. 그리고 그 곳을 찾는 사람도 마우스뿐이었다. 격조 높은 오로라 호텔은 여러 개의 부분 건물이 날개처럼 뻗은 모양을 하고 있었다. 그 가운데 맨 뒤 날개는 네브스키 광장에서 가장 멀리 떨어져 있었고, 호텔 정면의 화려한 모습과도 거리가 멀었다. 그 건물의 옥내계단을 마우스는 바닥없는 계단이라고 불렀다. 실제로 그 건물은 오로라 호텔에서 가장 오래 된 건물이었다. 여러 해 전 폴론스키라는 사람이 성탑 같은 건물의 4층과 5층에 처음 호텔을 열었는데, 그 당시 성탑은 다른 두 건물 사이에 끼어 있었다. 훗날 그 두 건물은 헐렸고, 헐린 자리 한 쪽에 호텔의 건물을 하나 더 지었다. 다른 한 쪽에는 투숙객을 위한 정원을 만들었지만 그 정원도 이미 오래 전에 사라지고 없었다. 지금은 그곳에 목조 창고가 들어섰다.

오로라 호텔의 산실이었던 그 건물 자체는 10년 넘게 비어 있었다. 부자 손님들의 요구에 맞추기에는 방이 너무 좁았고 전기도 들어오지 않았다. 사람들은 화재의 위험을 경고했다. 뿐만 아니라 벽과 들보도 무너질 위험이 크므로 허무는 것이 가장 바람직하다고 했다.

그 후 호텔에서는 그 낡은 건물로 통하는 문을 모두 폐쇄하고, 문에 벽지를 발라 손님들 눈에 띄지 않도록 했다. 마우스는 그 문을 여는 녹슨 열쇠를 어렵지 않게 손에 넣었다. 그러나 밖에서 눈치 채지 않도록 벽지를 다치지 않고 문을 열기란 그리 쉬운 일이 아니었다. 마우스는 그렇게 열 수 있는 문을 두 군데 찾아냈다. 1층과 4층이었다.

바닥없는 계단은 외진 건물의 한가운데를 둥글게 감아

내려갔다. 벽을 따라 널찍한 나선형 계단이 층계참도 없이 이어졌다. 벽을 두른 난간은 수많은 사람들의 손길에 표면이 반들반들하게 닳아 있었다. 따뜻한 계절에는 둥근 유리천장을 뚫고 빛이 쏟아졌다. 천장은 금은 세공을 한 쇠막대가 받치고 있었는데, 그 받침대는 밑에서 보면 장미꽃잎 모양을 띠고 있었다. 한때는 이 궁형천장이 예술품으로 취급되었을 것이나, 지금은 유리에 때가 끼고 비둘기 똥이 덕지덕지 붙어 있었다. 여기저기 유리 조각이 눈의 무게를 못 이겨 떨어져 나갔다. 그 구멍을 통해 눈의 결정이 끝없는 줄기처럼 아래로, 아래로 떨어졌다.

그 계단은 위에서 보면 정말 바닥이 없는 것 같아 보였다. 맨 꼭대기 층에서 난간 너머로 굽어보면 대낮에도 1층 바닥이 보이지 않았다. 1층 바닥에 깐 검은 점판암 타일 표면에는 10년 동안 더께가 앉아 돌바닥은 더더욱 보이지 않게 되었다. 아무리 자세히 들여다보아도 무시무시한 소용돌이 계단은 끝없는 암흑의 낭떠러지로 사라지는 것만 같았다.

마우스는 곰곰이 생각할 일이 있으면 난간에 승마자세

로 앉아 미끄럼을 탔다. 난간에 올라앉을 때가 가장 위험했다. 너무 힘차게 올라앉으면 난간 반대쪽으로 넘어갈 위험이 있었다. 마우스는 등을 아래쪽으로 향하고 안전한 자세로 난간에 앉은 후, 두 손으로 난간을 잡고 몸에 반동을 주었다. 몸이 미끄러졌다. 달팽이집 같이 빙빙 도는 노선을 타고 유유히 아래로 내려갔다. 중간에 멈추지 않고 끝까지 한 번에 내려가려면 처음에 힘을 얼마나 주어야 하는지 마우스는 그동안의 경험을 통해 알고 있었다. 위에서 아래까지 4분. 마우스가 바닥없는 계단의 끝에 도달할 때면 언제나, 정말 언제나 어떤 생각이 떠올랐다. 고민을 해결할 수 있는 방법이거나 적어도 다시 일어설 수 있도록 용기를 주는 생각이었다.

오늘 처음으로 그 방법이 실패했다. 아래로 미끄러져 내려가는 동안 마우스는 이제 어찌해야 할지 골똘히 생각했다. 황실 스위트룸에 위험한 손님이 투숙하고 있다고 윗사람에게 알려야 하나? 어쩌면 거기 누가 투숙하고 있는지 이미 다 알고 있을지도 몰라. 그렇다면 괜히 보고했다가 골치만 아파질 수도 있어. 그 벙어리 소년을 다시 한

알록달록한 여자 손님과 주문 가방

번 만나 볼까? 그랬다가는 그 애가 혼이 날 텐데, 혼날 각오를 하고 나를 만나 줄까?

그리고 그 알록달록한 여자 이야기는 다 뭔가? 왜 그 여자와 스위트룸의 손님이 서로의 냄새를 맡았을까? 그것도 나한테서? 참 이상하기 짝이 없는 일이다.

마우스는 어둠과 먼지와 공허한 메아리만 가득한 2층을 지나자마자 앞으로 두 사람을 멀리하는 편이 상책이라는 생각을 했다. 그리고 그 소년도 잊기로 했다.

마우스는 가볍게 한숨을 쉬며 1층으로 미끄러졌다. 그리고 벌써 아래에 도착했다는 사실에 놀라 아프게 엉덩방아를 찧었다.

방법이 한 가지 있기는 했다.

이 호텔을 나가는 법을 배워야 해. 마우스는 자신에게 말했다. 그냥 여기를 떠나는 거야. 그건 도망가는 게 아니야. 오히려 네가 승리를 거두는 일이야. 네 자신에 대해. 네 두려움에 대해.

그러나 마우스는 바깥세상의 허허벌판을 떠올렸다. 눈과 추위도 생각났다. 하지만 추위는 호텔 안에도 있었다.

스위트룸이 있는 저 위층에. 마우스는 두 가지 추위 가운데 어떤 것이 더 나쁜지조차 정할 수 없었다.

여기를 떠나! 마우스의 마음속에서 속삭였다. 너도 할 수 있다는 사실을 보여 줘.

마우스는 바닥에 앉은 채 어두운 궁형천장을 올려다보았다. 깨진 유리창 틈으로 눈의 결정들이 그녀를 향해 별처럼 쏟아졌다. 마치 마우스의 머리 위로 하늘이 떨어진 것 같았다. 아니, 마우스 자신이 밤하늘 속으로 빨려든 것 같았다.

✤

다음날 저녁식사로 파니키가 나왔다. 파니키는 마우스가 가장 좋아하는 음식이었다. 물론 한 번도 그 말을 입 밖에 낸 적은 없었다. 그랬다면 오로지 마우스를 미워하는 마음에서 다른 아이들이 다 먹어 치웠을 것이다.

마우스는 대부분 식사시간에 늦게 왔다. 호텔에서 일하는 거의 모든 아이들에게 저녁식사는 하루의 마지막 식사였지만 마우스에게는 첫 식사였다. 식사시간 전에 사우나 실 청소를 마쳐야 했으므로 마우스는 다른 아이들이 실컷 먹고 난 후에야 비로소 식사를 시작했다. 때때로 마우스 는 지배인이 순전히 의도적으로 청소시간을 그렇게 배정 한 것 같다는 의심을 떨칠 수 없었다.

급사들과 청소부, 주방보조 그리고 창고관리 수련생들 은 언제나 식당에서 손님들에게 대접하고 남은 것을 먹었 다. 거대한 냄비에서 뜨고 남은 음식, 빵틀에 남은 바삭바 삭한 빵 그리고 샐러드 통에 남은 과일과 채소.

손님들이 접시에 남긴 음식을 냄비나 통에 도로 쏟아 넣는 경우는 사실 거의 없었다. 종업원들은 그 냄비나 통 에서 음식을 떠 식판에 담았다. 식사시간에 제일 먼저 오 는 사람은 언제나 배불리 먹었다. 마우스는 제일 늦게 왔 으므로 늘 손해였다.

식사는 주방 뒤에 있는 홀에서 했다. 타일을 바른 그 홀 은 감자 부대와 빈 우유병을 놓아두는 곳이기도 했다. 긴 식탁 앞에 늘어선 의자 다리 사이로 때때로 집쥐가 돌아 다녔다. 그럴 때마다 아이들은 소리를 지르고, 어떻게 해서둔 그 가여운 짐승을 밟아버리려고 안간힘을 썼다.

마우스는 식사시간에 결코 필요 이상 오래 앉아 있지 않았다. 식탁 맨 끝자리에서도 다른 아이들의 심술궂은 시선을 조금도 피할 수 없었다. 주방에 음식이 남아 있는 한 마우스는 언제라도 식판을 들고 주방으로 들어갔다. 그 곳에서는 여자들이 주방장의 지시에 따라 땀을 흘리며 일하고 있었다. 그 여자들이 주방 뒤 홀에 앉아 있는 마우스의 또래들에 비해 더 친절하다고는 할 수 없었다. 그러나 그들은 대부분 마우스에게 마음을 쓸 겨를이 없었다. 까다로운 샐러드 담당 요리사나 음탕한 소스 담당 요리사 또는 주방의 왕인 주방장의 눈에만 띄지 않으면 대부분은 마우스를 가만 내버려 두었다.

마우스는 식사를 하는 동안에도 그 소년에 대한 생각을 떨칠 수 없었다. 그 아이도 말을 못한다는 이유로 놀림을 받을까? 마녀의 명령을 거역할 수 있는 사람이라면 그런 일을 결코 그냥 넘어가지는 않겠지. 그래. 그 여자는 마녀가 분명해. 그 아이라면 호텔을 떠나는 일도 전혀 두려워하지 않을 거야.

알록달록한 여자 손님과 주문 가방

마우스는 무심코 숟가락으로 식판에 남은 음식에 선을 그어 무늬를 그렸다. 다 그리고 보니 그것은 눈의 결정이었다.

호텔을 떠나다니! 지난 이틀 밤사이에 그런 일을 겪고 나서? 말도 안 돼! 그래도…… 어쩌면 지금이 적기인지도 몰라.

가야 해. 그냥 가는 거야!

오늘 밤에!

✤

오로라 호텔의 현관과 번화가로 이어지는 넓은 보행로 사이에는 현대식 회전문이 있었다. 그 회전문은 오로라 호텔의 자랑이었다. 유리와 황동으로 만든 그 문은 네 칸으로 나뉘어져 있었는데, 문이 워낙 컸으므로 한 칸에 여러 사람이 들어갈 수 있었다. 바닥에서 천장까지 닿는 유리는 언제나 끔찍할 정도로 청결을 유지했다. 관리부에서는 매일 아침 그 큰 유리문을 검사했다. 손가락 자국이 하나만 있어도 청소부는 일자리를 잃었다.

마우스는 현관 반대쪽에서 쪽매널마루(여러 가지 색깔이나 무늬 결이 있는 널조각을 붙여 깐 마루—옮긴이)가 깔린 로비 너머의 유리문을 쳐다보았다. 로비가 지금처럼 넓어 보인 적은 없었다. 새벽 세 시를 가리키는 이 시간에 로비에는 잠든 수위밖에 없었지만, 마우스는 자신을 매질하려는 사람들이 양 쪽으로 늘어서 있는 것 같이 여겨졌다.

왼쪽에는 떡갈나무로 만든 육중한 프런트 데스크가 있었다. 길이가 10미터도 더 되는 그 데스크 앞면에는 러시아 역사에서 빛나는 사건들이 멋지게 조각되어 있었다. 그 너머 뒷벽에는 유화로 그린 황실 가족의 초상화가 굽어보고 있었다. 마우스의 눈에는 그림 속의 어린이들이 수십 년에 걸친 지배에 지쳐 늙어 버린 늙은이처럼 보였다. 그들이 어마어마한 부자일지언정 마우스는 종종 그들이 가엾게 여겨졌다. 어찌 보면 그들도 마우스와 마찬가지로 갇혀 있는 사람들이었다.

현관 로비에는 백열등 샹들리에 외에도 여기저기 쇠 촛대가 있었다. 어떤 것은 마우스 키의 두 배나 되었고 어린

나무처럼 가지를 뻗고 있었다. 불빛이 프런트 데스크 너머로 거대한 황금 징을 비추고 있었다. 그 징은 오로라 호텔에 높은 사람이 올 때만 울렸다. 징 소리는 직원들에게 귀빈을 맞이하기 위해 도열하라는 신호였다. 지금은 벽에 붙은 그 둥근 금속판이 로비에 갇힌 보름달처럼 빛났다.

오른쪽 벽에는 엘리베이터 승강장의 살문이 있었다. 마침 엘리베이터는 다른 층에 있었다. 금속 받침대 뒤로 엘리베이터를 위 아래로 움직이는 두꺼운 사슬과 로프가 천장 샹들리에 불빛에 비쳤다. 문을 열면 호텔 건물의 정맥과 동맥이 다 보일 것 같았다.

회전문의 유리 날개 사이에 한 발을 들여놓는 일은 문까지 30미터나 되는 로비를 가로지르는 일만큼이나 어려웠다. 수위는 벽에 기댄 채 반쯤 잠들어 있었다. 모자챙 아래로 미심쩍은 눈길을 보내더니 손님이 아니라 여자 선머슴이라는 사실을 확인하고는 다시 머리를 숙였다. 만약 지배인이 그 모습을 보았다면 수위는 당장 쫓겨났을 것이다. 그러나 이 시각 지배인은 자기 집에서 자고 있었고, 프런트의 야간 근무원은 뒷방에서 쉬고 있었다. 밤에는,

더욱이 이렇게 눈보라가 몰아치는 날에는 어차피 손님도 없었다.

마우스는 제복 위에 모피 재킷을 입었다. 그 재킷은 쿠쿠시카가 선물한 것인데, 그사이 좀 작아졌지만 아직은 그런대로 꼭 끼게 맞았다. 목도리도 했다. 분실물 보관소에 있는 옷가지들 중에서 슬쩍한 것이었다. 마우스는 밖에 오래 있을 생각이 아니었다. 이번에는 단지 시도일 뿐이었다. 비록 몇 분에 불과할지언정 한 번은 호텔을 제 발로 나선다는 데 의미가 있었다.

마우스는 여전히 움직이지 않았다. 회전문을 미는 손잡이에 손도 대지 못했다. 도로 들어갈 수도 있었다.

얼른 해. 가, 어서. 마우스는 자신에게 말했다.

마우스는 다시 앞을 향해 유리문과 황동 손잡이를 쳐다보았다. 창유리에 자신의 얼굴이 비쳤다. 매우 불행해 보였다. 어쩌면 이 모든 것이 다 쓸데없는 짓인지도 모른다는 생각이 들었다.

마우스는 무릎이 떨떨 떨렸다. 심장이 격렬하게 뛰었다. 오른쪽 머리가 마치 바늘로 찌르는 듯이 아팠다.

뭐야? 이게 다야? 마음속 목소리가 물었다.

마우스는 두 손을 뻗어 손잡이를 잡고 밀었다. 회전문이 움직였다. 마우스는 두세 걸음 앞으로 걸었다. 마우스가 서 있는 칸은 그나마 회전축 측면에 도달했다. 회전문 옆의 벽면은 둥글게 깎여 있었고, 그 위를 덮은 나무는 거울처럼 반들반들했다. 회전문의 네 날개는 테두리에 솔 같은 것이 붙어 있어서 측벽의 나무 표면을 스칠 때 가볍게 바스락거리는 소리가 났다.

마우스는 찬 바람이 스며드는 것을 느꼈다. 한 발짝만 더 나가면 밖이었다. 보도 위에 드리운 차양은 낮이면 손님을 기다리는 마차들이 줄지어 서서 길가에까지 뻗쳤다. 눈보라가 극심하게 휘날렸지만 마우스가 서 있는 곳까지는 그다지 심하게 들이치지 않았다. 그럼에도 얼굴에 몰아치는 눈은 마치 따귀를 때리는 것 같았다. 이마의 땀방울은 순식간에 얼음으로 변하는 것 같았다. 마우스는 온몸이 떨렸다. 하지만 방금 전 따뜻한 로비에 있을 때도 그랬었다.

마우스는 다시 문을 밀었다. 그러나 너무 오래 망설이

는 바람에 마우스를 사이에 둔 유리 날개는 다시 호텔 안쪽을 향해 열리고 말았다. 차가운 밤공기가 즉각 차단되었다. 마우스는 생각보다 빨리 다시금 로비를 향하게 되었다. 수위는 회전문을 통해 들어오는 찬 바람을 느끼고 차려 자세를 취했다. 그러나 마우스를 알아보고는 말없이 머리를 가로저었다. 그의 턱이 다시 가슴에 깊이 박혔다. 그는 다시 자기 시작했다.

마우스는 깊게 숨을 들이쉬었다. 두 손은 여전히 황동 막대를 움켜쥐고 있었다. 젠장! 한 발짝만 더 가면 밖이었는데. 마우스는 자기 자신에게 화를 냈지만 동시에 안심이 되기도 했다. 내일 밤에 하면 돼. 아니면 모레. 그때쯤이면 막심이 내게 한 비열한 짓도 이미 지난 일이 될 테니 모든 일이 훨씬 더 쉬워질 거야.

안 돼! 하는 소리가 마우스의 머릿속을 울렸다. 그 따위 허튼 소리는 집어 치워! 막심은 이 일과 아무 상관없어. 너 자신의 일일 뿐이야.

넌 할 수 있어. 오늘. 지금 당장.

마우스는 다시 한 번 손잡이 막대를 밀었다. 문이 돌았다. 나무 측벽을 지났다. 회전문 날개 사이로 찬 바람이 들이닥쳤다. 그와 동시에 어떤 물체가 그림자처럼 휙 하고 들어왔다. 막대사탕처럼 알록달록한 여자 손님이었다.

마우스는 무엇엔가 무릎을 부딪쳤다. 가죽가방의 모서리였다. 접은 우산의 뾰족한 끝이 문에 낄 뻔했지만 그 여자 손님이 ‘어머나!’ 하며 자기 쪽으로 당겨 뺐다.

유리 날개는 다시 밖에서 로비 쪽으로 돌았다. 그러나 문이 반 쯤 돌았을 때 그 여자 손님이 손잡이를 잡아 문을 세웠다. 이제 앞으로도 뒤로도 빠져나갈 길이 막혀 버렸다.

마우스는 그 여자 손님과 한 칸에 갇혔다.

"왜 그러세요?"

마우스의 입에서 이 말이 저절로 흘러나왔다. 마우스는 문 사이에 자기 외에 다른 사람이 있다는 사실에 너무 놀랐다. 아무것도 없는 데서 갑자기 그 여자 손님이 나타난 것 같았다.

"이름이 뭐지?"

그 여자의 모자챙에 눈이 쌓여 있었다. 모자는 방금 전에 누군가 깔고 앉은 것처럼 찌부러져 있었다.

"마우스예요."

"내 이름은 탬슨이야."

그 여자는 가볍게 허리를 굽혔다. 파란 머리칼이 모자 밖으로 흘러나와 있었다.

"탬슨 스펠웰 인사 올립니다."

"인사 올린다고요?"

그 여자 손님은 살며시 웃으며 어깨를 으쓱했다.

"그냥 예의를 갖춘 어법이지."

"저는 다시 안으로 들어가고 싶어요."

마우스는 매우 조심스럽게 말했다. 지금 탬슨이라는 이 여자 손님 앞에서 마우스를 엄습하는 느낌은 황실 스위트 룸에서 느낀 것과 별로 다르지 않았다. 유리 날개 사이의 공기는 전기를 통한 듯 찌릿찌릿했다. 목도리가 마우스의 목을 죄는 것 같았다.

탬슨도 목도리를 하고 있었다. 목도리는 그녀가 지닌 물건 가운데 가장 알록달록했다. 어쩌면 우산이 더 알록달록할지도 몰랐다. 우산은 접힌 상태에서도 정말 유치해 보였다.

알록달록한 여자 손님과 주문 가방

"잠시 나랑 얘기 좀 할까?"

탬슨이 물었다.

스펠웰이라고? 무슨 이름이 이래? 마우스는 생각했다. 러시아 이름은 분명 아닌 것 같았다.

"저는……."

마우스가 말을 하기 시작했지만 탬슨은 바로 끊었다.

"네 귀중한 시간을 많이 뺏을 생각은 없어. 네가 원치 않는다면."

마우스는 못 미더운 시선으로 그 탬슨을 훑어보았다. 나를 놀리는 걸까? 그녀의 얼굴은 솔직하고 진실해 보였다. 그리고 마우스가 매일 부딪치는 대부분의 사람들보다 훨씬 더 친절했다. 게다가 매우 젊었다. 놀라울 정도로 젊었다.

"안으로 들어갈까요?"

마우스가 물었다. 손잡이를 잡고 있는 마우스의 손 위로 자석을 갖다 댄 듯 솜털이 바늘처럼 일어났다.

탬슨은 머리를 가로저었다.

"우리 이야기가 잠든 수위 귀에 안 들리는 곳이 좋아."

마우스는 가볍게 한숨을 쉬고 머리를 끄덕였다. 달리 어쩔 도리가 없었다.

"이름이 마우스라고 했지?"

마우스는 다시 한 번 머리를 끄덕였다.

"진짜 이름이니?"

"이상해요?"

"아, 미안. 전혀 이상하지 않아. 우리 오빠 이름은 루퍼스야. 세상에 루퍼스라고 불리기를 좋아하는 사람이 어디 있겠니."

탬슨은 이렇게 말하며 꽤나 호들갑스럽게 두 손을 내저었다. 가방과 우산을 들고 있었으므로 좁은 공간에서 그런 행동은 그리 바람직하지 않았다.

"이런! 다시 한 번 미안!"

그녀는 마우스가 다치지 않으려고 한 발 뒤로 물러서는 모습을 보고 웃으며 이렇게 말했다.

"내가 너무 휘둘렀지?"

"손님이 저를 구해 주셨지요? 밖에, 눈 속에서."

마우스가 확인했다.

알록달록한 여자 손님과 주문 가방

"너 혼자서도 해낼 수 있었을 거야. 그리 멀리 떨어진 곳이 아니었어."

그 사실은 마우스가 더 잘 알고 있었다.

"고맙습니다."

마우스가 말했다.

"별 말씀을. 그건 그렇고. 마우스, 나는 날 좀 도와줄 사람을 찾고 있어. 이것저것 자잘한 일을 해 줄 사람이 필요해."

'호텔 사정을 잘 아는 작고 잽싼 도우미'라고 스위트룸의 여자 손님이 말했었다. 그걸 어떻게 알았을까? 대체 어찌된 영문일까?

"저는 일이 있어요. 여기 이 호텔에서 일해요."

"하지만 그 일이 너를 행복하게 해 주지는 않지?"

"일이 행복하게 해 줄 수도 있어요?"

"때로는 그래."

탬슨은 마우스의 어깨를 살며시 잡고 돌려 유리에 비친 자신의 얼굴을 보게 했다.

"저게 행복한 아가씨의 얼굴이니?"

실제로 마우스는 오늘따라 자신이 여자답게 보인다고 생각했다. 아마도 불빛 때문일 것이다. 하지만 그렇다고 행복해 보이지는 않았다.

"아니오."

마우스는 이렇게 말하고 눈을 내리깔았다.

탬슨은 마우스를 조심스럽게 다시 자기 쪽으로 당기고는 그 앞에 쪼그리고 앉았다. 이제 두 사람의 눈높이가 같아졌다. 단지 그 유치한 모자만이 마우스 머리 위로 1피트가 넘게 솟아 있었다.

"원한다면 호텔 일을 계속해도 돼. 그러면서 내가 여기 머무는 동안 종종 나 대신 사소한 일들을 처리해 주는 거야. 알겠니?"

"어떤 일인데요?"

"우선 내 가방 좀 들어 줘. 무겁지 않아."

"수위가 화를 낼 거예요. 가방을 문 안으로 들여놓는 일은 그의 일이거든요. 급사도 저를 미워할 거예요. 짐을 방으로 옮겨 주고 팁을 받을 기회를 제가 뺏는 거니까."

탬슨은 마우스를 보며 씩 웃었다.

알록달록한 여자 손님과 주문 가방

“하지만 수위는 잠들었어. 급사도 아마 그럴걸? 맞지? 아무튼 지금은 아무도 없어.”

실제로 야간 근무조의 급사는 어디에도 보이지 않았다. 마우스는 그가 어딘가 대형 꽃병 뒤에 앉아 코를 골며 자고 있을 것이라고 생각했다.

“어때?”

탬슨이 물었다.

“나쁠 거 없죠.”

마우스는 가방을 잡으려 했다. 그러나 탬슨이 다시 뒤로 뺐다.

“잠깐. 한 가지 더.”

그 일에는 분명 어떤 어려움이 있는 모양이었다.

“네?”

“나를 탬슨이라고 불러야 해. 레이디 스펠웰이니 뭐 그런 쓸데없는 소리 말고.”

호텔에 오는 수많은 외국 손님 덕분에 마우스도 ‘레이디’가 영국의 귀족 여성에게 쓰는 호칭이라는 사실 정도는 알고 있었다. 그러니까 탬슨이 지체 높은 여자 손님이란 말인가?

마우스는 다시 머리를 끄덕였다. 그러자 탬슨이 계속해서 이야기했다.

"한 가지 질문이 더 있어."

"뭔데요?"

"너 그 여자 만났지? 그러니까 내 말은, 네게서 그 여자 냄새가 나. 지금은 지난번보다 훨씬 더 심해. 그 여자와 이야기했니?"

마우스는 침을 삼켰다.

"그 여자가 분명 나에 대해 물었을 거야. 그랬지?"

탬슨은 확신을 갖고 물었다.

그렇지만 이름을 대지는 않았다. 스위트룸의 여자 손님을 묘사하지도 않았다. 마치 마우스하고는 아주 절친한 사이라서 그렇게만 말해도 다 통한다는 듯이.

"네."

마우스의 목소리가 기어들어갔다.

"호텔 앞에서 보았다는 얘기를 할 수밖에 없었어요."

탬슨은 마우스의 머리를 쓰다듬었다.

알록달록한 여자 손님과 주문 가방

“괜찮아. 그리고 나를 언니라고 불러.”

“말하지 말았어야 했죠?”

“그 여자도 어차피 내가 가까이 있다는 사실을 곧 알게 될 거야.”

“그럼 손님께서는…… 언니는 화 안 났어요?”

“화는 무슨. 안 났어.”

탬슨은 집게손가락으로 마우스의 턱을 치켜 올렸다.

“이 탬슨 언니를 위해 한 번 웃어 봐.”

마우스는 미소를 지었다. 하지만 미소라기보다는 이가 아픈 것처럼 보였을 것이다.

탬슨이 한숨을 쉬었다.

“웃는 건 나중에 연습하자.”

탬슨은 몸을 일으키고 마우스의 손에 가방 손잡이를 쥐어 주었다. 그리고 현관 안으로 들어갈 수 있도록 회전문을 밀었다.

“아주 가벼워요!”

마우스가 호기심을 보이며 가방을 약간 위로 쳐들었다.

“뭔가 들어 있기는 한가요?”

탬슨은 종소리처럼 밝게 웃었다. 그러고는 마우스를 앞질러 문에서 나와, 뒤도 돌아보지 않고 서둘러 프런트로 가서 종을 울렸다.

"물론 들어 있지. 주문이야. 온갖 주문이 다 들어 있어."

마우스는 탬슨이 러시아 사람이 아니어서 단어를 잘못 선택했을 거라고 생각했다.

"책 말인가요? 하지만 책은 훨씬 무거운데."

"주문이라니까. 주문 말이야."

잠이 덜 깬 프런트 직원이 나타나 가방을 든 마우스를 미심쩍은 눈초리로 바라보고는, 서둘러 근무 자세를 취하고 손님에게 방을 정해 주었다. 탬슨이 또 앞장서 갔다. 이번에는 엘리베이터를 향했다. 프런트 직원이 놀라 두 사람을 쳐다보았다.

"받아."

탬슨은 말하며 마우스에게 알록달록한 우산도 넘겼다. 그녀는 방 열쇠만 들었다.

마우스는 짐을 들지 않은 손으로 우산을 받아 쥐며 생

각했다. 전혀 안 젖었네. 그런데 자기도 모르게 그 생각을
소리 내어 말하고 말았다.

"이런 우산은 함부로 펼치면 안 돼."

탬슨이 살문 앞에서 엘리베이터를 기다리며 설명했다.

"왜요?"

"왜냐고?"

탬슨이 또 낄낄 웃었다. 그러고는 연극을 하듯 두 팔을
벌리고 큰 눈으로 천장을 쳐다보며 말했다.

"그러면 큰일 나니까. 우산을 펼친 사람 머리 위로 온
세상이 곤두박질 칠 테니까!"

마우스는 우리 둘 중에 누가 어른이고 누가 아이인지
모르겠다고 생각했다.

마우스의 출생과 북극의 위험

"언니에 대해 물어본 그 여자는 누구예요?"

마우스가 탬슨의 방에서 가방을 내려놓으며 물었다. 이 방은 2층에 있었으므로 황실 스위트룸보다 네 층 아래였다. 마우스는 우산을 침대 위에 공손히 내려놓은 후에도 거기서 눈을 떼지 않았다.

"평생 좋은 일이라고는 한 번도 안 한 사람."

탬슨은 침대 모서리에 털썩 주저앉아 탄성을 확인하는 듯 몸을 위 아래로 흔들었다.

"너무 푹신하군."

"지하실에 있는 제 매트를 드릴까요? 그 위에서 자면

멍이 들 정도로 딱딱해요.”

탬슨이 올려 보며 말했다.

“넌 바닥에서 자니?”

마우스가 머리를 끄덕였다.

“여자는 그런 데서 자면 안 되는데.”

“사람들은 대부분 저를 남자라고 생각해요.”

“하지만 너는 여자잖아.”

마우스는 어깨를 으쓱했다.

“그야 그렇죠.”

마우스는 그 문제에 대해 이야기하기를 그다지 좋아하지 않았다. 이유는 자신도 알 수 없었지만 아무튼 유쾌하지 않았다.

“네 얘기 좀 해 봐.”

탬슨이 말했다.

“지금요?”

“바쁘지 않으면.”

마우스는 잠시 생각했다.

“저에 관해서는 별로 할 얘기가 없어요.”

"태어날 때 얘기부터 시작해."

"저는 이 호텔에서 태어났어요. 지하 포도주 창고에서. 이름은 세탁실에서 일하던 여자들이 지어 주었어요. 지금은 그들 가운데 한 사람도 안 남아 있어요. 모두 해고되었거든요."

"네 어머니는?"

"제가 태어날 때 비밀경찰에 체포되었어요. 엄마 이름은 율리아였어요. 엄마는 지하 창고에 숨어 있었죠. 경찰들이 저는 그냥 내버려두고 엄마는 끌고 갔어요. 그리고 그날로 처형 당했어요."

"저런!"

"엄마는 니힐리스트였어요."

"저런!"

탬슨이 다시 한 번 말했다.

✤

"니힐리스트는 어떤 사람들이에요?"

마우스의 출생과 북극의 위험

마우스가 언젠가 쿠쿠시카에게 물었다. 그 후 몇 년이 흘렀지만 마우스는 그때 나눈 대화를 잊은 적이 없었다.

"그게 왜 궁금하지?"

"주방에서 어떤 사람이 우리 엄마가 니힐리스트였다고 했어요."

쿠쿠시카는 한숨을 쉬었다.

"맞는 말일 거야."

"그런데, 그들이 어떤 사람들이에요?"

"혁명가들. 차르의 원수. 그들이 차르 알렉산더의 아버지, 그러니까 선대의 차르를 살해했어. 그들은 차르 알렉산더와 그 가족들도 모두 죽이기를 원해. 니힐리스트들은 모든 지배자는 백성을 탄압한다고 생각하니까. 그래서 도시에나 시골에나 가난한 사람이 그토록 많은 것도 지배자의 탓이라고 믿어. 그들은 이 나라 곳곳에서 겨울이면 수천 명씩 얼어 죽고, 일주일에 수백 명씩 굶어 죽는 데도 차르는 그냥 보고만 있다고 말하지."

"그 말이 맞아요?"

쿠쿠시카는 오랫동안 말없이 생각에 잠겼다.

“아니. 나는 그렇게 생각하지 않아.”

“하지만 우리 엄마는 그 말을 믿었죠? 그래서 죽은 거죠?”

“그래.”

좀 전보다 더 오래 침묵이 흘렀다.

“그래. 그랬을 거야.”

“니힐리스트가 비밀경찰에 잡히면 어떻게 돼요?”

“처형 당해. 아니면 시베리아의 강제수용소로 보내지거나. 최악의 경우 적막의 감옥에 갇힐 수도 있어.”

“적막의 감옥이요?”

마우스는 그런 말을 들어본 적이 없었다.

“거기서는 어떤 소리도 내면 안 돼. 죄수를 지키는 간수들은 모두 소리가 나지 않는 펠트 슬리퍼를 신고 다녀. 그들은 기름 주전자를 하나씩 가지고 다니면서 방에 난 구멍의 쇠 덮개에 기름칠을 하지. 그 구멍은 죄수에게 음식을 밀어 넣어주는 구멍이야. 죄수들은 자기 방을 떠날 수 없어. 그리고 한 마디라도 말을 하면 안 돼. 간수들도 마찬가지야. 말을 했다가는 그들도 감옥에 갇히고 말아.”

마우스의 출생과 북극의 위험

그 당시에 마우스는 아직 어렸으므로 그 모든 장면을 한참 동안 구체적으로 상상하고서야 이해했다.

"너무 끔찍한 벌이에요."

"가장 끔찍한 벌이지."

"차르가 그 벌을 생각해냈어요?"

"차르의 조상들 가운데 한 사람이."

"그렇다면 니힐리스트들이 옳은지도 모르겠어요."

마우스가 말했다. 사실은 '그렇다면 우리 엄마가 옳은지도 모르겠어요.'라고 말하고 싶었다.

쿠쿠시카는 마우스를 매우 심각한 얼굴로 쳐다보았다.

"그런 소리는 다시는 입 밖에 내지 마라."

마우스는 그 말을 다시는 하지 않았다.

⚜

탬슨은 이제 매트 위에서 쿨렁거리지 않고 가만히 앉아서 마우스의 이야기에 귀를 기울였다.

"때는 1881년 3월 13일이었어요."

마우스는 쿠쿠시카의 어법을 써 가며 이야기했다. 쿠쿠시카에게 그 이야기를 하도 여러 번 해 달라고 해서 이제 다 외우고 있었다. 심지어 자기도 모르게 쿠쿠시카의 억양까지도 따라했다.

"알렉산더 2세는, 그러니까 지금의 차르인 알렉산더 3세의 아버지죠. 알렉산더 2세는 이 날 상트미하일 원형경기장에서 거행되는 위병 사열식을 참관하기로 했어요. 비밀경찰은 니힐리스트들이 암살을 기도할지도 모른다고 차르를 말렸어요. 하지만 차르는 비밀경찰의 말을 듣지 않았어요. 처음 대대장으로 임관해 사열에 참가한 장교들 가운데 차르의 조카가 있었거든요. 모든 일이 잘 진행되었어요. 사열이 끝난 후 차르는 대공부인을 방문하기로 했어요. 차르는 화려한 마차에 앉아 길가에 모여 든 사람들에게 손을 흔들었어요. 갑자기, 카타리나 운하 근처의 어느 좁은 길에 들어섰을 때, 공중에서 무언가가 날아왔어요. 다들 눈덩이라고 생각했죠. 하지만 그것은 눈덩이가 아니라 폭탄이었어요. 폭탄은 차르의 마차 뒤에 떨어져 폭발했어요. 차르는 마차를 멈추게 하고 누가 다쳤는지 직접 알아보려 했어요. 차르는 폭발로 인한 사태를 확인하고는 충격을 받았어요. 그리고 차르의 시선은 한 순간 젊은 청년에게 가 꽂혔어요. 그 청년은 니콜라이 이바노비치라는 대학생이었어요. 그 사람이 바로 폭탄을 던진 사람이었어요. 그때 폭탄이 또 날아왔어요. 이번에는 정확히 목표점에 떨어졌어요. 사람들, 마차와 말들 그리고 차르 알렉산더는 폭탄에 맞아 산산조각이 되었어요. 차르는 몇 시간 동안 목숨이 붙어 있었지만 결국 죽고 말았지요. 니콜라이 이바노비치는 즉각 체포되었어요. 그와 함께 다른 니힐리스트들도 대거 체포되었고요. 그들은 도시 곳곳에 숨어 있었어요. 각자가 폭탄을 가지고 있었지요. 첫 번째 암살이 실패할 경우 다른 장소에서 던지려고."

마우스는 잠시 이야기를 멈추고 혹시 탬슨이 지루해하지는 않는지 살폈다. 그러나 이 영국 아가씨는 꼼짝 않고 침대에 앉아 흥미진진하게 이야기를 듣고 있었다.

"우리 엄마는 이 호텔 직원이었어요. 원래는 대학생이었죠. 니콜라이 이바노비치와 마찬가지로. 하지만 여기 세탁실에서 도우미로 일했어요. 그 당시 엄마는 만삭이었어요. 경찰이 니콜라이의 방에서 찾아낸 명단에 엄마 이름도 있었어요. 경찰이 엄마를 잡으러 호텔에 들이닥쳤을 때 엄마는 포도주 창고에 숨었어요. 경찰이 엄마를 찾아냈을 때 엄마는 흥분과 공포에 휩싸인 채 아기를 낳고 있었어요. 그리고…… 그게 저예요. 아시다시피.”

마우스는 수줍게 웃었다.

“그리고 너는 그냥 내버려 두었다고?”

탬슨이 기가 막힌 듯 물었다.

“다들 저한테 그렇게 말했어요.”

마우스가 가리킨 사람은 쿠쿠시카와 당시에 세탁부로 일하던 여자들 몇 명이었다. 마우스는 그들의 얼굴을 희미하게 기억했다.

“아름다운 이야기가 아니야.”

탬슨이 말했다.

“죄송해요.”

“아니야. 네 잘못이 아니잖아.”

탬슨이 마우스에게 손을 뻗었다. 마우스는 한참 망설인 후에야 그 손을 잡았다.

마우스의 출생과 북극의 위험

"내 말은 아주, 아주, 아아주 슬픈 이야기라는 뜻이야."

마우스는 그 말에 어떻게 대꾸해야 할지 몰랐다.

"그냥 이야기예요. 저도 들어서 알고 있을 뿐이에요. 그냥 동화처럼."

"진실인 동화도 많아. 우리가 생각하는 것보다 훨씬 더 많지."

이제 탬슨은 좀 전 로비에서처럼 명랑한 모습이 전혀 아니었다.

"안타깝게도 진실인 동화는 대부분 아름다운 이야기가 아니지."

마우스는 조심스럽게 손을 빼고 주문이 든 가방에 걸터 앉았다. 그러자 곧 마우스의 엉덩이 아래서 가방이 꿈틀 거렸다. 마우스는 '잉?' 하고 벌떡 일어섰다.

"깔고 앉으면 싫어해."

탬슨이 말했다.

"누가요?"

"가방이."

"뭔가 이 안에 살아 있어요!"

“주문밖에 없어. 또 뭐가 있겠어?”

마우스는 이해할 수 없어 머리를 가로저었지만 더 묻지 않았다. 다른 일이 훨씬 더 궁금했다.

“황실 스위트룸의 여자 손님은 대체 누구예요? 그리고 왜 언니한테 화가 났어요?”

“화가 났다고?”

탬슨은 방이 울리도록 크게 웃음을 터뜨렸다.

“그 여자는 나를 미워해. 불이 물을 미워하는 것보다 훨씬 더. 어느 정도냐면…… 말 안 해도 알겠지?”

“그런데 왜요?”

“내가 그 여자한테서 뭘 훔쳤거든.”

도둑이잖아! 탬슨도 나와 같은 도둑이야! 마우스는 흥분했다.

“뭘요?”

“그 여자한테 무엇보다도 중요한 거. 그러니까…… 흠. 말하기 어렵군. 그 여자한테는 사람들을 억압하고 벌주고 감옥에 가둬 얼어 죽게 만드는 일 말고 또 중요한 일이 뭐가 있는지 모르겠어.”

마우스의 출생과 북극의 위험

마우스의 귀에는 탬슨이 마치 차르 이야기를 하는 것처럼 들렸다. 하지만 마우스는 쿠쿠시카의 충고대로 아무 말도 하지 않았다.

"그 여자는 여왕이야. 알겠니?"

탬슨이 잠시 후 말했다.

"적어도 자기 제국에서는."

"어떤 제국인데요?"

"아주 먼 북쪽에 있는 나라야."

"시베리아요?"

마우스는 시베리아보다 더 북쪽에 있는 곳은 생각할 수 없었다.

"그보다 훨씬 더 북쪽이야."

탬슨이 머리를 가로저으며 대답했다.

"그곳으로 가는 길은 아주 특이해. 한 번 그 제국에 발을 들여놓으면 다시 돌아오기 힘들어."

"하지만 언니는 거기 갔다가 다시 돌아왔잖아요."

"엄청난 대가를 치렀지."

탬슨이 잠시 망설인 뒤 말을 이었다.

"그때 우리 아버지가 돌아가셨어."

"안됐군요."

잠시 탬슨의 명랑한 모습에 우울한 기운이 감돌았다. 그러나 탬슨은 곧 다시 밝아졌다.

탬슨의 이야기는 마우스에게 정말 신기하게 들렸다. 하지만 탬슨이라는 사람 자체가 신기했으므로 그 이야기는 믿을 만했다. 그리고 황실 스위트룸의 무서운 여자 손님은 더 신기했다.

"그 여자는 눈보라 여왕이야."

탬슨이 말했다.

마우스는 이 말에 방금 자신이 하려던 말을 잊어버렸다.

"눈보라 여왕이라고요?"

탬슨이 머리를 끄덕였다.

"그 여자가 상트페테르부르크에 나타났다는 사실은 지금까지 이 도시에서 일어난 사건 가운데 가장 위험하고, 가장 간교하고, 가장 사악한 일이야. 하지만 그보다 더 나쁜 일은 그 책임이 나한테 있다는 사실이지."

탬슨은 가방이 있는 곳으로 가서 가방을 높이 들어 침

마우스의 출생과 북극의 위험

대 위 우산 옆에 눕혀 놓았다. 마우스는 탬슨이 가방을 열 줄 알았다. 그러나 탬슨은 가방을 놓아 둔 채 높은 창문 가운데 한 곳으로 가서 커튼을 젖혔다. 밤하늘은 여전히 폭설로 가득했다.

"그 여자는 나를 쫓아 이 도시까지 왔어. 하지만 나를 찾기는 힘들었을 거야. 그래서 내가 좀 도와주려고 이 호텔로 온 거야."

"그러면 여왕이 언니를 처벌할 거예요."

"아니. 내가 못 하게 할 거야. 네가 나를 조금만 도와주면 돼."

마우스는 곰곰이 생각했다.

"그 여자 방에 남자 아이가 하나 있어요. 에를렌이라는 아이예요. 에를렌은 매우 슬퍼 보여요. 그리고 여왕을 무서워해요."

"사실 에를렌은 남자 아이가 아니야."

탬슨이 말했다.

마우스는 못 믿겠다는 듯이 머리를 갸우뚱했다.

"어쨌든 남자 아이처럼 보였어요."

"에를렌은 순록이야. 여왕의 썰매를 북극에서 여기까지 끌고 왔지."

탬슨은 이 말을 제대로 이해시키기 위해서는 지도가 필요하다는 듯이 김이 서린 유리창에 손가락을 대고 위에서부터 아래로 선을 그었다.

"순록?"

마우스가 따라했다.

탬슨의 손가락이 번개와도 같이 어지럽게 지그재그를 그렸다.

"너 그 여자 방에 갔었니? 거기 짐승의 모피가 바닥에 떨어져 있는 거 봤지?"

마우스가 멍하게 머리를 끄덕였다.

탬슨은 만족한 듯했다.

"그게 에를렌의 가죽이야. 그걸 뒤집어쓰면 다시 순록이 돼. 하지만 여왕이 허락하지 않을 거야. 남자 아이와 함께 있는 걸 좋아하니까. 그 여자 같은 인간이 진정한 기쁨을 알기나 하는지 모르지만……."

정말 별난 밤이야! 황실 스위트룸에 투숙한 마녀에 알

록달록한 여자 손님. 비어 있으면서 살아 있는 가죽가방. 게다가 사람이 아니라 순록인 소년까지! 서리 아저씨만 오시면 되겠네. 마우스는 속으로 말했다. 서리 아저씨는 창문 밖에서 눈사람을 만들고 있었다.

"여왕은 에를렌을 왜 남자 아이로 만들었어요?"

"그녀의 교활한 마음속 깊은 곳에는 언제나 아들을 바라는 마음이 있었어."

탬슨이 말했다.

"한번은 진짜 남자 아이를 유괴해서 자기편으로 만들려고 했지. 하지만 실패했어. 그래서 허전한 마음을 그런 요술을 부려 달래는 거야."

탬슨은 경멸조로 콧방귀를 뀌었다.

"요술이라는 표현은 너무 점잖아. 사실은 비열하고 무자비한 짓이야. 대부분의 동물들은 인간이 되느니 차라리 죽기를 원해. 인간에 대해 너무도 잘 알고 있으니까."

탬슨은 마우스를 보며 눈을 깜박였다.

"그리고 누가 남자가 되기를 바라겠어?"

마우스는 자신이 남자이기를 바라는지, 여자이기를 바

라는지 진지하게 생각해 본 적이 없었지만 예의 상 미소를 지었다.

"너 에를렌의 마술을 풀어주고 싶니? 그를 다시 순록으로 돌아가게 해 주고 싶어? 우리가 해볼까?"

탬슨이 물었다.

에를렌은 마우스를 여왕과 올빼미에게서 구해 주었었다. 당연히 그를 돕고 싶었다. 하지만 마우스는 탬슨이 에를렌을 구실로 내세운다는 사실도 짐작했다. 사실 탬슨의 관심사는 에를렌이 아니라 오직 눈보라 여왕뿐이었다.

"제가 뭘 해야 하는데요?"

마우스가 물었다.

"그냥 마음의 준비만 하고 있어. 때가 되면 부를 테니까."

"여왕이 어떻게든 언니가 여기 있다는 사실을 알아차리지 않겠어요? 제 말은…… 아주 가까운 곳에 있다는 사실을요."

"물론이지. 내가 바라는 바야."

탬슨은 손가락을 튀겨 딱 소리를 냈다.

마우스의 출생과 북극의 위험

“아마도 이미 알고 있을 거야.”

“그런데 왜 오지 않죠?”

“여왕은 힘이 약해졌어. 내가 여왕의 몸에서 일부를 훔치면서 힘의 일부도 빼앗은 거야. 여왕은 자기 몸속에 있는 추위를 통제하는 힘을 점점 잃어가고 있어. 그래서 추위가 여왕의 몸에서 빠져나와 이 도시로 흘러 온 거야.”

“그래서 여느 때와 달리 이렇게 추운 거예요?”

“그래. 그리고 지금보다 더 추워질 거야.”

탬슨은 잠시 뭔가 중요한 말을 덧붙일 듯 했으나 보일락 말락 하게 머리를 가로저으며 입을 다물었다.

“그럼 언니가 여왕을 이기면 추위가 다시 사라지나요?”

마우스가 물었다.

탬슨은 한참을 머뭇거리더니 머리를 끄덕이며 말했다.

“그래. 그렇고 말고.”

마우스는 그 말이 그다지 미덥지 않았다.

탬슨은 마우스의 눈빛에서 마우스가 이해하지 못했다는 사실을 알아차리고는 드디어 다시 웃었다. 듣기만 해도 누구나 기분이 좋아지는 그런 웃음이었다.

"여왕은 아직도 매우 위험한 인물이야. 위험하고말고. 하지만 나를 공격하려면 남아 있는 힘을 다 모아야 해."

마우스는 서 있는 채로 눈을 탬슨에게서 가방으로, 가방에서 우산으로, 우산에서 다시 알록달록한 탬슨에게로 돌렸다.

"언니도 여왕과 겨룰 만한 힘이 있어요?"

"때가 되면 알게 되겠지."

마우스는 처음으로 탬슨의 경박한 행동이 꾸며낸 것이었다는 생각이 들었다. '두고 봐' 하며 어깨를 으쓱하는 모습이 어색했다.

마우스의 출생과 북극의 위험

탬슨의 춤

무도회장에서는 마지막 춤을 위한 음악이 흐르고 있었다. 거대한 유리벽 뒤에서 물고기들이 피겨스케이팅을 하듯 빙그르르 돌았다.

탬슨이 나타난 지 하루가 지났다. 마우스는 그 후로 탬슨을 보지 못했다. 마우스의 기억에 탬슨을 본 마지막 순간은 그녀가 머리에 쓰고 있던 모자를 벗었을 때였다. 곱슬머리가 푸른 물결처럼 어깨 위로 흘러내렸다. 탬슨이 그 모자를 뒤집어 테이블 위에 놓을 때 두 손으로 잡고도 가벼운 신음 소리까지 낸 것을 보면, 모자가 보기보다 훨씬 무거운 모양이었다.

새벽 2시가 조금 지났다. 마우스는 무도회장 입구에 서서 춤추는 한 쌍을 번갈아 쳐다보았다. 쿠쿠시카와 머리가 하얀 여자 파트너가 건물의 남쪽 벽에 설치된 수족관을 향해 춤을 추며 다가갔다. 불을 환하게 비춘 수족관 안에서는 신기한 모습의 물고기 수십 마리가 미끄러지듯 헤엄을 치고 있었다. 이 수족관은 오로라 호텔의 또 하나의 자랑거리였다. 호텔은 오후 프로그램 '차와 춤'을 통해 바다 밑에서 춤추는 듯한 기분을 즐기라고 광고했다.

쿠쿠시카에게 안겨 지칠 줄 모르고 플로어를 누비는 늙은 여자 손님은 사실 물에 빠져 죽은 사람과 비슷한 데가 있었다. 잿빛 머리칼에 퉁퉁한 몸집. 얼굴은 죽은 사람처럼 창백했다. 그러나 용감한 쿠쿠시카는 그 여자 손님을 아름다운 공주님을 안듯 정중하게 안았다. 두 사람은 리듬에 맞춰 춤을 추며 수족관의 물고기들을 지나고, 정면 벽을 덮고 있는 거대한 그림들을 지나며 무도회장을 떠다녔다.

그들은 홀에 남은 마지막 한 쌍이었다. 다른 사람들은 이미 각자의 방으로 돌아간 지 오래였다. 마우스는 악단이 연주를 마치고 피곤한 악사들이 악기를 케이스에 넣을 때까지 끈질기게 기다렸다. 쿠쿠시카는 만족스러워하는 파트너의 손에 작별 인사로 입을 맞추고 무도회장 출구까지 모셔다 드렸다. 그 여자 손님은 젊은 처녀처럼 새빨개진 얼굴로 춤추듯 사라졌다. 쿠쿠시카가 조심스럽게 한숨을 내쉬었다. 그가 드디어 마우스에게 눈길을 주었다.

"한 곡 추실까요?"

그가 과장된 어조로 물었다.

"가서 구두나 닦겠어요."

"이런! 오늘은 기분이 안 좋으신가?"

"나 춤 안 춰요. 아시면서."

"그럼 지금부터 추면 되겠네!"

그 말이 끝나기도 전에 마우스는 어느새 쿠쿠시카에게 이끌려 쪽매널마루 바닥 위를 빙글빙글 돌고 있었다.

"어지러워요!"

마우스는 퉁명스럽게 투덜거렸지만 속으로는 춤이란 것이 생각했던 것보다 훨씬 더 재미있다고 생각했다.

악사들이 피곤한 목소리로 쿠쿠시카에게 작별 인사를

하고는 옆문으로 사라졌다. 이제 그 큰 홀에는 마우스와 쿠쿠시카만 남았다.

두 사람은 말없이 그리고 음악도 없이 열 개의 웅장한 샹들리에 아래서 춤을 추었다. 마우스는 쿠쿠시카가 이끄는 대로 마음 편히 몸을 맡겼다. 쿠쿠시카는 마우스를 보며 살며시 웃었다. 아마도 그의 머릿속에는 밤이면 밤마다 이 홀에서 울려 퍼지는 수많은 멜로디 가운데 하나가 흐르고 있을 것이다.

마우스는 곧 숨이 찼다.

"아무도 없는 데서 단 둘이서만 춤을 추는 일은 좀 서글프지 않을까요?"

"달리 갈 곳이 없을 때는 그렇겠지."

쿠쿠시카가 말했다.

"그리고 함께 대화할 사람도 없어서 잘 알지도 못하는 직업 댄서가 겉치레로 하는 소리나 들을 수밖에 없을 때는."

"방금 춤춘 그 여자도 그랬어요?"

"그 여자뿐만이 아니야. 외로운 사람은 많아. 이 호텔에서 일하는 청소부나 급사들이 다들 너보다 특별히 행복한 줄 아니?"

마우스는 실제로 그 문제에 대해 특별히 생각해 보지도 않은 채 그렇다고 단정하고 있었다.

쿠쿠시카는 부드럽게 머리를 가로저었다.

"사람은 군중 속에서도 외로울 수 있어. 사실 그럴 때 더 외롭지. 애들이 너를 놀리는 이유는 네게 불만이 있어서가 아니야. 자기 자신에게 불만이 있어서 그런 거야. 다른 사람을 놀리는 동안에는 자기 자신의 문제 때문에 골머리를 앓지 않아도 되니까."

"만약에 막심이 또 저를 죽이려 하면 그를 대화에 끌어들여 한번 진지하게 물어 봐야겠군요."

쿠쿠시카는 살며시 웃으며 자신이 축이 되어 마우스를 발레리나처럼 돌렸다.

"어른이 하는 말은 늘 옳은 법이야. 그냥 믿으면 안 되겠니?"

"제가 어른이 되면 저절로 믿게 되겠죠."

"아까 내가 잘못 본 건가? 사실은 너 기분이 좋지? 어떻게 그럴 수가 있어?"

순간 마우스는 멈춰 서서 쿠쿠시카에게서 몸을 뺐다. 쿠쿠시카는 혼자 한 바퀴 더 돌아 춤을 마무리하고는 마우스에게 정중히 허리를 굽혔다.

마우스는 정말로 기분이 좋았다. 단지 지금까지도 그 사실을 모르고 있었을 뿐이었다. 탬슨한테서 그런 이야기를 들었으니 응당 걱정을 해야 하는데 아니, 겁이 나야 하는데 그러기는커녕, 자신의 인생에서 드디어 무슨 일이 일어날 것만 같은 강한 예감을 느꼈다. 뭔가 굉장한 일이 일어날 것 같았다.

"2층에 투숙한 이상한 여자 이야기 들었어요?"

마우스가 물었다. 쿠쿠시카도 물론 탬슨을 알고 있었다. 직원의 절반이 그 여자 이야기를 했다. 마우스는 그 날 저녁 다른 아이들과 함께 식사를 했다. 처음으로 아이들이 마우스 흉을 보지 않았다. 그 날 대화의 주제는 마우스가 아니라 '2층의 파란 여자 손님'이었다.

마우스도 사람들이 하는 이야기를 듣고 안 일이지만, 탬슨이 대낮에 아무 거리낌도 없이 흡연 살롱에 들어간

탬슨의 춤

모양이었다. 거기서 가죽 소파에 편안히 앉아 태연하게 시가를 피웠다는 이야기였다.

"시가가 내 팔뚝만 했어. 정말이라니까."

한 웨이터가 장담했다.

다른 웨이터는 말도 안 된다고 했다. 여자가 감히 흡연 살롱에 발을 들여놓다니! 흡연 살롱에는 남자 손님들만 들어갈 수 있었다. 탬슨은 그것도 모자라 공공장소에서 담배를 피웠으니, 그 뻔뻔스러운 행동은 가히 타의 추종을 불허하는 일이었다. 여자들은 담배를 피우지 않았다. 더욱이 사람들이 보는 앞에서는 말할 필요도 없었다. 그러면 안 되는 일이었다.

"여자들이 여기저기서 연기를 뿜어 대면 우리는 어디로 가겠어?"

막심이 식사시간에 한 말이었다. 아무도 그의 말에 토를 달지 않았다. 청소부들도 마찬가지였다. 그들 가운데 몇 명은 손님들이 피우다 버린 시가를 주워 서관에 있는 어느 방에서 피우기도 했다. 마우스는 그런 여자들을 본 적이 있었다.

　사회에는 누구나 지켜야 하는 규범이 있었다. 특히 여자들은 그랬다. 이곳 차르의 제국도 다른 나라와 다르지 않았다.

　'사회의 풍기를 문란케 하는 여자.' '부도덕하고 뻔뻔스러운 인간.' '윤리와 미풍양속을 해치는 여자.' '저질!' '쓰레기!' 이런 소리가 호텔 복도에서 웅성거렸다.

　그 일은 분명 사건이었다. 그러나 마우스는 탬슨이 그럴 줄 이미 알고 있었다. 단지 이렇게 빨리 행동을 개시할 줄은 몰랐기 때문에 조금 놀랐을 뿐이었다. 탬슨은 눈보라 여왕의 관심을 끄는 일이 꽤나 급했던 모양이다.

　"마우스? 어이!"

　쿠쿠시카가 마우스의 눈앞에서 한 손을 흔들었다. 생각에 잠겨 있던 마우스가 놀라 정신을 차렸다.

　"어? ……네?"

　"파랑 머리 여자에 관한 이야기를 들었느냐고 물어서 그렇다고 대답했어. 그런데 너는 내 말을 전혀 안 듣는 것 같구나."

　"죄송해요. 저도 방금 그 여자 생각을 하느라고."

탬슨의 춤

“너 벌써 그 여자를 만났니?”

쿠쿠시카의 이마에 주름이 잡혔다. 한 순간 그의 얼굴에 진한 걱정의 빛이 드리웠다.

“설마 그 여자가 벌써 너한테 허튼 생각을 심어 준 것은 아니겠지?”

“쿠쿠.”

마우스는 원망이 가득한 어조로 대꾸했다.

“올빼미는 제가 도둑이라고 믿고 있어요. 다른 사람들은 모두 저를 미워해요. 제가 아저씨한테까지 미움을 받고 싶겠어요?”

그 말은 질문에 대한 직접적인 대답은 아니었지만 마우스는 일부러 그렇게 대꾸했다. 아무튼 쿠쿠시카도 그 대답에 어느 정도는 만족한 것 같았다.

“그 여자는 뻔뻔한 인물이야.”

쿠쿠시카는 갑자기 벽에 귀라도 달린 것처럼 조그맣게 말했다.

“호텔 경영진은 흡연 살롱에서 그런 부적절한 행동을 한 여자를 내쫓고 싶을 게 분명해.”

“뭐가 그렇게 부적절해요?”

“담배를 피웠어!”

쿠쿠시카의 격분은 연극이 아니었다.

“그게 어때서요? 남자들도 피우잖아요!”

“그 여자는 남자가 아니야!”

마우스는 갑자기 쿠쿠시카를 약 올리고 싶어졌다.

“그럼 저는요? 사람들은 대부분 제가 남자인 줄 알아요. 그러니까 저는 그냥 피워도…….”

“몽 디외(세상에)!”

격분한 쿠쿠시카의 날카로운 목소리가 마우스의 말을 끊었다. 그는 화가 나면 프랑스 어를 사용했다.

“그만두는 게 좋아!”

마우스는 키득거렸다. 쿠쿠시카는 어두운 표정으로 마우스를 좀 더 쳐다보더니 결국 입 꼬리를 올렸다.

“내가 나이 값을 해야지.”

쿠쿠시카가 한숨을 쉬었다.

“내가 너무 흥분했다. 아무것도 아닌 일에…….”

“맞아요. 아무것도 아니에요.”

탬슨의 춤

그들 뒤에서 어떤 목소리가 말했다.

두 사람은 휙 돌아보았다.

탬슨이 무도회장의 문을 열고 아찔하도록 짧은 원피스 차림으로 나타났다. 원피스의 색깔이 눈을 찔렀다. 탬슨은 외투도 입지 않고 모자도 쓰지 않았는데, 무슨 이유에서인지 가방과 우산은 들고 있었다. 탬슨은 가방과 우산을 문 옆에 내려놓고 춤추는 듯한 걸음걸이로 마우스와 쿠쿠시카에게 다가왔다. 굽 높은 구두가 쪽매널마루 바닥에 닿을 때마다 또각또각 소리를 냈다.

쿠쿠시카의 몸이 굳었다.

"죄송합니다."

그가 억지로 꾸민 친절한 어조로 말했다.

"악단은 이미 퇴근했습니다. 무도회장은 이미 문을 닫았어요."

"하지만 방금 마우스와 음악 없이 춤을 추셨잖아요?"

탬슨은 이미 오래 전부터 두 사람이 눈치 채지 않게 문 밖에 서 있었던 게 분명했다. 두 사람이 하는 말을 다 들었을 것이다. 불쌍한 쿠쿠시카! 마우스는 그가 얼마나 곤란한지 알 수 있었다. 속으로는 아마 백 번도 더 죽고 싶었을 것이다.

하지만 쿠쿠시카는 탬슨이 마우스의 이름을 알고 있다는 사실에 가장 많이 놀란 것 같았다. 마우스는 나중에 그것 말고도 몇 가지 더 확인해 봐야겠다고 생각했다. 보아하니 쿠쿠시카는 이 불청객 여자 손님을 쫓아버리기 위해 결례가 되지 않을 적당한 말을 찾고 있었다.

탬슨은 파란 곱슬머리 사이로 쿠쿠시카를 뚫어지게 쳐다보았다.

"저와 춤추시겠어요, 쿠쿠시카 씨?"

탬슨이 눈을 깜박거렸다.

"이런! 쿠쿠시카가 성인지 이름인지도 모르고! 아무튼 매혹적인 이름이에요."

마우스는 쿠쿠시카가 아무 말도 못하고 쩔쩔매는 모습을 본 적이 거의 없었다. 하지만 지금은 분명 그런 순간이었다.

"저는…… 지금……."

이 불쌍한 위인이 어물어물했다. 마우스는 웃음이 나오

려는 모습을 그에게 들키지 않으려고 몸을 돌렸다.

"제가 잠이 안 와서 그래요. 그리고 춤을 좀 배워야겠어요. 잘 가르치시죠?"

마우스는 여전히 웃음을 참지 못했다. 그리고 쿠쿠시카가 이제 슬슬 이 여자 손님의 비위를 맞춰 주는 게 좋겠다고 생각했다.

"그게, 저……."

쿠쿠시카가 또 우물거렸다.

"너무 그러지 마세요!"

"잠시 추는 거야 나쁘지 않겠지요."

쿠쿠시카가 이렇게 말하고 헛기침을 했다.

두 사람이 서로 안았을 때 마우스는 뭔가 찌르는 듯한 느낌이 들었다. 처음에는 어렴풋하더니 나중에는 확실해졌다. 두 사람은 이제 살며시 웃고 있었다. 쿠쿠시카는 아직 좀 불안해 보였지만 탬슨은 매력이 넘쳤다.

마우스는 몇 발짝 떨어져서 두 사람을 바라보며 어떤 감정에 푹 빠졌다. 이게 뭐지? 질투? 누구를? 쿠쿠시카는 내 가장 오랜 친구야. 내가 믿고 따르는 선생님이야. 그럼 탬슨? 그 여자가 뭐길래?

쿠쿠시카는 두 스텝을 밟자 곧 몸에 밴 실력이 나왔다. 마우스가 찬찬히 살펴보니 그는 이제 억지로 추는 것 같지 않았다. 쿠쿠시카는 자기도 모르게 탬슨의 의지대로 움직였다. 탬슨은 오로지 미소와 짧은 원피스만으로 쿠쿠시카의 마음을 사로잡았다.

뻔뻔해. 정말! 마우스가 속으로 말했다. 그러면서도 사실은 자기 자신도 그 말을 믿지 않았다. 기이한 일이 일어나고 있었다. 그러나 탬슨 스펠웰이 그 일과 연관되어 있다는 사실로 보건대 별로 놀라운 일도 아니었다.

마우스는 지금까지 질투심을 느껴본 적이 없었다. 누구를 질투한단 말인가? 쿠쿠시카는 친구였다. 그리고 탬슨은……. 탬슨도 뭐 그랬다. 마우스는 그 두 사람이 서로에게 호감을 느끼면 자신은 두 사람 모두에게서 관심을 잃게 될 것 같아 한 순간 정말로 두려웠다.

단지 춤을 추었을 뿐이야! 그게 뭐 그리 두려워? 쿠쿠시카는 저 일이 자기 직업인데 뭐!

탬슨은 쿠쿠시카의 상체를 자기 쪽으로 가까이 끌어당

졌다. 두 사람의 얼굴은 손가락 하나 들어갈 정도밖에 떨어져 있지 않았다. 탬슨의 입술이 움직였다. 무슨 말을 하는지 마우스에게는 들리지 않았다. 그래서 기분이 더 좋지 않았다.

두 사람은 돌고 또 돌았다. 반대쪽 벽을 향해 마우스에게서 멀어져갔다. 멋진 한 쌍이었다. 좀 유별나기는 하지만. 그리고 탬슨이 쿠쿠시카에게 춤을 배워야겠다고 한 말은 단지 구실이었다는 사실이 드러났다. 탬슨의 춤은 훌륭했다. 그녀가 움직일 때마다 구두 굽이 리듬에 맞춰 딱딱 소리를 냈다. 그 소리만 없었다면 음악이 흐르지 않는다는 사실마저 잊어버렸을 것이다.

갈까? 마우스는 생각했다. 할 일이 많았다. 더러운 구두들이 지하실에서 마우스를 기다리고 있었다. 거기가 내 자리야. 여기가 아니야.

천장에 매달린 커다란 수정 샹들리에들을 바라보며 마우스는 전나무 숲이 얼음으로 변해 거꾸로 매달린 것 같다고 생각했다. 어쩌면 우리는 모두 저렇게 끝날 거야. 모두 얼어버릴 거야. 수정처럼 투명하게. 눈보라 여왕을 위해 늘어선 조각상처럼.

갑자기 구두 굽 소리가 멎었다.

마우스가 고개를 들어 쳐다보니 두 사람은 춤을 멈추었고, 쿠쿠시카는 탬슨에게서 한 발짝 물러서 있었다. 얼굴이 백짓장처럼 창백했다. 쿠쿠시카는 순간적으로 비틀거리는 듯하더니 다시 똑바로 섰다.

탬슨은 여전히 사랑스럽게 웃고 있었다. 심장을 녹일 듯 고혹적이었다. 얼음도 녹일 것 같았다.

마우스는 무슨 일이 있었는지 알 수 없었다.

"쿠쿠?"

마우스가 불렀다. 그러나 쿠쿠시카를 향해서라기보다 자기 자신에게 속삭이는 소리였다.

쿠쿠시카는 당황한 눈빛으로 탬슨을 바라보더니 몸을 홱 돌려 무도회장 밖으로 뛰쳐나갔다. 마우스 곁을 지날 때 힐끗 눈길을 던졌으나 이내 사라졌다. 인사도 없이. 아무 말도 없이.

"쿠쿠시카?"

마우스는 그의 뒷모습을 향해 작은 소리로 불렀다.

탬슨의 춤

마우스는 쿠쿠시카를 쫓아가려고 했다. 그러나 어느새 탬슨이 뒤에서 다가와 한 손으로 마우스의 어깨를 잡았다. 마우스는 탬슨의 발소리를 듣지 못했다. 마치 바닥에 발을 전혀 대지 않고 온 것 같았다.

"내버려 둬. 컨디션이 안 좋아."

탬슨이 나지막이 말했다.

"말도 안 돼! 조금 전까지만 해도 좋았어요."

마우스가 탬슨에게 소리쳤다.

"아프다는 말이 아니야. 걱정 마. 단지 좀 놀랐을 뿐이니까."

"무슨 짓을 한 거예요?"

마우스는 탬슨의 손을 쳐냈다.

"생각해 봐야 할 일을 좀 알려 주었을 뿐이야. 걱정 마. 곧 다시 회복할 테니."

마우스는 그 말을 어떻게 이해해야 할지 몰랐다. 또한 쿠쿠시카가 달아나지 않았다면 자기한테 이야기하려 했을지 그것도 의심스러웠다. 어른들이란! 만날 쓸데없는 짓만 한다니까! 마우스는 이렇게 생각하며 밀려드는 슬픔을 느꼈다.

"쿠쿠시카한테 뭐라고 했어요?"

마우스는 탬슨에게 물었다. 지금은 화가 좀 누그러들었
지만 여전히 황당했다.

"때로는 결정을 내리는 일이 중요하다고."

"무슨 결정이요?"

"그가 알아."

탬슨의 손이 마우스의 머리를 쓰다듬었다. 그리고 걱정
어린 얼굴로 그녀를 쳐다보았다.

"아주 잘 알지."

✣

마우스는 뭐가 뭔지 도무지 알 수 없었다. 탬슨의 속마
음을 꿰뚫은 듯 하다가도 그녀의 한마디에 다시 모든 것
이 베일에 싸였다. 아무튼 탬슨은 이해할 수 없는 인물이
었다.

"사실 너한테 할 얘기가 있어서 왔어."

탬슨의 춤

탬슨이 말했다.

마우스는 무슨 얘기냐고 묻는 듯한 얼굴로 쳐다보았다.

"때가 왔어."

"무슨 일이 있었는데요?"

"이제 일어날 거야. 방금 시작되었어. 괜찮다면 지금 눈보라 여왕의 스위트룸으로 가서 그 순록 소년의 가죽을 가져 와."

"하지만……."

"여왕과 마주치지는 않을 거야. 걱정 마."

"그 방에 들어가서 모피를 슬쩍 하라고요?"

"이런 일 여러 번 해 봤잖아?"

"네…… 아니오…… 그게…… 그리 간단한 문제가 아니에요."

탬슨이 한숨을 쉬었다.

"아니야, 마우스. 아주 간단해."

탬슨은 잠시 생각하더니 덧붙였다.

"넌 해낼 수 있어. 아마도 서두르는 게 좋을걸?"

"여왕이 거기 없다고요?"

"없어. 내가 장담할게."

"그 소년은요?"

"소년? 아, 그 애는 아마 있을 거야."

그 말에 마우스는 예상했던 것보다 훨씬 더 불안해졌다. 그때야 비로소 먼저 했어야 할 질문이 떠올랐다.

"여왕이 자기 방에 없으면 대체 어디 있단 말이에요?"

"내 방에."

탬슨은 금줄에 매달린 주머니 시계를 꺼내 덮개를 열고, 자신감에 차서 시계 바늘이 가리키는 곳을 확인했다.

"곧 도착할 거야."

마우스는 여전히 어리둥절했다. 그러나 탬슨은 마우스의 어깨를 돌리고 출구를 향해 등을 떠밀었다.

"늑장부리지 않는 게 좋아. 시간은 15분이야."

마우스는 뛰었다. 간단히 설명할 수는 없지만 왠지 탬슨을 믿어야 할 것 같았다. 아마도 처음 본 순간부터 마우스에게 매우 친절했기 때문일 것이다. 아니, 그보다는 탬슨이 매우 특이했기 때문일 것이다. 무엇보다도 탬슨의 자신감이 마우스에게도 영향을 미쳤다는 사실이 가장 큰

탬슨의 춤

이유일 것이다. 마우스도 그 영향을 느꼈다. 마우스는 지금 그 어느 때보다도 씩씩했고 의지도 굳건했다. 운이 좋으면 15분 내에 일을 끝낼 것이다. 만약 시간 내에 못 끝내면…… 그러면 아무 의미가 없을지도 모른다.

마우스는 엘리베이터 보이를 피해 계단을 이용했다. 2층에 올라서자 계단을 벗어나 복도를 따라 뛰었다. 여러 모퉁이를 돌아 탬슨의 방이 있는 복도에 도착했다. 엄습하는 추위가 탬슨의 말을 증명했지만 마우스는 스스로 확인하지 않고는 안심할 수 없었다.

마우스는 탬슨의 방문 앞 10미터 지점에서 멈춰 섰다. 잠시 망설인 후 천천히 앞으로 나아갔다. 마우스는 숨을 참았다. 숨소리가 너무 커서 들킬 것만 같았다. 그러나 곧 숨을 참으면 나중에 더 크게 쉬게 된다는 사실을 깨달았다. 지금부터는 규칙적으로, 하지만 될 수 있는 대로 가만히 쉬려고 애썼다.

이제 탬슨의 방까지 네 발짝을 남겨 놓았다. 마우스는 옆으로 접근했기 때문에 문이 닫혀 있는지 알 수 없었다. 추위가 뼛속까지 파고들었다.

마우스는 문 옆 벽에 등을 바짝 붙였다. 맞은편 벽에 붙었다면 좀 더 잘 살필 수 있었을 것이다. 하지만 그러면 방에 있는 사람에게 들킬 위험도 더 컸다. 그나마 지금은 문이 살짝 열려 있는 모습이 보였다. 조심스럽게 얼굴을 문에 대고 안을 들여다보았다.

열린 문틈으로 흐릿한 불빛이 새어나왔다. 그 불빛은 창으로 들어온 달빛도 등불에서 나온 빛도 아니었다. 가볍게 가물거리는 것 같았는데, 어쩌면 착각인지도 몰랐다. 마우스는 긴장한 나머지 어지러워졌다. 주변이 온통 흔들리는 것 같았다. 끔찍이도 두려웠다.

문 뒤에서는 아무 소리도 나지 않았다. 눈보라 여왕이 정말로 그 안에 있다면 아마도 거기 아주 조용히 서 있을 것이다. 마우스는 여왕의 모습을 상상했다. 유령처럼 창백한 얼굴로 방 한 구석에 꼼짝 않고 서 있는 모습. 말없이 기다리고만 있는 무서운 모습. 기다리다니? 누구를? 감히 문을 열고 안으로 들어오는 사람? 아니면, 조심스럽게 문틈으로 살피기만 하는 사람?

마우스는 언젠가 지하실에서 거미가 먹이를 기다리는

모습을 본 적이 있었다. 거미줄 맨 가장자리에서 꼼짝 않고 기다리다가 곤충이 거미줄에 걸리자 번개와도 같이 몸을 던져, 여덟 개의 다리로 그 곤충을 콱 잡고 먹어치웠다. 그 생각을 떠올리자 마우스는 소름이 끼쳤다. 그리고 얼른 문에서 얼굴을 뗐다.

추위와 두려움에 떨며 마우스는 다시 계단으로 향했다. 처음에는 아주 천천히, 등을 여전히 벽에 붙인 채 가다가, 방과 복도와 추위를 벗어나 드디어 다시 계단이 보일 때까지 걸음을 점점 빨리했다.

땡! 엘리베이터의 도착을 알리는 종소리가 났다. 마우스는 경계하는 자세로 서 있었다. 엘리베이터 승강장의 살문은 마우스가 서 있는 곳과 계단으로 통하는 열린 출구의 중간쯤에 있었다. 황동 문살 사이로 불빛이 흐르고 문살이 흔들렸다. 엘리베이터 보이가 내뱉은 짙은 입김이 흔들리는 문살 사이로 흩어졌다. 엘리베이터 안이 추운 모양이었다. 탬슨의 방 앞 복도보다 더 추워 보였다.

갈라진 복도로 통하는 출구 앞에는 문 그림자가 드리워져 있었다. 마우스는 아랫입술을 깨물고 그림자 속으로 미끄러져 들어갔다. 거기에는 불빛이 없었다. 그러나 누군가 중앙 복도에서 그 쪽을 돌아보면 마우스는 꼼짝없이 들킬 상황이었다.

살문이 차르르 하고 옆으로 밀리고, 엘리베이터 보이가 승객에게 인사하는 소리가 나지막이 들렸다.

"안녕히 주무십시오, 마담. 대단히 고맙습니다."

마우스는 그 목소리를 알아들었다. 막심이었다.

복도가 갈라지는 지점에 크고 허연 물체가 휙 지나가며 바람을 일으켰다. 찬 기운이 마우스에게 들이닥치기까지는 시간이 좀 걸렸다. 그러나 일단 마우스를 덮치자 마치 누군가 머리 위에서 양동이에 든 얼음물을 퍼부은 것 같았다. 거기에 비하면 좀 전에 복도에서 느낀 추위는 그저 열린 창문으로 들어오는 바람에 지나지 않았다.

눈보라 여왕이 지나간 후 한참이 지났지만 마우스는 여전히 숨어서 움직이지 않았다. 손가락 하나도 달싹할 수 없었다. 탬슨의 말을 듣고 계단에서 바로 맨 위층으로 올라갔더라면 여기서 눈보라 여왕과 맞닥뜨리는 일은 없었을 것을! 마우스는 이렇게 후회하는 동시에 탬슨에 대한

탬슨의 춤

믿음에도 살짝 금이 갔다. 곧바로 위층으로 올라갔더라도 결국 스위트룸 앞에서 여왕과 맞닥뜨렸을 게 아닌가!

마우스는 속으로 셋까지 센 후 뛰기 시작했다. 눈보라 여왕이 사라진 왼쪽 방향으로는 고개조차 돌리지 않고 바로 오른쪽 모퉁이를 돌아 달렸다. 엘리베이터 승강장의 살문을 지나 계단으로 향했다. 거기라면 안전할 거라고 마우스는 생각했다.

여왕이 나를 보았을까? 그 생각을 하자 마우스는 곤혹스러웠다. 나를 쫓아올까? 그러지는 않겠지. 여왕이 노리는 물건은 탬슨의 방에 있었으니까. 여왕은 분명 나를 깡그리 잊었을 거야.

계단은 끝날 것 같지 않았다. 계단이 이렇게 길어 보인 적은 처음이었다. 마우스는 층계참에 이를 때까지 속으로 계단의 칸을 세었다. 층계참에서 다시 계단이 이어지면 하나부터 다시 세었다. 드디어 맨 위층에 도달했다. 마우스는 한 손으로 난간을 짚고 기댄 채로 가쁜 숨을 몰아쉬었다.

계속 가! 얼른! 쉬는 건 나중에 실컷 할 수 있어!

마우스는 6층 복도를 지나면서 에를렌이 도움 받기를

좋아하기나 할지 의문이 생겼다. 마우스는 그에 대해 아는 것이 없었다. 그저 탬슨의 말을 믿을 수밖에. 에를렌이 순록으로 돌아가 다시 차가운 우리에서 자느니 그냥 남자아이로 살기를 더 원하면 어떡하지?

마우스는 기둥 장식이 멋진 황실 스위트룸의 출입문 앞에 도달했다. 문 위에 있는 벽에 새긴 으르렁거리는 곰의 모습이 그 어느 때보다 더 살아 있는 것 같았다.

마우스는 숨이 턱까지 찼기 때문에 몸을 약간 앞으로 굽힌 채 손을 들어 문을 두드렸다.

순간적으로 마우스는 아주 멀리서 엘리베이터의 도착을 알리는 종소리가 들리는 것 같았다. 그러나 그 소리는 문 두드리는 소리에 묻혀버렸다. 마우스는 생각했다. 환청이야. 여왕이 이렇게 빨리 도착할 수는 없어.

어쩌면 그럴 수도 있지…… 맞아, 그럴 수도 있어. 탬슨의 계산이 또 빗나갔을지도 모르잖아! 눈보라 여왕은 탬슨이 자신에게 덫을 놓은 사실을 알아채고 얼른 스위트룸으로 돌아가려고 한 거야. 뻔해!

문이 열렸다.

탬슨의 춤

에를렌이 커다란 갈색 눈으로 마우스를 쳐다보았다. 에를렌의 옷은 어제보다 더 엉망이었다. 마치 마술로 만든 몸에 옷을 걸치는 일이 싫어 쥐어뜯기라도 한 것 같았다.

마우스는 에를렌에게 초조하게 미소를 지어 보이고는 기다리지도 않고 문을 안으로 밀었다. 에를렌은 거부하듯 손을 들었지만 마우스는 이미 안으로 들어와 등으로 문을 밀었다. 딸깍 하고 문이 닫혔다. 마우스는 안도의 한숨을 내쉬었다.

에를렌은 문을 다시 열기 위해 마우스의 손을 잡아당겨 문에서 떼 내려 했다. 마우스는 거세게 머리를 가로젓고는 잠시 손짓 발짓으로 자신이 처한 상황을 설명하려고 애썼다. 그러다 에를렌이 벙어리이지만 귀까지 먹지는 않았다는 사실이 생각났다.

"나는 네가 누군지 알아!"

마우스는 불쑥 내뱉었다.

"내 말은…… 여왕이 너한테 무슨 짓을 했는지 안다고. 하지만 그 마법은 풀 수 있어. 모피만 있으면 돼."

마우스는 에를렌의 야성적인 짙은 눈동자에서 그가 이

해하지 못했다는 사실을 눈치 채고 말을 멈췄다.

"네 가죽 말이야. 알겠어?"

마우스는 닫혀 있는 침실 문을 가리켰다.

"저 안에 있지? 내가 봤어."

에를렌은 마우스가 도대체 무슨 말을 하는지 모르겠다는 듯이 깊게 숨을 들이쉬었다. 그러더니 힘차게 머리를 가로저었다.

"다시 순록으로 돌아가기 싫어?"

마우스가 물었다.

이번에는 머리를 끄덕였다. 그러더니 다시 가로저었다. 두 가지 동작이 만들어낸 그 절망의 표현은 마우스의 마음을 몹시 아프게 했다.

"너를 이해할 수 없어."

마우스가 말했다.

"모피를 가지고 가자. 응?"

마우스는 그의 손을 비껴 침실로 가려했으나 에를렌은 길을 막았다. 그가 화 난 듯 보였다면 마우스도 더는 강요하지 않았을 것이다. 그를 돕지 않는 편이 그를 위하는 길

탭손의 춤

이라는 확신이 들었을 테니까. 그러나 그의 눈에는 애처로운 절망만이 가득했다. 갇힌 짐승의 절망이었다. 동시에 마우스의 가슴 속에는 두려움이 파고들었다. 두려움에 밀려 확신은 점점 사라졌다. 이곳에 온 것은 엄청난 실수였어! 나하고 정말 아무 상관도 없는 일에 끼어든 것 자체가……

잠깐! 하고 마우스의 마음속 목소리가 말했다. 너하고 상관 있어. 그가 너를 구했어. 그러니 잠자코…….

등 뒤에서 들리는 소리에 생각이 끊어졌다. 누군가 문을 거세게 두드렸다.

눈보라 여왕이야! 마우스가 속으로 외쳤다.

하지만 여왕이라면 노크를 하지 않을 텐데? 아니야. 여왕은 분명 아니야.

침울한 에를렌의 표정이 당혹감으로 변했다. 그는 당황해서 발을 동동 구르기 시작했다. 마우스는 곧 그것이 갇힌 짐승이 두려운 나머지 보이는 행동이라는 사실을 깨달았다. 탬슨의 주장에 다른 증거가 필요하다면 이것이 바로 그 증거였다.

다시 문 두드리는 소리가 났다.

"여보세요?"

무례하게 쿵쿵거리는 목소리가 들렸다.

"문 좀 열어 봐요."

그런 후에야 비로소, 무례하다는 생각이 들었는지 약간 당황한 목소리로 '부탁합니다.' 하고 덧붙였다.

마우스는 눈을 감았다.

"여보세요?"

다시 목소리가 울렸다.

에를렌은 마우스의 손을 잡아당겼다.

마우스는 눈썹을 치켜올렸다. 자신의 심장이 뛰는 소리를 누르기 위해 소리라도 질러야 할 것 같았다. 그러나 마우스는 속삭일 수밖에 없었다.

"올빼미야."

에를렌이 머리를 끄덕였다.

"나를 찾고 있어."

마우스가 속삭였다.

"여왕이, 네 주인이 여기 없다는 사실을 아는 게 분명

탬손의 춤

해. 올빼미는 내가……."

마우스는 말을 멈췄다. 사실 올빼미가 무슨 생각으로 이곳에 왔는지 마우스는 알지 못했다. 뿐만 아니라 에를렌이 마우스와 함께 스위트룸을 터는 일에 가담할지 그것조차 모르지 않은가? 한심하기는!

내가 어른이었다면, 적어도 나이가 조금만 더 많았다면 올빼미 앞에 나서서, 의심이 간다면 어디 마음대로 해 보시라고 말할 텐데! 그러나 마우스의 머릿속에는 두려움밖에 없었다. 그가 포도주 창고 뒤 내 밀실을 발견한 걸까? 내가 훔친 물건들을 모두 찾았을까? 그래서 왔을까?

에를렌이 어떤 몸짓을 하더니 침실 문을 열고 마우스를 그 안으로 밀어 넣었다. 자기 자신은 침실 밖에 서서 다시 한 번 애원하는 눈빛을 보이고는 문을 닫았다. 그가 문밖에서 카펫 위를 총총걸음으로 걷는 소리가 들렸다. 여전히 제 손으로 출입문을 열 작정은 아닌 것 같았다. 올빼미가 무슨 짓을 할까? 설마 황실 스위트룸의 문을 부수고 들어오지는 못하겠지. 아니, 어쩌면 그럴지도 몰라!

마우스는 몇 걸음 뒤로 물러났지만 문에서 눈을 떼지는

못했다. 지금 마우스는 애초에 오려고 했던 장소에 와 있었다. 눈보라 여왕의 침실에. 순록의 가죽은 손만 뻗으면 닿을 곳에 있었다.

하지만…….

밖에서 에를렌이 출입문을 열었다. 마우스는 문손잡이가 되돌아가는 소리를 들었다. 에를렌이 마치 손을 뜨거운 불에 데기라도 한 듯, 잡았던 손잡이를 다시 놓았기 때문이었다.

올빼미가 우물거리는 소리가 들리고, 다시 문이 닫히는 소리가 났다. 마우스는 밖에서 무슨 일이 일어나고 있는지 정확히 알 수 없었다. 올빼미가 돌아갔나? 아니면 안으로 들어온 건가?

에를렌이 발을 동동 구르는 소리와 함께 그보다 더 큰, 힘찬 발소리가 들렸다. 그러나 가장 크게 들리는 소리는 문을 열고 닫는 소리였다.

"걱정 마십시오."

올빼미가 말하는 소리가 아주 가까이에서 들렸다.

"모든 일에는 질서가 있는 법이죠."

문이 열리고 닫히는 소리가 끊이지 않았다.

올빼미가 스위트룸 전체를 수색하고 있어! 이런 생각이 번쩍 들었다. 방을 하나하나 차례로 뒤지고 있어!

마우스는 방 안에서 이리저리 빙빙 돌았다. 그러면서도 어디에 부딪치지 않으려고 조심했다. 어디 부딪쳐서 소리라도 나면, 발자국 소리라도 크게 내면 그 자리에서 들키고 말 상황이었다.

현관에서부터 문이 모두 몇 개나 되지? 욕실은 보았을까? 벽장 문까지 열어 봤을까? 등 뒤 어딘가에 숨어 있다가 문으로 뛰어 복도로 달아나지 못하도록 그는 분명 샅샅이 뒤질 거야. 그래. 이번에는 철저히 할 거야. 그러니까 나는 시간을 좀 벌 수 있어. 몇 초밖에 안 되더라도.

마우스는 침실을 둘러보았다. 옆에 커다란 여행가방과 짐 상자가 있었다. 여왕이 도대체 그 속에 무엇을 넣고 다니는지 마우스는 알 수 없었다. 테라스로 통하는 높은 창문은 겨울밤의 경치로 가득 차 있었고, 널찍한 유리문은 잠겨 있었다. 빛이라고는 깜박이는 촛불 세 개뿐이었다. 그 불빛에 무수히 많은 눈송이가 비쳤다. 몰아치는 눈송이가 창유리에 붙어 유리창은 거대한 눈꽃 밭이 되었다.

침실에서 달리 빠져나갈 길은 없었다. 마우스는 테라스 밖으로 나가느니 차라리 올빼미에게 잡히는 게 낫다고 생각했다. 설사 바깥세상에 대한 두려움이 없다고 한들, 거기서 어디로 간단 말인가? 테라스는 그 방과 마찬가지로 막다른 길이었다. 게다가 그 길은 네브스키 광장에서 다섯 층이나 위에 있었다.

차양을 드리운 침대는 건드린 흔적이 없었다. 베개와 이불이 반듯하게 펴져 있었다. 침대 밑으로 기어 들어갈까? 무엇을 하든 얼른 해야 했다.

그 순간 구석에 있는 순록의 가죽이 눈에 띄었다. 처음 보았을 때와 똑같이 거기 그렇게 놓여 있었다. 바싹 마른 검은 코가 반쯤 나와 있었고, 얼굴의 다른 부분은 보이지 않았다. 나머지는 마구 구겨진 상태로 아무렇게나 바닥에 깔려 있었다. 마우스는 그 모습에 가슴이 찢어질 듯했다. 세 개의 거울도 수정처럼 맑은 유리를 천장으로 향한 모습 그대로였다.

밖에서 올빼미가 요란하게 문을 여닫는 소리가 들렸다.

탬슨의 춤

마우스는 빠져나갈 가능성을 가늠해 보았다. 어떤 방법도 불가능했다. 서둘러 모피 쪽으로 다가갔다. 에를렌의 얼굴이 눈앞에 떠올랐다. 그 당혹스럽도록 슬픈 눈빛이 어른거렸다. 만약 이곳을 빠져 나갈 수 있다면 기필코 모피를 가지고 가리라고 마우스는 다짐했다.

세 개의 거울은 각기 서로 대칭을 이루지 않도록 간격을 두고 있었는데, 전체적으로 4분의 1조각이 모자라는 동그라미를 만들었다. 그런데 이상하리만치 아무렇게나 놓아 둔 것처럼 보였다. 물론 침실 바닥에 놓아 둔 사실 자체가 이상했지만.

밖에서 올빼미가 바닥을 쿵쿵 울리며 다가오는 소리가 들렸다. 에를렌이 빨라졌다 느려졌다 하는 총총걸음으로 따라다니는 소리도 들렸다. 문에서 쓱쓱 하는 소리가 났다. 마우스는 에를렌이 등으로 문을 막고 두 팔을 벌려 올빼미가 방으로 들어오지 못하도록 막는 모습을 떠올렸다.

불쌍한 에를렌! 마우스는 그를 도우려고 왔는데 오히려 그를 더 큰 곤경에 빠뜨리고 말았다. 그를 돕기는커녕, 이번에도 에를렌이 마우스를 도왔다. 그런 생각을 할 시간이 많았더라면 마우스는 가슴이 더욱 아팠을 것이다.

마우스는 충동적으로 한 걸음 앞으로 내딛고 모피를 집으려고 거울 위로 몸을 굽혔다. 순간 누군가 마우스의 발을 붙잡았다. 마우스는 올빼미의 거친 손아귀라고 생각했다. 마우스의 몸은 아주 가벼운 인형처럼 허공에 휘둘렸다. 팔을 퍼덕이고 발버둥을 치면서도 마우스는 정신을 바짝 차리고 소리를 지르지는 않았다.

마우스를 붙잡아 휘두른 사람은 올빼미가 아니었다. 아무도 아니었다.

마우스는 버둥거리고 허우적거렸다. 그런데 갑자기 발아래 단단한 바닥이 느껴졌다. 마우스는 엉덩방아를 찧고 넘어졌다. 두 손으로 바닥을 짚고 정신을 차리려고 눈을 감았다. 잠시 후 눈을 떴다. 눈꺼풀이 떨렸다.

어찌 된 영문인지 단번에 알아차리기가 쉽지 않았다. 마우스는 눈을 깜박였다. 눈을 감았다 뜨기를 반복했다. 눈앞에 보이는 장면을 떨어내기라도 할 듯이 머리를 가로저었지만 아무 소용이 없었다.

마우스는 상황을 파악하느라 한참을 생각했다. 그러나

생각하면 할수록 점점 더 이해하기 어려워졌다. 더 이상 해지기만 했다.

말도 안 돼! 정말 말도 안 돼!

세상이 뒤집혔다. 말 그대로였다. 위아래가 뒤바뀌었다. 지금 마우스가 앉아 있는 곳은 침실 천장이었다. 천장에 매달려 있는 것이 아니라 앉아 있었다. 흔들리지도 않았다. 방 전체가 뒤집어진 것 같았다.

마우스는 쪼그리고 앉았다. 소리를 지르고 싶은 마음이 간절했지만, 손으로 입을 막고 놀라 쳐다보기만 했다.

침실 천장은 이제 바닥이 되었다. 몇 미터 떨어진 곳에 샹들리에가 유리로 된 나무처럼 위로 솟아 있었다. 정말로 세상이 뒤집혔다면, 그렇다 하더라도 중력에는 아무런 영향도 안 미친 것 같았다. 전등을 매단 사슬이 위로(아래로인가?) 빳빳한 반원을 그리고 있었다. 벽에 그림도 거꾸로 걸려 있었다. 마우스가 머리를 뒤로 젖히자 머리 위 천장에 카펫이 깔려 있었고, 순록의 모피와 세 개의 거울도 그대로 보였다. 소파와 의자의 위치도 변함이 없었다. 침대 시트는 반듯하게 펴져 있었다. 차양 가장자리의 술 장식도 움직이지 않고 가지런히 매달려 있었다. 다만 마우스가 보기에는 매달려 있는 것이 아니라 똑바로 서 있을 뿐이었다.

마우스는 너무도 어지러웠다. 지금처럼 어지러웠던 적은 없었다. 그래도 일어서야 했다. 이 현상이 한 순간 다시 뒤집혀 5미터 아래로 떨어질 때를 대비해 샹들리에를 붙잡아야 한다고 본능적으로 생각했다. 방이 그토록 높다는 사실을 깨닫고 나서야 비로소 마우스는 온몸이 아프기 시작했다. 5미터를 떨어졌으니 아플 수밖에! 바닥에서 천장으로 떨어졌을 뿐, 온몸에 시퍼런 멍이 든 상태를 느꼈지만 기적처럼 부러진 데는 없었다. 아무튼 운이 좋았다.

세상이 뒤집힌 것이 아니라 마우스가 뒤집힌 것이었다. 창밖에 내리는 눈송이를 보고 마우스는 그 사실을 분명히 깨달았다. 눈이 위로 내리고 있었다. 어두운 하늘에서 테라스로. 테라스도 방바닥과 마찬가지로 마우스 머리 위에 있었다.

생각할 시간이 충분했더라면 상황을 좀 더 확실히 알 수 있었을 것이다. 그러나 문밖에서는 여전히 올빼미의

목소리가 들렸고, 에를렌이 등을 문에 대고 비비는 소리
는 점점 더 거칠어졌다. 갑자기 그 소리가 멎었다.

문손잡이가 움직이고 방문이 열렸다. 마우스는 움직이
지 않았다. 무릎을 구부리고 팔을 디딘 채 천장에 가만히
앉아 있었다. 올빼미가 마우스의 머리 위에서 방 안을 이
리저리 돌아다녔다. 머리를 아래로 한 채. 그가 설령 천장
을 보고 마우스를 찾는다 해도 잡을 수는 없었다. 올빼미
도 그렇게 크지는 않으니까.

올빼미는 대충 방을 훑어보고 여행가방과 짐 상자 뒤를
흘깃 보더니 똑바로 테라스로 통하는 유리문으로 갔다.
빗장을 둘 다 풀고 손잡이를 돌려 문을 안으로 당겼다. 휙
하고 눈바람이 들이닥쳤고, 올빼미는 순식간에 눈 속에
파묻혔다. 그는 어둠 속을 쳐다보았다. 마우스가 눈보라
가 몰아치는 바깥에 숨어 있으리라고 짐작하는 것 같았
다. 마우스는 소리 없이 한숨을 쉬며 생각했다. 정말 내가
호텔 밖으로 나갈 만큼 자기를 무서워하는 줄 아는 걸까.
내가 자기 주먹보다도 더 무서워하는 것이 있다는 사실을
알 리가 없지.

네 계획은 어떻게 된 거야? 너는 밖으로 나가는 연습을 하려고 했잖아! 너는…….

마우스는 침실로 들어오는 에를렌을 보자 마음속의 말을 멈췄다. 머리를 하도 뒤로 젖히고 있어서 목덜미가 아파왔다. 에를렌은 무슨 일이 일어났는지 즉각 알아차렸다. 그의 시선이 모피에 꽂히더니 벽을 타고 천장으로 기어올랐다. 그리고 거기서 마우스를 발견했다. 마우스는 그저 어깨만 으쓱할 뿐이었다. 그리고 미안하다는 뜻으로, 또한 위에서 다시 아래로 내려가려면 도움이 필요하다는 뜻으로 씩 웃었다.

마우스에게 그곳은 위가 아니라 아래였다. 마우스에게만 그랬다. 오직 마우스에게만 세상이 뒤집힌 것이었다.

올빼미는 추위를 무릅쓰고 바깥으로 나갔다. 얼마 지나지 않아 그는 눈보라와 어둠 속에 사라졌다. 그냥 발자국이 있는지만 확인하면 될걸! 정말로 나를 찾는 일에 한 치의 소홀함도 보이지 않으려고 온 테라스를 다 뒤질 생각인가? 어쩌면 그는 내가 늘 두려워했던 만큼 영리하지 않은지도 몰라.

탭슨의 춤

에를렌은 마우스에게 그 자리에서 움직이지 말라는 뜻으로 짧게 눈을 찡긋했다. 에를렌이 옳았다. 마우스가 어떻게 해서 천장에 올라왔든, 그곳은 현재로서는 가장 안전한 장소였다. 올빼미는 침실 천장은 놔두고, 얼어 죽을 것 같은 밖에서 마우스를 찾고 있었으니까.

조심해야 한다는 생각에도 불구하고 마우스는 일어서려고 했다. 부딪친 팔다리가 아프기는 했지만 힘들이지 않고 일어섰다. 이제 마우스는 똑바로 섰다. 매우 굳건하게. 매우 안정감 있게. 조금도 흔들리지 않았다. 천장은 바닥이 되었다. 보통 때처럼 걸어서 샹들리에로 다가가 빳빳하게 연결된 사슬을 잡을 수 있었다. 벽지를 바른 발 아래 바닥에는 샹들리에 외에 아무것도 없었다. 침실 천장에는 원래 샹들리에만 매달아 놓았다.

처음에는 방문으로 가려고 생각했다. 그러나 그 방의 높이는 5미터나 되었고, 문만 하더라도 2.5미터는 될 것이었다. 마우스가 팔을 뻗더라도 문틀 윗부분에도 닿지 않을 것이다. 그러니 문으로 나가 현관으로 달아나는 일은 생각도 할 수 없었다.

이 불행한 사실을 깨닫자 마우스는 달라진 상황으로 혼란스러운 가운데 새로운 두려움을 느꼈다. 마우스는 그 방에 갇힌 것이다. 마치 거대한 밥그릇 속에 갇힌 것처럼. 문에 닿기 위해 올라 설만한 물건은 아무 것도 없었다. 모든 의자와 탁자는 마우스의 머리 위에 있었으나 중력에 의해 마우스가 있는 천장으로 떨어질 것 같지는 않았다.

어쩌면 탈출구가 하나 있을지도 몰라. 마우스는 생각했다. 창을 낸 벽에는 큰 창문들 위에 작은 하늘창이 한 줄로 늘어서 있었다. 보통 때는 닫혀 있지만 그래도 창문을 여는 손잡이는 있었다. 여름에는 직원이 갈고리가 달린 긴 막대를 이용해 창문을 열었다. 그러나 지금 마우스는 천장에서 손만 뻗으면 손잡이를 잡을 수 있다.

그래서? 하늘창을 열 수 있겠지. 그 다음에는? 그래 봤자 바깥으로 나가는 길밖에 없어!

올빼미는 아직도 휘몰아치는 눈 속에 파묻혀 있었다. 검은색 제복 때문에 그는 어둠 속에서 분간이 되지 않았다. 저 밖에서 뭘 하는 거지? 모든 화분의 뒤를 다 살피는 걸까? 너무 춥고 어두워 밖에서 오래 버틸 것 같지 않았지만, 보다시피 올빼미는 행여 마우스를 놓칠까 모든 곳을 샅샅이 뒤지고 있었다.

올빼미가 눈이 쏟아지는 바깥에서 욕을 하며 헤맬 생각을 하자 마우스는 웃음이 나오려고 했다. 그러나 다시 생각해 보니 지금은 정말이지 웃을 상황이 아니었다.

마우스는 언제나 남들과 달랐다. 그러나 이렇게까지 다르지는 않았다. 거꾸로 서지는 않았다.

에를렌이 또 눈을 찡긋하며 움직이지 말라는 뜻을 전했다. 올빼미는 방으로 돌아와 어깨와 머리에 두텁게 쌓인 눈을 떨어내고 유리문을 닫았다. 어찌나 세게 닫았던지 유리가 흔들렸다. 샹들리에도 짤랑거렸다. 마우스는 올빼미가 위를 쳐다볼 것만 같아 가슴이 조마조마 했다.

"어디에도 없군요."

올빼미가 에를렌에게 말했다. 에를렌은 어깨만 으쓱할 뿐이었다. 마치 '그것 봐요. 내가 뭐랬어요?'라고 말하는 듯이.

올빼미는 다시 한 번 방을 둘러보았으나 천장을 보지는 않았다. 그러고는 문으로 향했다.

갑자기 그가 멈춰 섰다. 마우스는 진땀이 났다. 에를렌도 움찔했다. 그러나 곧 용기를 내어 완강한 태도를 취하고, 올빼미를 침실에서 내보내려고 앞장서 걸었다.

그러나 올빼미는 에를렌을 무시했다. 오히려 몸을 돌려 엄청나게 빠른 속도로 서너 걸음 침대 쪽으로 움직였다. 몸을 굽히고 확신에 차서 침대 밑을 보았다.

그는 실망해서 킁킁거리더니 다시 몸을 일으켜 방을 나갔다. 에를렌이 따라 나가 문을 닫았다. 마우스는 안도의 한숨을 쉬었다. 밖에서 스위트룸의 출입문이 딸깍 하는 소리가 나고, 이어 올빼미가 퉁명스럽게 인사하는 소리가 들렸다.

숨을 돌리기가 무섭게 침실의 문이 다시 열리고 에를렌이 뛰어 들어왔다. 침착하던 그의 모습은 온데간데없었다. 어찌할 바 모르는 몸짓을 하며 마우스를 바라보는 그의 얼굴은 온통 당혹감에 싸여 있었다.

"나, 나도 몰라…… 어떻게 된 일인지."

마우스가 더듬었다. 정말 어찌된 영문인지 아직도 완전히 이해할 수 없었다. 내가 천장으로 올라왔어. 그래 좋

아. 뭐 안 좋을 수도 있고. 아무튼 되돌리려면 어떻게 해
야 해?

에를렌이 자신의 가죽이 있는 구석으로 달려가 세 개의
거울을 가리켰다. 그때 그는 자신의 몸이 거울의 반사면
에 들어가지 않도록 하기 위해 거울 위로 몸을 굽히지 않
으려고 매우 조심했다.

"거울 때문이라고?"

마우스가 기가 막힌 듯 물었다. 왜 그 생각을 못했지?
거울은 순록의 가죽을 도둑맞지 않기 위해 쳐 놓은 일종
의 올가미였다. 에를렌이 다른 생각을 하지 못하도록 여
왕이 거울을 거기 놓아둔 것이다. 그런데 마우스가 걸려
들고 말았다.

멍청이! 진짜 멍청이야! 마우스는 화를 내며 자신을 탓
했다.

"이제 어떡하지?"

마우스가 물었지만 대답을 기대하지는 않았다. 마우스
는 늘 혼자였으므로 혼잣말을 하는 버릇이 있었다. 지금
은 에를렌이 곁에 있어서 마치 그에게 말하는 것 같았지

만 사실은 자기 자신에게 한 말이었다.

에를렌은 머리를 가로젓고는 두 손을 들어 손바닥을 보였다.

"몰라?"

마우스가 흥분해서 물었다.

"정말로 방법이 없어? 뭐랄까…… 마법을 푸는 물건이랄지 뭐 그런 것도?"

에를렌은 빈 침대를 가리켰다. 마우스는 알아들었다.

"눈보라 여왕만이 할 수 있다고? 참 나!……어떡하지?"

눈보라 여왕이 마우스를 천장에서 내려 줄지는 모르나, 그 대가로 분명 마우스에게 끔찍한 짓을 할 것이다. 그런 다음에는 올빼미에게 넘길 것이다.

다른 방법이 있을 거야. 다른 방법이.

탬슨! 탬슨이 마법을 푸는 법을 알거야. 애초에 이렇게 된 건 모두 그 여자 책임이잖아. 탬슨이 아니었다면 나는 이 방에 들어올 생각도 하지 않았을 거야. 그리고 탬슨은 모피를 훔치는 일을 어린애 장난처럼 이야기했어. '아주

탬슨의 춤

간단해’ 라고.

하지만 지금 이 상황을 어떻게 알리지? 맞아! 에를렌! 에를렌이 탬슨에게 가서 부탁하면 돼. 철천지 원수의 아지트로 좀 와 주세요. 아주 간단해요. 정말이에요, 탬슨.

그러나 그 방법도 믿을 것이 못 되었다. 마우스는 아까보다 더 어지러워졌다. 가망 없는 일이었다. 탬슨이 여왕의 아지트에서 여왕을 칠 힘이 있었다면 벌써 그렇게 했을 것이다. 그러나 탬슨은 여왕을 아지트에서 나오도록 유도했다. 그럴만한 이유가 있었던 것이다.

마우스의 눈길은 다시 하늘창을 향했다. 방문으로 나가지 않는 한 하늘창은 실제로 그곳을 빠져나갈 유일한 탈출구였다. 이 빌어먹을 천장은 왜 이리 높은 거야? 값비싼 가구와 그림만으로는 자랑이 모자라서?

마우스는 갇힌 상황에서 원하는 대로 벗어날 수는 있지만, 그것도 일단 창문 밖으로 나가야만 가능했다.

갑자기 에를렌이 발을 탕하고 굴려 마우스의 주의를 끌었다. 그는 다시 팔을 휘젓고 알 수 없는 몸짓을 하며 현관 쪽을 가리켰다.

마우스에게도 들렸다.

누군가 스위트룸의 출입문을 열었다. 노크를 할 필요가 없는 사람이었다.

"에를렌!"

눈보라 여왕이 끙끙대며 말했다. 그러고는 깍깍거리는 희한한 목소리로 마우스가 알아들을 수 없는 외국말을 덧붙였다.

에를렌은 어쩔 수 없이 마우스에게서 몸을 돌려 서둘러 현관으로 나갔다. 방문이 다시 닫혔다. 밖에서 뭔가 큰 물건이 넘어진 듯 와장창 하는 소리가 났다.

마우스는 오래 망설이지 않았다. 똑바로 서서 천장을 따라 달렸다. 발끝으로 서서 창문 손잡이에 손가락을 감았다. 감촉이 차가웠다. 그러나 두려움으로 가득찬 가슴속만큼 차갑지는 않았다.

마우스는 다시 숫자를 세었다. 눈을 감았다. 그리고 떨리는 손으로 창문을 열었다.

탬슨의 춤

하늘로 떨어지면 어떡하지?

손잡이는 조금도 움직이지 않았다. 겨울이 시작되면서부터 건드리지 않았기 때문에 아마도 추위에 얼어붙은 모양이었다.

마우스는 너무도 두려워 어쩔 줄 몰랐다. 살면서 이렇게 두려웠던 적은 한 번도, 단 한 번도 없었다. 마우스는 손가락으로 금속 손잡이를 감아 흔들고 당겼다. 온 힘을 다해 밖으로 나가려 하다니! 꿈에서도 생각지 못한 일이었다.

현관에서 다시 눈보라 여왕의 목소리가 울렸다. 여왕은 고통스럽게 비명을 질렀다. 탬슨이 쳐놓은 올가미가 비록 여왕을 완전히 제압하지는 못했을지언정 어떻게든 작동을 한 모양이었다. 마우스는 눈보라 여왕이 다치는 편이 나은지, 온전한 편이 나은지 판단할 수 없었다. 지금 마우스가 여기 있다는 사실을 알게 된다면 여왕은 더욱더 무섭게 화를 낼 것이다.

마우스의 손가락뼈가 피부를 통해 하얗게 내비쳤다. 손등에 푸르스름한 핏줄이 보였다. 마우스는 창문 손잡이를 다시 한 번 힘주어 돌렸다. 팔뚝이 마비되는 듯했다. 소용없었다. 손잡이는 꿈쩍도 하지 않았다.

마우스는 죽을힘을 다해 금속 손잡이에 입김을 불기 시작했다. 어이없게도 얼어붙은 이음새가 그렇게 해서라도 녹기를 바랐다. 그러나 그러기엔 시간이 너무 모자랐다. 눈보라 여왕이 정말로 부딪쳤다면 지금 침대에 누우려 할 것이다.

이제 목소리는 들리지 않았다. 그 대신 무엇인가 질질 끌리는 소리가 들렸다. 뒤이어 고통스러운 비명과 당황한 에를렌이 다시 발을 동동 구르는 소리가 차례로 들렸다.

마우스는 침착해지려고 애썼지만 잘 되지 않았다. 이제

하늘로 떨어지면 어떡하지?

곧 여왕이 방으로 들어와 마우스를 발견할 것이다. 그리고 바깥세상에는 마우스가 감당 못할 또 다른 두려운 일이 기다리고 있다. 이래도 저래도 결국 파국으로 끝나고 말 상황이었다.

문 밖의 소리가 점점 가까이 다가왔다. 에를렌의 발소리. 질질 끌리는 소리. 아마도 에를렌이 여왕을 부축해 침실로 데려오는 모양이었다.

이런 망할 놈의 창문 빗장!

"아차!"

마우스가 나지막이 말했다. 순간 자신이 무엇을 잘못했는지 깨달았다. 자신이 거꾸로 섰으므로 손잡이는 당연히 반대 방향으로 돌려야 했다. 마우스는 다시 시도했다. 몇 번 흔들었더니 손잡이가 돌아갔다.

창문이 열렸다. 눈보라가 들이닥쳤다. 방으로, 마우스의 얼굴로, 그녀의 눈으로. 마우스는 들이닥치는 눈에는 아랑곳 않고 마치 물속에 뛰어들 것처럼 깊이 숨을 들이마셨다. 그러고는 창틀을 두 손으로 잡고 몸을 앞으로 밀었다.

처음에는 생각했던 것만큼 무섭지 않았다. 호텔 건물 밖으로 나가지 못하게 막는 보이지 않는 벽 같은 것은 없었다. 오직 마우스 자신과 눈뿐이었다.

그러나 잠시 후 끝없는 허공이 눈에 들어왔다.

어둠 속을 뚫고 날아온 총알처럼 어떤 느낌이 마우스의 뇌리에 꽂혔다. 그것은 단순한 두려움이 아니었다. 바깥 세상에 대한 공포 이상이었다. 그 느낌은 날카로운 발톱으로 마우스의 자유 의지를 파고들어, 민감한 부분을 찾아 사정없이 잡아챘다. 마우스는 입을 열고 소리를 지르려고 했다. 그러나 입 밖으로 아무 소리도 나오지 않았다. 숨이 막혔다. 움직일 수가 없었다.

뒤에서 침실문의 손잡이가 움직였다. 마우스는 여전히 창에 숨어, 덜덜 떨면서 뒤를 돌아보았다.

문이 열렸다.

나가! 어서!

에를렌이 먼저 들어왔다. 그는 뒷걸음질을 치고 있었다. 초조하게 위를 쳐다보고는 열린 창가에 있는 마우스를 발견했다. 에를렌은 몸을 앞으로 굽힌 채 두 팔로 눈보

하늘로 떨어지면 어떡하지?

라 여왕의 상체를 안고 있었다. 여왕은 그의 팔에 기댄 채 몸을 길게 늘어뜨리고 방으로 끌려 들어오고 있었다. 바닥을 디디려고 발을 움직였으나 에를렌에게 아무런 도움도 되지 않았다. 마우스는 여왕이 어쩐지 달라 보였지만 곧 눈을 감은 채 창 밖으로 나갔다.

창문 위 지붕의 경사면이 시작되는 곳 바로 아래 추녀가 둘러쳐 있었다. 마우스의 발이 그 위를 디뎠다. 마우스는 밖으로 나오면 마법이 효력을 잃으리라 기대했었지만 그것은 잘못된 기대였다. 바깥세상도 뒤집혀 있었다. 건물들이 돌 구름처럼 마우스의 머리 위에 걸려 있었고, 아래로는 하늘 외에 아무것도 없었다.

마우스는 어찌 할 바를 몰라 추녀의 안쪽 면에 웅크리고 앉았다. 끝없이 넓게 펼쳐진 텅 빈 세상에 나와 있다는 사실만으로도 몸이 마비될 정도로 끔찍한 일인데, 게다가 하늘까지도 발아래 있다. 자칫하면 하늘로 떨어지고 말 것이다. 기가 막혔다.

마우스는 순식간에 물이 모두 사라져버린 드넓은 바다 표면에 서 있는 느낌이었다. 낭떠러지는 끝이 없었다. 끝없는 밤하늘이 지금 이 순간보다 더 강하게 마우스를 압도한 적은, 이토록 무섭게 여겨진 적은 없었다.

얼마나 그렇게 쪼그리고 있었을까? 밖으로 나오니 또다시 시간감각을 잃어버렸다. 마우스는 한참이 지난 후에야 아직도 침실에서 자신이 보인다는 사실을 깨달았다. 덜덜 떨며 머리를 돌려 열린 하늘창을 통해 방안을 들여다보았다.

눈보라 여왕은 이제 침대에 누워 있었다. 에를렌이 여왕을 보살피고 있었다. 여왕의 납작한 가슴이 터질 듯이 빠르게 부풀었다 가라앉기를 거듭했다. 에를렌은 줄곧 여왕의 손을 잡고 있었다. 여왕을 향하던 그의 시선이 창문으로 튀어 올랐다. 그러나 마우스에게 어떤 표시를 보내지는 못했다.

눈보라 여왕은 왼팔을 구부려 자신의 눈 위에 올려놓고 있었다. 마우스는 여왕의 얼굴을 알아보기 힘들었다. 입술은 창백했고 턱은 마녀처럼 뾰족했다. 꼭 끼는 흰 드레스 속의 몸은 이제 날씬한 게 아니라 꼬챙이같이 말라 보였다. 골반 뼈가 뾰족한 바위 등성이처럼 삐죽 솟아 있었다.

하늘로 떨어지면 어떡하지?

　마우스에게 이 모든 장면은 그림자처럼 희미하게 보였다. 밤하늘로 떨어질 것 같은 두려움에 맑은 정신을 유지할 수 없었다. 달아나야 했다. 어떻게든.

　마우스는 마침내 움직임을 시도했다. 그러나 관절이 얼어붙었다. 비상계단에서 첫 발을 내딛기까지 영원과도 같은 시간이 걸렸던 때와 비슷했다. 동시에 전혀 다르기도 했다. 계단에서는 기껏해야 몇 층 아래로 떨어질 뿐이었지만 지금은 바로 눈구름 속으로 떨어져, 그 속을 뚫고 어두운 밤하늘로 떨어질 것이다. 별들의 제국으로.

　마우스는 그 생각을 계속 이어나갈 수 없었다. 죽음 뒤에 일어날 일을 그려볼 때와 같이 상상의 나래는 한계에 부딪쳤다. 더는 존재하지 않는 그 시점 이후엔 인간의 상상력이 미치지 못했다.

　하늘, 별, 그 외에는 아무것도 없는 곳…… 어쩌면 영원히 암흑뿐인 밤을 뚫고 떨어질 것이다.

　마우스는 머리를 아래로 한 채 벽을 따라 몸을 밀었다. 아래는 보지 않았다. 거대한 돌덩이 같은 상트페테르부르크 시가 머리 위로 떨어질 것만 같았다. 추녀는 폭이 넓지 않은데다 약간 둥글려 있었다. 그 안쪽에는 눈이 없었다. 대신 마우스가 발을 내디딜 때마다 고드름이 밟혔다. 어떤 것은 마우스의 팔뚝만 했다. 유리 단검은 마우스의 몸으로 튀어 올라 얼굴을 살짝 빗나갔다. 마우스의 몸은 순간적으로 테라스에 몰아치는 눈보라에 휩싸였다. 며칠 전까지만 해도 창가의 고드름이 이것 반밖에는 안 되었었는데. 착각이었나?

마우스는 눈을 감고 가능한 한 오래 버티면서 디딜 곳을 더듬어 찾았다. 가끔씩 눈을 치켜뜨고 다음 모퉁이까지 얼마나 남았는지 보았지만 시선은 벽 쪽만을 향했다. 다음 모퉁이에 이르자 조금씩 몸을 움직여 모퉁이를 돌았다. 이제부터는 건물의 측벽이 이어졌다. 마우스는 계속 벽을 따라 갔다. 머리 위에는 이제 테라스가 끝나고 골목길이 열렸다. 길바닥을 알아볼 수 없었지만, 그런 것은 지금 아무 의미도 없었다. 미끄러질 경우 마우스가 떨어질 방향은 그 쪽이 아니었다.

밑에서 고드름 하나가 튀어 올라 마우스의 얼굴을 맞혔다. 목과 턱 사이의 연약한 피부를 바늘로 찌르는 것 같았

하늘로 떨어지면 어떡하지?

다. 놀라움과 고통으로 마우스는 균형을 잃을 뻔했다. 몇 초 간 소리를 지르고 한 팔을 허우적거리며 상체를 틀었다. 그러다 어찌어찌 다시 벽에 몸을 기댔다.

마우스는 덜덜 떨며 계속 옆으로 밀고 나아갔다. 추녀 아래에는 홈통의 아랫부분만 있을뿐, 아무것도 없었다. 마우스는 다른 스위트룸의 하늘창을 여러 개 지났다. 모두 빈 방이었다. 창문에는 빗장이 걸려 있었다. 당연했다. 유리도 맨손으로 깨기에는 너무 두꺼웠다. 손만 베고 말 것이다. 아니 그런 다음에 제대로 떨어질 것이다.

발아래로는 밤하늘이 아가리를 벌린 채 마우스의 눈에 더 큰 눈송이를 휘몰아댔다. 너는 독 안에 든 쥐야! 너를 잡고 말겠어! 마우스의 주위를 맴도는 바람이 음험하게 속삭였다.

벽의 구조가 달라졌다. 추녀는 좁아졌다. 마우스는 본관의 측벽을 이미 다 지나왔다는 사실을 깨달았다. 지금 그녀는 오로라 호텔의 역사가 시작된 원조 건물에 와 있었다.

마우스 바로 앞에 창이 있었다. 안에 불빛이 없었으므

로 어둠 속에서 창을 알아보기는 어려웠다. 그러나 마우스는 그곳에 도달하자 곧 알아보았다. 오! 결국 여기까지 왔어! 해냈어! 마우스는 속으로 말했다. 성에와 때가 덕지덕지 붙은 유리창 뒤로 바닥없는 옥내계단이 있었다. 창틀은 부식했고 유리는 얇았다. 창유리에 나뭇가지처럼 금이 가 있었다.

마우스는 가능한 한 멀리 옆으로 비켜서서 손을 제복 소매 안에 넣고 주먹을 쥐었다. 추위에 손가락이 뻣뻣해졌다. 그래서 그다지 아프지 않을 거라고 마우스는 막연히 생각했다. 크게 기대를 하지는 않았다. 그러나 달리 안으로 들어갈 방도는 없었다.

스스로 결심을 다지기 위해 눈보라가 소용돌이치는 밤하늘을 다시 한 번 조심스럽게 바라보았다. 그런 다음 팔을 들어 언 유리를 쳤다. 힘이 너무 약했다. 다시 한 번 쳤다. 세 번을 치자 비로소 유리가 깨졌다. 마우스 옆으로 칼날 같은 유리조각이 위로 떨어져 소리 없이 어두운 골목길로 사라졌다. 마우스가 유리조각에 맞지는 않았다. 손만 아팠다. 그러나 피는 나지 않았다.

하늘로 떨어지면 어떡하지?

마우스는 유리에 낸 구멍을 통해 창문의 빗장을 잡아당겼다. 창에 남아 있던 유리가 안쪽으로 떨어졌다. 떨어진 유리조각이 돌계단에 부딪쳐 쨍그랑 소리를 냈다.

마우스는 몸을 돌려 안으로 들어갔다. 이제 눈보라에서 벗어났다. 마우스는 창틀에 쪼그리고 앉아 몇 번 심호흡을 한 다음 마침내 뛰어내렸다.

잠시 마우스는 높이를 잘못 가늠했다고 생각했다. 뛰어내렸는데 아무 데도 발이 닿지 않았다. 잠시 후 발이 어딘가에 닿았을 때는 그만큼 충격이 더 컸고, 그 충격으로 몸이 경사면을 따라 굴렀다. 하마터면 모서리를 벗어날 뻔했다. 그러나 다행히 벗어나지는 않았다. 마우스는 쓰러진 채 힘겹게 숨을 몰아쉬었다.

마우스가 쓰러진 곳은 널찍한 소용돌이 계단의 뒷면이었다. 계단 뒷면은 층이 지지 않고 매끄럽게 경사져 있었으며, 표면에 낡은 카펫 조각이 붙어 있었다. 옆의 모서리는 계단 가장자리였다. 그쪽으로 굴러갔더라면 옥내계단 위 궁형천장에 바로 떨어졌을 거야. 천장 유리와 꽃 모양 받침대는 내 무게를 못 이겨 깨졌을 거야. 그리고 나는 하늘로 떨어졌을 거야!

그만 해!

마우스는 쓰러진 상태로 잠시 쉬면서 생각을 가다듬기로 마음먹었다. 거기서 멀지 않은 곳에, 한 층 아래 좁은 복도가 갈라져 있고, 그 끝에 아주 작은 문이 하나 있었다. 그 문의 반대쪽 면은 벽지를 발라서 눈에 거의 띄지 않았다. 마우스는 그 문을 벌써 여러 번 이용했다. 좁은 복도의 천장은 높지 않았다. 그러니 위에서부터 팔을 뻗어도 닿을 수 있을 것이다. 그 아래가 오로라 호텔의 5층, 스위트룸에서 한 층 아래층이었다.

마우스는 숨이 진정되기를 기다려 몸을 일으켰다. 손을 비버 얼다시피 한 손가락을 녹인 후 5층을 향해 천장을 따라 걸었다.

하늘로 떨어지면 어떡하지?

탬슨의 주문

"마우스?"

탬슨이 자신의 방문을 열고 빈 복도를 바라보았다.

"여기예요. 위에."

"이런! 세상에."

"안녕하세요."

추위에 퍼렇게 변한 마우스의 입술은 미소 짓기를 거부했다.

탬슨이 손을 뻗었다. 마우스가 천장에서 머리 위로 손을 뻗어 탬슨의 손을 잡았다.

"완전히 얼었구나!"

“그거 말고는 할 말이 없어요?”

“알아, 알아. 무슨 말을 하려는 건지.”

탬슨은 잡은 손을 한 번 꼭 쥐더니 다시 뺐다.

“무슨 조치를 취해야겠다.”

탬슨은 마우스를 복도에 내버려둔 채 자기 방으로 사라졌다.

복도에는 아무도 없었다. 오로라 호텔은 마우스가 이미 오래 전부터 잘 알고 있는 건물이었지만, 현재 위치에서 보니 전혀 딴 호텔이 된 것 같았다. 거꾸로 서니 모든 것이 놀랍도록 달라 보였다. 이런 저런 설비로 가득했던 복도가 갑자기 텅 빈 듯했다. 모든 것이 천장에 붙어있고 바닥에는 카펫도 가구도 없으니 그렇게 보이는 것이 당연했다. 드문드문 전등만 보일 뿐이었다. 옥내계단은 난간이 없는 미끄럼틀로 변했다. 갑자기 모든 것이 더러운 먼지로 뒤덮였다. 마우스는 시선이 닿지 않는 구석까지도 다 볼 수 있었다.

탬슨은 손에 담요 뭉치와 낡은 가죽가방을 들고 다시 복도로 나와 마우스에게 담요를 던졌다. 마우스는 덜덜 떨면서 담요를 두 손으로 잡았다.

“그걸로 몸을 감싸.”

마우스는 탬슨의 말대로 하려고 했으나 잘 되지 않았다. 마법이 담요에게는 힘을 못 썼다. 담요는 중력의 법칙에 따라 바닥으로 떨어지려고 했다. 한쪽 모서리가 자꾸 흘러내려 마우스의 얼굴을 가렸다.

탬슨이 좌우를 살폈다. 다행히 이 시각에 복도와 로비에는 아무도 없었다. 아무리 나다니기 좋아하는 사람도 이렇게 추운 날 여태 밖에 있다가 이렇게 늦은 시간에 들어오지는 않을 것이다. 아니, 너무 이른 시간인가?

“빨리 해요.”

마우스가 잠긴 목소리로 말했다.

탬슨은 가방을 바닥에 놓고 몇 마디 이상한 소리를 냈다. 손바닥을 펴서 가방 앞면의 조임새 위를 좌우로 훑더니 뭔가 기다리는 듯한 자세를 취했다.

얼마 지나지 않아 가방 안에서 한숨을 쉬는 듯한 소리가 났다. 마우스가 보기에는 가방 덮개에 보이지 않게 구멍을 내고, 누군가 그 구멍으로 바람을 불어넣은 것 같았다. 탬슨은 만족한 듯 머리를 끄덕이고는 조임새를 풀어 덮개를 약간 위로 들어올렸다. 마우스에게는 가방 안이 보이지 않았다. 탬슨은 한 손으로 덮개를 잡고 다른 손으로 가방 안을 뒤졌다.

"맞는 주문을 찾기가 항상 쉬운 일은 아니야."

탬슨은 이렇게 말하며 겸연쩍은 듯 씩 웃고는 이마에 주름을 그으며 주문을 계속 찾았다.

"나 너무 추워요."

마우스가 말했다. 목숨이 위태로웠던 추녀 위에서는 추운 줄도 몰랐다. 오직 벽을 따라 가기에 여념이 없었으므로 바깥세상에 대한 두려움도 잊다시피 했다.

그러나 지금은 추위가 더욱더 심하게 마우스를 덮쳤다.

"아하!"

탬슨이 의기양양하게 외치고는 놀라 몸을 움찔했다. 혹시 누가 그 소리를 들었을까 봐 다시 주위를 둘러보았다. 아무도 없었다. 다른 방들은 모두 문이 닫힌 채 조용했다.

"찾았다!"

탬슨이 나지막이 말하고 맞는 주문을 꺼냈다.

탬슨의 주문

마우스는 잘못 본 것 같아 눈을 깜박였다. 탬슨의 손에는 아무것도 없었다. 그러나 탬슨의 손가락은 분명 무언가를 붙잡고 있었다. 마치 갓 잡혀 버둥거리는 물고기를 잡고 있는 듯했다. 그러나 마우스의 눈에는 아무것도 보이지 않았다. 탬슨은 마치 공기 한 줌을 자랑스럽게 잡고 있는 듯했다.

"쪼끄만 게 고집은!"

탬슨이 팔을 이리저리 움직이며 말했다. 이마에 땀방울이 맺혔다.

"방심하면 꼭 이렇게 말썽을 부린다니까!"

마우스는 너무 많은 생각을 하지 않기로 했다. 지금 나는 천장에 똑바로 서 있어. 게다가 거의 얼어 죽을 지경이야. 오늘은 이것만으로도 충분해. 놀라는 일은 내일 해도 돼. 다음 주에 하든지.

탬슨은 입을 벌려 보이지 않는 주문을 밀어 넣었다. 힘들여 다 집어넣고 엄지와 검지로 쑥쑥 밀어 넣었다. 입안에서 힘겹게 이리저리 돌리더니 마침내 혀 위에 주문을 올려놓았다. 주문은 부풀어 오른 탬슨의 뺨 안쪽에서 뒤틀고 발버둥을 쳤지만, 탬슨은 이리저리 눈알을굴리며 온 힘을 다해 입술을 꼭 다물었다. 그러고도 한참이 지나서 야 힘주어 마침내 주문을 삼켰다. 탬슨은 만족해 하는 표 정으로 머리를 들고 마우스를 쳐다보았다. 마치 방금 해 낸 일에 대해 칭찬이라도 기대하는 사람 같았다.

"그게 다예요?"

마우스가 말했다.

탬슨은 살며시 웃으며 머리를 가로젓더니 '기다려!' 하 고 말하는 듯이 검지를 들어 보였다. 그러고는 천천히 입 을 열고 무어라 말을 했다.

탬슨의 입에서 별별 소리가 다 나왔지만 제대로 된 말 은 한 마디도 안 나왔다. 마우스는 그렇게 생각했다. 어쨌 든 진홍색 외투를 입고 무지개 색 우산을 든 마녀는 탬슨 이지 마우스가 아니니 알 수 없는 일이었다.

그 말은 ─말이라고 치고 ─여러 가지 소리가 기이하게 연결된 것이었다. 서로 잘 맞지 않는 듯한 음절이 대단히 많았다. 멜로디처럼 울리기도 하다가 소름끼치는 트림 같 이 들리기도 했다.

탬슨의 주문

"합!"

탬슨은 마지막으로 이렇게 말하고 입을 닫았다. 그 소리도 주문에 속하는지, 아니면 입을 다물면서 저절로 나온 소린지 알 수 없었다.

대단하군! 뭐야 대체? 마우스는 천장에 서서 생각했다.

그 순간 갑자기 어지러워졌다. 누군가 벽지를 바른 천장에서 마우스의 발을 잡아채고 휘휘 돌리다가 던진 것 같았다.

마우스는 그저 두 손을 벌릴 뿐이었다. 고막을 찢을 듯한 비명이 저절로 튀어나왔다.

"아아아아아악!"

마우스는 바닥으로 떨어졌다. 그러나 서툴게도 옆으로 넘어져 복도 벽에 엉덩이를 부딪치고, 뒤이어 머리를 부딪치려는 찰나 탬슨이 마우스를 잡았다. 그러느라 두 사람은 가방 덮개에 부딪쳐 몸이 엉킨 채 데굴데굴 굴렀다.

구르기를 멈추자 탬슨이 엉킨 팔다리를 풀었다.

"재밌지?"

탬슨이 씩 웃으며 말했다.

✤

룸서비스로 주문한 차를 세 잔 마시고 샌드위치를 여러 개 먹고 금속으로 만든 욕조에서 뜨거운 목욕을 하고 나자 마우스도 바닥으로 다시 돌아온 사실을 실감했다.

마우스는 마침내 침대에 다리를 뻗고 누웠다. 탬슨의 잠옷이 마우스에게는 너무 컸지만 상관없었다. 깃털 이불로 몸을 감쌌다. 두터운 털양말도 신었다. 유치하게 알록달록했다. 머리에도 무엇을 썼다. 탬슨은 자신이 짠 모자라고 했는데 혹이 난 오렌지 같았다. 아무튼 오렌지색이었는데, 마우스에게도 너무 작았다.

어두운 창가에 놓인 작은 탁자에 탬슨의 모자가 위를 향해 입을 벌린 채 놓여 있었다. 탁자를 두른 세 개의 의자는 반대 방향으로 돌려 세워져 별처럼 삐죽삐죽 나와 있었다. 이 방에서 조금 전에 뭔가 범상치 않은 일이 일어났음을 말해주는 유일한 표시였다.

"좀 나아졌어?"

탬슨이 침대 모서리에 앉아 걱정 어린 눈으로 마우스를

굽어보았다.

“적어도 몸이 조금씩 따뜻해지고는 있어요.”

“미안해. 정말이야.”

마우스는 탬슨의 뺨이 실룩거리는 모습을 보았다.

“언니 말 안 믿어요.”

“정말이야. 맹세해.”

탬슨은 잠깐 웃음을 터뜨릴 듯 말 듯하더니, 진지한 표정을 포기하고 온통 신이 나 들뜬 표정으로 변했다.

“너무 그러지 마!”

탬슨은 벌떡 일어서더니 침대 옆에서 펄쩍펄쩍 뛰었다.

“재미있었잖아!”

“흥!”

“너도 덕분에 많은 것을 배웠잖아. 이를테면 호텔을 나갈 수 있다는 사실과 호텔 안에서도 네가 알고 있던 세상이 유일한 세상이 아니라는 사실, 모든 것은 보는 시각에 따라 달라진다는 사실을 배웠어. 안 그래?”

그래도 마우스가 감격하지 않자 탬슨은 이렇게 외쳤다.

“뿐만 아니라 우리는 오늘 여왕한테 멋지게 한방 먹였

어!"

"그느느라 저는 얼어 죽을 뻔했고, 또 천장에서 떨어질 뻔 했고요?"

탬슨은 뽀로통한 표정을 지었다.

"알아. 모든 일이 완벽하게 돌아가지는 않았어. 나도 인정해. 하지만 적어도 시작은 했어."

"여왕의 상태가 별로 안 좋아 보였어요."

탬슨의 얼굴이 다시 빛났다.

"여왕은 시시각각 약해질 거야."

마우스는 몸을 일으켜 앉았다.

"저한테 주의를 주셨어야죠!"

"여왕이 모피를 어떤 방법으로 지키는지 나는 몰랐어."

"그래도 지키리라는 건 알고 있었잖아요."

"여왕이 사내아이를 그토록 좋아할지 누가 알았겠어?"

탬슨은 탁자로 가서 의자들을 바로 놓았다. 세 개가 모두 몸을 흔들고 비틀고 구부렸다. 마치 모자 속에서 보이지 않는 힘이 나와 의자의 방향을 바꾸지 않으려고 버티는 것 같았다.

탬슨의 주문

탬슨은 목석이라도 녹일 듯한 어조로 원망하며 한 의자의 등받이를 잡아 침대 곁에 놓고 앉았다. 그러고도 의자가 넘어질까 잠시 불안해하는 모습이었다. 그러나 의자가 그대로 있자 탬슨은 흡족한 듯 웃었다.

"어떤 것은 절대 안 잊어버리지. 이를테면 스케이트 타기 같은 거."

마우스는 탬슨이 무슨 소리를 하는지 알 수 없었지만 지금은 그 말이 중요하지 않았다.

"가겠어요. 구두를 닦아야 해요."

마우스가 말했다.

"내버려 둬."

"뭐라고요?"

"구두는 지금 중요하지 않아."

마우스는 속으로 화가 부글부글 끓었다.

"그렇겠죠. 언니 구두가 아니니까! 내일 아침까지 방 앞에 갖다놓지 않는다고 누가 언니를 혼내겠어요?"

"아무도 구두를 찾지 않을 거야. 적어도 내일 저녁 전에는."

"그게 무슨 소리예요?"

탬슨이 자기 이마를 때렸다.

"맞아! 넌 아직 모르지!"

마우스는 여전히 미심쩍었다.

"뭘요?"

"호텔을 비워야 해."

마우스의 몸속에서 번지던 온기가 눈 깜짝할 사이에 사라졌다.

"네에? 비운다고요?"

"모두 아침 여덟 시까지 호텔에서 나가야 해. 그러니까……."

탬슨이 주머니 시계를 보았다.

"얼마 안 남았어."

마우스는 한 마디도 못 알아들었다.

"나간다고요?"

"아이 참! 말끝마다 따라하지 좀 마! 그러니까 머리가 나쁜 애 같아 보여."

마우스는 풀이 죽었다.

탬슨의 주문

“정말로 머리가 나쁜지도 모르죠. 죄송해요. 뭐든 모르는 게 없는 위대하고 막강한 마녀 탬슨 스펠웰이 하는 말을 저같이 멍청한 애가 어떻게 알아듣겠어요?”

탬슨은 한 순간 당황해서 마우스를 빤히 쳐다보았다.

“열두 살짜리 애 말버릇이 왜 그래?”

마우스가 지지 않고 대들었다.

“또래들 하고는 말할 일이 없고, 기껏해야 어른들하고만 잠깐 말하고, 보통은 늘 혼자 말해서 그래요.”

마우스는 침을 삼키고 눈에 핑 도는 눈물을 흘리지 않으려고 안간힘을 썼다. 마우스는 다른 사람 앞에서는 울지 않았다. 아무리 화가 나더라도 꾹 참았다.

탬슨이 몸을 굽혀 마우스의 손을 잡으려 했으나 마우스는 손을 뺐다. 탬슨이 다시 잡으려 하자 이번에는 선선히 손을 주었다. 쿠쿠시카 외에는 그 누구도 마우스의 손을 잡지 않았다.

“너한테 상처를 주려고 한 말이 아니야.”

탬슨이 말했다. 이번에는 터져 나오는 웃음을 억지로 참는 것 같아 보이지 않았다.

“정말이야. 나는 수년 동안 아버지와 함께 지냈어. 이런 저런 임무를 쫓아 다녔지. 아버지는 한 번도…… 그래. 정말 그랬어! 내가 아버지 곁에 있으면서 아마 그 버릇을 배웠나 봐. 뭐냐면, 음…… 사람들이 오해하기 쉬운 버릇이지. 아버지는 당신과 마찬가지로 신랄하고 비웃기 잘하는 사람과는 늘 부딪쳤어.”

“오빠는 어때요? 그 루퍼스라는 분.”

“오빠는 이미 수년 전에 아버지한테서 교육받기를 다 마쳤어. 그리고 혼자 세상을 돌아다니면서…… 자신이 하고 싶은 일을 하고 있어.”

탬슨은 그 이야기를 하고 싶지 않은 것 같았다.

“나는 형제가 더 있어. 막내 동생 팰리스는 너도 좋아할 거야. 걔는 아주 귀여워.”

“저는 귀여운 애들 싫어해요. 찡얼대며 복도를 돌아다니고, 신발에 초콜릿을 묻히고, 옷에 음식을 쏟고…….”

탬슨이 웃었다.

“팰리스는 애가 아니야. 적어도 어린 애는 아니지.”

“다른 형제들도 알아요? 제 말은, 아버님이…… 돌아

가셨다는 거."

"돌아가시는 순간 알았어."

탬슨은 고개를 떨어뜨렸다.

"우리는 보통 가족이 아니야."

탬슨은 자신도 모르게 오른 손으로 이불을 움켜쥐었다.

"형제들이 내가 아버지를 지켜드리지 못했다고 나를 원망할까 봐 걱정이야. 적어도 루퍼스는 그럴 거야."

탬슨은 헛기침을 하고는 억지로 미소를 지었다.

"그 얘긴 그만 하자."

마우스는 머리를 끄덕였다.

"왜 호텔을 비워야 하는지 말해 주던가요? 차르 때문인가요?"

"중국에서 온 어떤 국빈과 함께 행차를 하신대. 암살에 대비해 차르의 행렬이 지나가는 곳에 있는 건물은 모두 몇 시간 동안 비워야 한대. 이런 일이 자주 있니?"

"가끔요."

마우스는 마지막으로 호텔을 비운 기억을 떠올렸다. 1년 전 일이었다.

"차르는 선왕이 암살당했기 때문에 자신도 암살당할까 봐 두려워해요. 도시를 나가 숲으로 사냥을 갈 때면 매번 다른 길을 이용해요. 가끔 변장도 한대요. 하지만 국빈을 맞이하면 싫든 좋든 차르 제복을 입을 수밖에요. 그래서 아무도 가까이 오지 못하게 해요."

"다들 차르를 좋아하지 않는 이유를 알겠군."

탬슨은 주먹을 쥐고 눈을 비볐다.

"어쨌든…… 눈보라 여왕은 호텔을 나가지 않을 거야. 현재 상태로는 못 나가. 다시 말해서 나도 그냥 있겠어."

마우스는 탬슨에게 얼마나 솔직해도 될지 곰곰이 생각해 보고는 마음을 굳혔다.

"저한테 밀실이 있어요. 지하 창고에. 지난번에도 다들 호텔에서 나갔지만 저는 그곳에 기어들어갔어요. 원하시면…… 제 말은, 거기 숨으면 아무도 못 찾아요."

탬슨은 잠시 생각하더니 고개를 끄덕였다.

"나를 믿어 주니 정말 고맙다."

"아!"

마우스가 길게 소리 냈다.

“조건이 있어요.”

탬슨은 의아한 듯 고개를 갸우뚱 했다.

“사실대로 말해 줘요.”

마우스는 뒤집혀 있는 모자를 가리켰다.

“저 안에 있죠? 눈보라 여왕이 찾는 물건 말이에요.”

탬슨은 다시 침대 모서리에서 몸을 일으켜 탁자로 가서 손가락 끝으로 모자챙을 한 바퀴 돌렸다. 그녀의 몸에 보일 듯 말 듯 소름이 끼쳤다. 아랫입술이 떨렸다.

“그래.”

“그게 정확히 뭐예요?”

“정말 알고 싶니?”

탬슨은 마우스를 쳐다보았다. 그녀의 표정에서 연극같이 꾸민듯한 어린애 모습이 단번에 사라졌다. 이제 탬슨은 훨씬 나이가 많아 보였다. 눈보라 여왕처럼 늙고 힘없어 보이는 것이 아니라, 노련하고 조금은 현명해 보이기까지 했다.

“이 모든 일을 모두 겪은 사람한테 그걸 질문이라고 해요? 당연하죠.”

탬슨은 한숨을 쉬고 다시 모자를 가리켰다.

"이 안에는 여왕한테 이 세상 모든 것을 다 합친 것보다 더 소중한 것이 들어 있어."

마우스는 조바심에 손가락 마디를 눌렀다.

"고드름이야."

탬슨이 말을 이었다.

"여왕의 심장에서 떼어 낸 고드름. 여왕이 힘을 쓰려면 이게 있어야 해."

마우스는 이마에 주름을 잡았다.

"왜 안 녹아요?"

탬슨의 표정에 창백한 미소가 스치고 지나갔다. 그녀의 얼굴에 난 수많은 주근깨가 처음으로 마우스의 눈에 들어왔다.

"이 고드름을 만든 추위는 온기로 꺾을 수 없어."

"그렇군요."

"좀 황당하지?"

"남자 구두 백 켤레가 황당하지 고드름은 별로 안 황당해요."

탬슨의 주문

마우스가 씩 웃었다. 탬슨이 다가와 검지를 구부려 마우스의 턱을 치켜 올렸다.

"나도 네가 용감한 줄 알아. 하지만 그렇게 용감하지는 않지? 네가 겁을 낸다고 해서 너를 멸시할 사람은 아무도 없어."

"전에는 겁이 정말 많았어요."

"좋아. 눈보라 여왕도 고드름을 되찾으러 왔을 때 겁을 냈어. 여왕은 함정이 도사리고 있으리라고 짐작은 했지만 어떤 함정인지는 몰랐지. 모자 속에 손을 넣었을 때 아마도 끔찍했을걸? 분명해. 일곱 문의 마법이 여왕을 거의 제압할 뻔했는데! 하지만 여왕은 신중했어. 첫 번째 문을 보고는 바로 되돌아갔지. 운이 좋았어. 고드름을 되찾지는 못했지만 그 대신 살아서 이 방을 나간 거야."

탬슨은 눈을 내리깔았다.

"다음에는 여왕이 다른 방법을 쓸 거야. 나한테 직접 공격을 가하던지 아니면 내 가까이 있는 사람한테."

탬슨이 한 마지막 말을 깊이 생각하지 않으려고 마우스는 얼른 물었다.

“일곱 문의 마법이 뭐예요?”

“세상에서 가장 강한 올가미 마법 가운데 하나지. 그걸 쓰느라 가장 막강한 주문을 몇 개 써버렸어. 지금부터는 좀 힘들어질 거야…….”

문 밖 복도에서 시끄러운 소리가 났다.

“몇 시예요?”

마우스가 정신이 번쩍 들어 물었다.

“좀 있으면 여섯 시 삼십 분이야. 아직 한 시간 반 남았어.”

마우스는 벌떡 일어났다.

“서둘러야 해요. 비밀경찰이 모든 방을 다 뒤질 거예요. 언제나 그래요.”

“하지만 아직…….”

탬슨이 시계를 톡톡 치며 말했다.

“말은 여덟 시까지라고 해도 일곱 시까지 비워야 해요. 어쩌면 여섯 시까지 비워야 할지도 몰라요. 벌써 손님들을 방에서 내쫓고 있어요.”

복도가 조금 전보다 더 소란스러워졌다. 러시아 말, 프

탬슨의 주문

랑스 말로 불평하는 소리가 들렸다. 문이 닫히는 소리도 탕탕 울렸다.

탬슨은 구석에 놓인 사기 난로 위에 널어 둔 마우스의 옷가지를 잡아챘다. 제복은 아주 빳빳하게 말라 있었다. 마우스는 잠옷을 벗어 아무렇게나 걷은 이불 위에 놓고 옷을 입기 시작했다. 탬슨은 마우스에게 털스웨터를 입혔다. 줄무늬가 요란했다. 마우스는 스웨터에서 온기를 느꼈다. 그 온기는 털에서 나오는 것만은 아닌 것 같았다.

"이 스웨터가 겨울 추위 정도는 막아 줄 거야."

탬슨이 말했다.

"태초의 추위는 못 막겠지만. 그래도 일단 이거라도 입어."

마우스는 스웨터를 쓰다듬었다.

"고마워요."

밑단과 소매가 제복 재킷 아래로 삐져 나왔지만 스웨터의 감촉은 매우 부드럽고 따뜻했다.

"너는 너무 말랐어."

탬슨은 마음이 안 놓인다는 듯이 마우스를 살폈다.

“네?”

“비쩍 말랐어. 뼈만 앙상해. 그건 안 좋아.”

“그렇겠죠.”

마우스는 대꾸하고 금칠이 벗겨진 제복 단추를 채웠다.

탬슨은 가방과 우산을 집었다.

“앞장 서.”

마우스는 문으로 다가갔다. 손잡이를 잡고 문을 열려는 순간 마우스는 손을 멈추고 몸을 돌렸다.

“잠깐만요.”

“왜?”

탬슨은 뭔가 중요한 것을 잊어버렸나 둘러보았다.

“어쩔 거예요?”

마우스는 탬슨을 훑어보았다. 아무래 애써도 탬슨의 속을 들여다볼 수는 없었다.

“호텔에 우리 둘과 눈보라 여왕만 남으면…… 그럼 어떻게 할 거예요?”

“여왕을 무찔러야지.”

“비밀경찰은요?”

탬슨의 주문

“내가 알아서 할게.”

“에를렌은요? 저를 도와 그를 풀어줄 거죠?”

“그럴 시간이 있으면.”

“뭐라고요?”

“너는 에를렌을 해방시킬 기회를 놓쳤어.”

“언니도 여왕을 무찌를 기회를 놓쳤어요. 하지만 다시 시도하잖아요!”

“그건 전혀 다른 문제야.”

“다르지 않아요!”

탬슨은 마우스 옆으로 비켜서서 문으로 갔다.

“좀 두고 보자, 응?”

“약속해요.”

“마우스, 서두르라고 한 사람은 너야.”

“약속해요. 호텔에 남아 있도록 제가 도울 테니 언니는 에를렌이 자기 가죽을 되찾도록 애써 줘요. 그는 저를 두 번이나 구해줬어요. 이제 제가 그를 위해 뭔가를 해야 할 차례예요.”

문밖에서 한동안 쿵쾅거리는 발소리가 멎는 듯 하더니

다시 계속되었다.

"어떻게 할래요?"

탬슨이 내키지 않는 듯이 머리를 끄덕였다.

"여왕이 에를렌에게 힘을 못 쓰게 만들 방법이 있는지 내가 한 번 볼게. 약속해."

마우스는 좀 더 망설이다가 마침내 문을 열었다. 그러고는 문틈으로 머리를 내밀고 밖을 살핀 후 속삭였다.

"얼른 가요!"

탬슨의 주문

설상가상

복도와 옥내계단은 사람들로 북적였다. 마우스처럼 밤에만 활동하는 사람은 오로라 호텔에 얼마나 많은 손님이 투숙하고 있는지 곧잘 잊어버렸다. 그 많은 사람들이 일시에 복도로 쏟아져 나와 대단히 혼잡했다.

다들 기분이 언짢았고 대부분은 노골적으로 화를 냈다. 드러내고 소란을 피우지 않는 이유는 단지 비밀경찰이 두려웠기 때문이었다. 어느 누구도 말 한마디 잘못한 죄로 시베리아로 쫓겨나거나 적막의 감옥에 갇히고 싶지는 않았다.

마우스와 탬슨은 혼잡한 틈을 타서 1층으로 내려왔다.

마우스는 얼핏 인파 위로 올빼미의 머리를 본 것 같았다. 다른 사람들의 머리보다 크고 바위처럼 거칠게 모난 머리통. 올빼미는 사람을 내보내는 일에 직접 개입하지는 않고 지켜보기만 하는 것 같았다. 만일 그가 마우스를 찾는다 해도 여기서는 찾을 수 없을 것이다. 마우스가 탬슨에게 올빼미를 가리키려 할 때 그는 이미 사라지고 없었다. 마우스는 조용히 숨을 내쉬었다.

옥내계단은 1층에서 끝났다. 손님들이 지하로 잘못 내려가지 않도록 지하실 계단은 거기서 바로 이어지지 않았다. 아니면 오로라 호텔이 자랑하는 환상적인 포도주 창고가 사실은 전혀 환상적이지 않다는 사실을 들키지 않기 위해 그랬는지도 모른다.

"빨리. 이쪽으로."

마우스가 헐떡거리며 불빛이 없는 좁은 통로를 가리켰다. 황동 막대 사이에 친 두꺼운 금줄이 관계자 외 출입금지를 나타냈다.

"온통 경찰들만 우글거리는군."

탬슨이 눈에 띄지 않게 둘러보며 입술을 거의 움직이지

않은 채 말했다. 실제로 평범한 옷차림의 남자들이 이 구석 저 구석과 모퉁이마다 지켜 서서, 투덜거리는 수많은 사람들을 출구로 내보냈다. 어떤 사람들은 화를 내는 손님들을 진정시키느라 애썼다. 손님들은 모두 자다가 깨어 옷만 겨우 입고 있었다.

"오늘 오후에는 다시 각자 방으로 돌아가실 수 있습니다. 잠시 호텔을 비우는 것뿐입니다."

"그때까지 추운 밖에서 떨고 있으라고요?"

"모든 대비를 하고 있으니 걱정 말고 나가십시오, 손님."

이곳 경찰을 두려워 할 이유가 없다고 생각한 외국인 한 사람이 경찰에게 대들었다. 숙박료를 내지 않을 것이며 호텔 운영진에 항의할 것은 물론, 이 오만불손한 행동에 대해 경찰의 멱살을 잡고 버릇을 고쳐주어야 속이 풀리겠다고 열을 올렸다. 경찰은 말없이 자신의 프록코트를 열고 난동을 부리는 손님에게 총을 보여 주었다. 그 손님은 호통을 멈추고 호텔을 나가는 동안 내내 입을 다물었다.

그 광경을 본 손님들 일부가 가다가 멈춰 서서 얼이 빠져서는 입을 벌리고 있었다. 그 순간을 이용해 마우스와 탬슨은 그곳에서 벗어났다. 두 사람은 인파에서 빠져나와 측면 통로의 금줄을 넘었다. 탬슨의 우산이 황동 막대를 쓰러뜨릴 뻔했지만 바닥에 닿으려는 찰나에 마우스가 잡았다.

"어머!"

탬슨이 겸연쩍게 웃었다. 마우스는 탬슨을 밀치고 앞으로 나서, 지하로 내려가는 계단 입구의 문을 열었다. 두 사람은 남의 눈에 띄지 않은 채 계단 아래로 내려와 궁형 천장 아래 곰팡내 나는 통로를 서둘러 지나갔다. 처음에는 뒤에서 사람들의 목소리가 울렸지만 곧 돌과 흙에 파묻혀 두 사람의 발소리 외에는 들리지 않았다.

"다 와 가요."

탬슨이 멈춰 서서 가방과 우산을 내려놓고 귀를 쫑긋 세우자 마우스가 말했다.

"잠깐!"

마우스가 멈춰 섰다. 마우스는 수상한 소리를 못 들었기 때문에 불안하고 초조했다.

설상가상

“저 위 복도에서……..”

탬슨이 속삭였다.

“이리 와. 얼른!”

탬슨은 마우스를 끌어당겼다. 마우스는 놀라 터져 나오려는 소리를 억눌렀다. 탬슨은 남자 두 명이 석유등을 들고 복도가 갈라지는 지점을 꺾어 나오는 모습을 보았다. 그러나 그때 이미 탬슨은 두 손으로 마우스의 눈을 막았다.

“움직이지 마.”

탬슨이 낮게 말했다. 마우스는 움직이지 않았다. 심장이 팔딱거렸다. 마우스는 숨을 죽였다.

두 남자는 서로 조용히 말을 하며 다가왔다. 마우스가 아는 목소리가 아니었다. 아마도 사복경찰인 것 같았다.

탬슨과 마우스는 벽에 가까이 붙었지만 그 벽면에는 숨을 만한 곳이 없었다. 움푹 파인 자리도 불룩 튀어 나온 자리도 없었다. 사실 그 남자들은 이 두 사람을 얼마든지 발견할 수 있었다.

마우스는 뭐라도 좀 볼 수 있게 탬슨이 한 손이라도 내리도록 눈꺼풀을 꿈쩍거렸다. 그러나 탬슨의 손가락은 마우스의 얼굴을 더 세게 누를 뿐이었다.

그 목소리는 이제 바로 앞에서 들렸다. 마우스는 팔만 뻗으면 그들에게 닿을 것 같았다. 진땀이 났다. 만약 들킨다면 온갖 불편한 질문을 다 퍼부을 것이다. 특히 탬슨에게는 분명 그럴 것이다. 탬슨은 남들이 기피하는 사람들과 부딪치기를 주저하지 않는 것 같았다. 실제로 그런 일이 그녀의 직업인 것 같았다.

마우스는 그제야 비로소 자신이 어떤 일에 말려들었는지 분명히 깨달았다. 쿠쿠시카한테서 들은 적막의 감옥이 생각났다. 몸이 오싹했다.

마우스는 다른 생각을 하려고 애썼으나 잘 되지 않았다. 탬슨의 심장 뛰는 소리가 들렸다. 자신의 심장보다 훨씬 느리게 뛰었다. 그 소리도 남자들의 발소리와 목소리에 묻혀 더는 들리지 않았다. 그들은 분명 두 사람을 보았을 텐데도 이야기를 멈추지 않았다. 코앞에서 그런 이야기를 하다니!

마우스는 발에 감각이 없어진 것 같았다. 갑자기 어지러웠다. 그러나 움직이지 않고 탬슨에게 바짝 붙어서 일

설상가상

이 어찌 될지 기다렸다.

두 남자의 대화가 끊어졌다.

마우스의 눈꺼풀에 닿는 탬슨의 가는 손가락이 매우 시원하게 느껴졌다. 마우스는 여전히 숨 돌릴 엄두도 못 냈다.

"저 소리 들었어?"

한 남자가 물었다.

들켰구나! 하는 생각이 마우스의 머리를 번쩍 스쳤다. 이제 끝장이다!

"저 위에서 나는 소리지?"

다른 사람이 물었다.

"가 보자."

두 사람의 말소리는 마우스가 그들의 숨 냄새를 맡을 정도로 가까이에서 들렸다.

착각이 아니었다. 마우스 바로 앞에서 발소리가 멎었다. 두 경찰관은 기껏해야 60센티미터밖에 떨어져 있지 않았다. 들킨 게 틀림없었다.

"여기는 아무도 없어."

두 번째 남자가 귀찮은 듯 말했다.

“나머지는 나중에 다시 와서 확인하지?”

다른 사람이 동의하는 뜻으로 흠 하는 소리를 내자 그들의 발자국 소리가 다시금 거친 돌바닥에 울렸다. 그들은 왔던 방향으로 다시 멀어졌다.

탬슨이 아주 서서히 손을 눈에서 떼자 마우스는 비로소 숨을 쉬었다.

“후우!”

탬슨이 안도의 한숨을 쉬고는 속삭였다.

“스릴 있었지?”

“왜 우리를 안 잡았을까요?”

“못 봤으니까.”

“왜요?”

탬슨은 어깨를 으쓱했다.

“눈앞이 막혔으니까. 너처럼.”

탬슨은 가방을 들어 올리고 우산은 겨드랑이에 끼우고는 기대에 찬 눈으로 마우스를 쳐다보았다.

“갈까?”

마우스는 입을 벌렸지만 힘 빠진 신음소리만 내는 정도

로 해 두었다. 그리고 앞서 갔다.

몇 분 후 그들은 포도주 창고에 도달했다. 마우스는 문을 열고 탬슨을 먼저 들여보냈다. 다시 열쇠를 돌려 문을 잠그려 하자 탬슨이 말렸다.

"그냥 둬. 문이 잠겨 있으면 이 안을 더욱 철저히 수색할 거야."

그녀가 말했다.

"불은 어떻게 해요?"

마우스가 물었다.

"우리는 이 포도주 창고의 반대쪽 끝으로 가야 하는데, 거기는 스위치가 없어요. 불을 켜든지 아니면 칠흑 속을 뚫고 가야 해요."

마우스의 터널 방에는 등이 하나 있었지만 거기까지 어둠 속을 뚫고 가자면 몸에 멍만 들 것이다.

탬슨이 접은 우산의 열린 부분에 대고 뭐라고 속삭였다. 우산이 잠시 탬슨의 손에서 반항하듯 몸을 뒤틀더니 우산 끝에 희미한 불빛이 켜졌다.

"됐지?"

탬슨이 물었다.

"뻐기기는!"

마우스는 전등 스위치에서 손을 떼고, 탬슨을 데리고 길게 뻗은 세 개의 궁형천장 아래 늘어선 포도주병 선반과 오크 통을 지나갔다.

"여기가 네가 태어난 지하실이니?"

"네."

마우스는 맨 끝에 놓인 오크 통에 도달했다. 끙 하며 통을 옆으로 굴려 막힌 터널로 들어가는 입구를 열었다.

탬슨은 휘파람을 불어 경탄을 표시하고 마우스를 따라 허술한 벽 틈새를 지나 안으로 들어갔다. 그리고 빈 오크 통을 제자리로 되돌려 놓았다.

포도주 창고의 궁형천장은 어둠에 잠겼고, 우산 끝에서 비치는 마술의 빛을 받자 밀실 앞부분에 혼란스럽게 널려 있는 버팀목의 모습이 살아났다. 그림자가 커졌다 작아졌다 하며 작은 불빛에 이리저리 일그러졌다. 버팀목의 모습도 물러났다. 마우스와 탬슨은 쇠별이 있는 공간에 들어섰다.

설상가상

“별로 넓지는 않아요.”

마우스가 말했다.

“하지만 가능한 멋있게 치장하려고 애를 많이 썼어요. 이 물건들이 다 어디서 났는지는 묻지 마세요.”

마우스는 손으로 바위벽에 친 붉은 벨벳 커튼을 쓸었다. 그녀의 시선이 속이 가득 찬 모자 상자들로 옮겨갔다. 상자들은 난잡하게 널려 있었다. 마우스가 그 방을 다른 사람에게 보여주기는 처음이었다. 그런데 이상하게도 자신이 마치 탬슨의 눈으로 그 방을 보는 듯한 느낌이 들었다. 갑자기 훔친 잡동사니들이 좀 난감하게 여겨졌다.

“대부분은 싸구려들이에요. 정말이에요. 다른 사람들에게 피해를 입히지는 않았어요. 단지……."

마우스는 탬슨이 자신의 말에 전혀 귀를 기울이지 않는다는 사실을 깨닫고 입을 다물었다. 이 마녀의 눈은 오직 한 가지 물건에 가 있었다. 쇠별에 완전히 마음을 빼앗겨 그 앞에 쪼그리고 앉아, 손가락 끝으로 표면에 꽂힌 금속 꼬챙이의 둥근 끝을 건드렸다.

“이상하게 생겼죠?”

마우스는 심드렁하게 물었다. 탬슨이 자신이 모은 다른 물건에는 조금도 관심을 보이지 않아 속으로는 화가 났다.

탬슨의 시선은 홀린 듯 둥근 쇠별 위를 날아다녔다. 쇳덩이와 사랑에 빠지기라도 한 것 같았다. 지하로 내려온 후 처음으로 탬슨의 숨소리가 조금 빨라졌다. 마우스는 그 사실을 탬슨이 내뱉는 입김으로 확실히 알 수 있었다. 조금 전 그들이 거의 들킬 뻔했을 때도 탬슨이 이토록 흥분하지는 않았다.

"이거 어디서 났어?"

탬슨은 마우스를 쳐다보지도 않고 물었다.

"제가 여기를 발견했을 때부터 여기 있었어요."

탬슨은 쇠별을 굴렸다. 마우스는 자리를 만드느라 정면 벽에 걸린 초상화 아래까지 물러서야 했다. 탬슨은 마치 무엇을 찾는 사람처럼 쇠꼬챙이 사이의 녹색 금속면을 손가락으로 더듬었다.

"대단해!"

"네, 뭐. 그런 대로 괜찮아요. 이제 여기도 좀 보세요. 저는 이런 것도 있어요!"

설상가상

마우스는 의기양양하게 모자 상자 하나를 들고 손가락
으로 뚜껑을 잡아 탬슨에게 상자 속을 보여주었다. 상자
안에는 신기한 상징이 새겨진 외국 동전들이 들어 있었다.

그러나 탬슨은 조금도 눈길을 돌리지 않았다. 마치 쇠
별을 빼고는 마우스를 비롯한 이 방에 있는 모든 것이 허
공에 사라지기라도 한 듯이. 마우스는 실망해서 상자를
치웠다.

"이건 어때요?"

마우스는 쌓아 놓은 여러 권의 책 가운데 하나를 끄집
어냈다. 그 바람에 책 탑이 무너질 뻔했다. 마우스는 탬슨
에게 책 표지를 보여주며 말했다.

"동화랑 시예요. 영국 거예요!"

"그래. 멋지다."

탬슨은 책에는 눈길도 주지 않고 말했다.

마우스는 적어도 두 사람 가운데 한 사람은 그 책을 봐
줘야 책한테 미안하지 않을 것 같아 건성으로 책장을 넘
겼다.

"이게 뭐예요?"

마우스는 항의하듯 쇠별을 가리켰다.

탬슨이 오직 그 물건에만 관심을 보이는 태도가 언짢았다. 마우스는 이 방을 꾸민 일을 매우 자랑스럽게 생각했었다. 이 모든 물건을 마련하느라 얼마나 애를 썼는데! 그런데 유일하게 의미 있는 물건이 하필 원래부터 여기 있던 이 쇳덩이라니!

"마우스."

탬슨이 마침내 눈을 들어 떨리는 목소리로 말했다.

"이게 뭔지 아니?"

"어떤…… 별이죠. 쇠로 된 별, 쇠별."

며칠 전까지만 해도 마우스는 이 질문에 대단히 많은 답을 할 수 있었을 것이다. 그런데 이제 그 쇠별이 예전만큼 중요하게 여겨지지 않았다.

그보다 더 중요한 문제가 갑자기 많이 생겼다. 눈보라 여왕과 벙어리 순록 소년. 탬슨과의 우정. 그리고 호텔 밖으로 나갔다는 사실!

"쇠별?"

탬슨이 따라했다.

설상가상

"그래. 그렇게 말할 수 있지."

"말해 봐요. 그게 뭐예요?"

"우선 우리가 있는 위치가 정확히 어디인지 그것부터 말해."

"포도주 창고 뒤 터널이요."

"그래. 그런데 이 터널이 어디로 나 있지?"

탬슨의 시선이 귀족의 초상이 걸린 정면 벽을 더듬었다.

"저 뒤로는 안 가지?"

마우스가 머리를 끄덕였다.

"거기는 흙뿐이에요. 터널은 여기서 끝나요. 터널을 만든 사람이 아마 완성을 못 했나 봐요."

"아니야."

탬슨이 부정했다.

"그렇지 않을 거야."

"아무 데로도 안 통하는 비밀 터널을 뭐 하러 만들었죠?"

"이걸 여기 갖다 놓으려고."

탬슨은 손바닥을 펴서 쇠꼬챙이의 둥근 끝을 조심스럽게

쓰다듬었다.

"여기는 아주 특별한 장소야. 우리 위가 정확히 어디니?"

"오로라 호텔 앞쪽이요. 포도주 창고는 입구 로비 아래에 있어요."

탬슨은 흥분해서 두 손을 마주 잡았다.

"내가 생각했던 대로야! 그럼 우리 바로 위는 길이겠네? 이 터널은 네브스키 광장 아래로 나 있어!"

"음…… 네. 그렇겠네요."

"어머니가 니힐리스트였다고 했지? 이 호텔에서 일했다고. 원래는 아버지와 마찬가지로 대학생이었고. 맞아?"

마우스는 머리를 끄덕였다.

"세탁실에서 일했어요. 그게 이것과 무슨……."

"어머니가 호텔에 취직한 건 단지 구실이었어. 자유롭게 호텔 지하로 내려와 이 터널을 파려고 위장한 거야. 세상에! 이걸 파느라 적어도 일, 이년은 걸렸을 텐데. 더 오래 걸리지 않았다면 말이야. 틈 날 때마다 이리로 와서 뼈 빠지게 일했을 게 틀림없어."

설상가상

마우스의 입안에 신물이 돌았다.

"엄마는 거의 3년 동안 오로라 호텔의 직원이었어요. 언니는 정말로 이 물건을…… 엄마가 갖다 놓았다고 생각해요?"

탬슨은 얼른 머리를 끄덕였다.

"어머니 전공이 정확히 뭐였니?"

"몰라요. 숫자하고 관계 있는 것 같아요."

"그랬겠지. 어머니는 어디까지 파야 하는지 정확히 계산했어. 그리고 이걸 이리 가져온 거야. 아마도 부품을 따로따로 가지고 와서 터널 안에서 조립했을 거야. 그리고 분명 도와주는 사람이 있었을 거야. 어쩌면 니콜라이 이바노비치였을 수도 있어."

"차르 암살자."

마우스는 탬슨의 말을 예측하고 먼저 말했다. 갑자기 쇠별이 이전과는 완전히 달라 보였다. 삭막하고 위험해 보였다.

"이건 폭탄이야."

탬슨은 동요 없이 말했다.

"네 어머니는 이걸 여기 숨긴 거야……."

"차르를 날려버리려고!"

마우스는 속삭였다.

"니콜라이가 암살에 실패할 경우를 대비해서…… 상트 페테르부르크 곳곳에 폭탄이 숨겨져 있었어요. 대부분은 나중에야 발견되었어요."

마우스는 그런 말을 입 밖에 내는 일만으로도 불법행위를 하는 것 같았다. 마우스는 엄마가 니힐리스트였다는 사실을, 혁명가였다는 사실을 알고 있었다. 그리고 선대의 차르를 암살한 사람과 한 지붕 밑에 숨어 있었다는 사실, 그의 집에서 엄마 이름이 적힌 명단이 발견되었다는 사실을. 그런데 세상에! 엄마가 수년 동안 지하에 터널을 파고 폭탄을, 진짜 폭탄을 숨겼다니! 그 말은 마치…… 마치 뭐? 어때서? 지어낸 얘기 같다고? 어쨌든 앞뒤가 딱딱 맞아 떨어지잖아! 톱니가 하나하나 착착 맞물리잖아. 엄마에 대해 알고 있던 얼마 안 되는 사실들이 서로 연결되잖아…….

"터질 수도 있어요?"

설상가상

“도화선이 없으면 안 돼.”

탬슨은 쇠벌 안으로 깊이 파인 작은 구멍을 막은 나사를 검지로 만졌다.

“도화선의 한쪽 끝을 이 구멍 안으로 집어넣어야 해.”

“다행이네요.”

마우스는 안심하고 말했다. 몇 년 동안이나 아무것도 모르고 강력 폭탄과 함께 살았다고 생각하니 몸서리가 쳐졌다. 심지어 그 안에 머리카락을 밀어 넣기까지 하지 않았던가! 그 기억이 떠오르자 속이 메스꺼워졌다.

탬슨은 진홍색 외투의 호주머니 속을 뒤져 이 빠진 면도날 하나를 꺼내 그것으로 나사를 풀 수 있는지 시험했다.

“그만 두는 게 좋겠어요.”

마우스는 못마땅하게 말했다.

나사가 움직이자 탬슨의 표정이 밝아졌다.

“풀린다!”

“이제 알았으니 그냥 내버려 두는 게 좋을 거예요.”

탬슨은 마우스의 말을 귓등으로 흘렸다. 빠르게 나사를 풀어 바닥에 내려놓고는 몸을 굽혀 작은 구멍 속을 들여다보았다.

"내 생각대로야. 원리는 아주 간단해."

탬슨은 다시 마우스를 보고 웃었다.

"이것과 비슷한 폭탄을 나도 만들어 봤거든. 물론 내 것이 더 정교했지만. 아무튼 원리는 똑같아."

마우스는 뱃속이 점점 더 불편해졌다.

"언니가 폭탄을 만들었다고요?"

"못된 지배자를 제거하는 일이 우리 집안의 가업이야. 그 일을 해서 돈을 벌지."

탬슨은 마우스의 얼굴에서 놀란 기색이 더 뚜렷해지자 마우스를 안심시켰다.

"하지만 나는 네가 생각하는 그런 범죄자가 아니야. 도덕이나 정의에 따르면 결코 아니지. 내가 권좌에서 물러나게 만든 지배자들은, 그러니까 내가 가담한 일로 인해 물러난 지배자들은 모두 다 마땅한 결말을 맞이했어. 그들은 백성을 착취하고 자기 나라를 망하게 했어. 그러면서 자신들은 흥청거리면서 잘도 살았지. 그래서야 되겠니?"

설상가상

"그래서 그들을 죽였어요?"

마우스는 더 뒤로 물러나고 싶은 마음이 간절했지만 벽이 가로막았다.

탬슨은 손사래를 쳤다.

"대부분은 스스로 물러났어. 아니면 어느 날 일어나 보니 자기 나라에서 먼 곳에, 아주, 아주 먼 곳에 옮겨져 있거나. 우리 아버지는 그런 일에 지략이 뛰어나셨지. 루퍼스도 그래. 나도……."

그녀는 겸연쩍게 웃었다.

"뭐, 나도 그런 면에서 아주 나쁜 편은 아니야. 아 참! 나는 뜨개질도 제법 해."

탬슨은 손가락 끝으로 목도리를 비비 꼬았다.

"이것도 내가 뜬 거야. 나는 알록달록한 색깔이 너무 좋아!"

마우스는 무언가가 목구멍을 콱 틀어막고 있는 것 같았다. 아래로 삼키려 했지만 내려가지 않았다. 마우스는 탬슨이 하는 말을 믿을 수 없었다. 말하는 투는 더욱 그랬다.

"우리가 폭탄을 가지고 있다 비밀경찰한테 들키면 우

리 둘 다 적막의 감옥에 갇힐 거예요."

"그래."

탬슨은 대수롭지 않게 대답했다.

"그건 나쁜 일이지. 하지만 적어도 여기는 정말 훌륭한 밀실이야. 너 말고는 아는 사람 없지?"

마우스는 머리를 끄덕였다.

"쿠쿠시카도?"

"네."

탬슨은 외투의 호주머니를 이리저리 뒤졌다. 자신이 찾는 물건이 나오지 않자 앞에서부터 다시 시작했다. 이번에는 좀 더 철저히 뒤졌다. 마침내 무언가를 찾아냈다. 안주머니에서 돌돌 만 노끈을 꺼냈다.

"저를 묶을 필요는 없어요."

마우스가 말했다.

"저는 이 자리에서 절대 안 움직일 거예요."

탬슨은 하하 웃고는 대꾸했다.

"너를 묶어? 말도 안 돼. 그게 무슨 소리니? 우리는 친구잖아?"

설상가상

“저도 그렇게 믿고 있어요.”

탬슨은 매듭을 풀고 노끈의 한쪽 끝을 풀었다.

“이걸로는 묶고 싶어도 못 묶어. 도화선은 그리 질기지 않아.”

“도화선이라고요?”

마우스는 저도 모르게 이렇게 외쳤다.

탬슨은 크게 숨을 내쉬고는 노끈을 쇠별 옆 바닥에 놓았다. 그녀의 목소리가 갑자기 지친 듯이 들렸다. 맡은 임무를 수행하려는데 그 일이 생각보다 힘들다는 사실을 갑자기 깨달은 사람 같았다.

“마우스, 네가 이해할지 모르겠다만, 이 물건, 네가 쇠별이라고 부르는 이것은 하늘이 준 선물이야. 좀 전에 나한테 호텔이 비면 뭘 할 거냐고 물었지? 나는 눈보라 여왕을 무찌를 거라고 했어. 하지만 사실 2분 전까지만 해도 방법을 몰랐지. 나는 여왕을 정면으로 공격할 수 없어. 그러기에는 경험이 모자라거든. 아버지는 그러다가 실패하셨어. 우리 아버지는 네가 생각하는 것보다 훨씬 강한 분이셨어. 그런데도…… 이 폭탄은 우리가 눈보라 여왕을 날려버릴 수 있는 마지막 기회야.”

마우스는 바위벽에 등을 기댄 채 스르르 주저앉았다. 무릎에 힘이 빠진 사실을 탬슨이 눈치 못 채도록 앉은 채 다리를 얼른 앞으로 당겼다. 목구멍에 걸린 것을 삼키려 했지만 여전히 내려가지 않았다. 목소리가 잠겼다.

“호텔 전체를 날려버리려고요?”

“나는 여왕을 없애려고 내가 가진 가장 강력한 마법을 썼어. 하지만 그것으로도 충분하지 않았어. 여왕의 힘을 좀 약화시키기는 했지만 그래도 여왕은 절대 포기하지 않을 거야.”

탬슨은 조용히 한숨을 쉬고는 긴장한 기색도 없이 말을 이었다.

“나는 여왕이 아버지를 죽인 데 대한 복수를 할 거야. 그러나 그보다 훨씬 더 중요한 목적이 있어. 심장의 고드름이 없으면 여왕은 힘을 잃겠지만 그래도 살 수는 있어. 여왕이 살아 있는 한 그녀의 몸에서 태초의 추위가 흘러나와. 그건 여왕도, 우리도, 그 누구도 막지 못해. 너도 느꼈지? 호텔 밖이나 안이나 추위가 점점 더 심해지는 것

설상가상

을. 그 추위는 그치지 않을 거라고 서리 아저씨가 말씀하
셨어. 여왕이 죽어야만……."

탬슨은 입가에 가늘게 미소를 띠었다.

"그래야만 추위가 세상으로 못 나와. 그냥 차단당하는
거야. 알겠니? 겨울에 창문을 닫아 추위를 막듯이. 저 북
극에서, 눈보라 여왕의 요새에서 아버지와 나는 여왕을
없애는 일에 실패했어. 하지만 여기서는……."

탬슨은 쇠별을 톡톡 쳤다.

"또 한 번 기회가 왔어. 아주 좋은 기회야. 우리가 여왕
을 죽이지 않으면 그냥 앉아서 추위에 당하고 말아."

마우스는 입을 벌린 채 탬슨의 설교를 들었다. 그녀의
말은 매우 논리적이었다. 매우 납득이 가는 얘기였다. 그
래서 위험했다. 맞는 말 같았지만 그렇지 않았다. 마우스
는 지금까지 에를렌의 마법을 풀어주기 위해 탬슨을 도왔
다. 거기에는 탬슨에 대한 우정도 한몫 했다. 탬슨은 마우
스의 친구였고, 지금도 어떤 면에서는 여전히 그랬다. 태
초의 추위가 몰고 올 위험, 아버지의 죽음에 대한 분노,
그런 것들은 무언가를 도모하기에 충분한 이유였다.

그러나 지금 탬슨이 하려는 일을 합리화할 만큼 충분하지는 않았다. 수백 명의 목숨을 날려버릴 폭탄에 불을 붙이려 하는데, 친구로서 그 일을 어떻게 잠자코 지켜볼 수 있단 말인가?

"너는 다른 사람들과 함께 호텔에서 나가."

탬슨은 강요하듯 말했다.

"달아날 시간을 충분히 줄게. 그 다음에는 티끌도 남지 않게 날려 버릴 거야. 이 폭탄은 네브스키 광장 절반과 오로라 호텔 전체를 잿더미로 만들만큼 커. 아마 주변의 집들도 몇 채 날아가겠지. 그러니 가능하면 멀리 달아나도록 해. 그런다고 약속해!"

"언니가 한 약속은요?"

마우스는 필사적으로 대들었다.

"에를렌은요?"

아마도 그것이 가장 중요한 문제였을 것이다. 번화가를 오가는 낯모르는 수많은 사람들은 마우스에게 특별한 의미가 없었다. 그러나 에를렌은 특별했다. 탬슨도 그 사실을 알고 있었다. 제기랄! 상대방을 존중하는 일과 약속을

설상가상

지키는 일도 우정에 포함되는 일 아닌가! 탬슨은 에를렌의 마법을 풀어 주겠다고 약속했었다. 그 약속을 어기는 일은 폭탄에 불을 붙이는 범죄와는 다르다. 그것은 우정을 배반하는 일이다.

탬슨은 말없이 마우스를 쳐다보더니 다시 외투에 달린 수많은 호주머니를 뒤져 타고 남은 초 동강을 꺼냈다. 겨우 손톱만 했다. 탬슨은 그 초 동강을 쇠별 꼭대기에 올려놓고 손가락을 탁 튀겨 심지에 불을 붙였다.

"에를렌은 순록이야, 마우스. 에를렌한테는 안 됐지만 그 동물 때문에 세상이 망하도록 내버려 둘 수는 없어."

"뭐, 뭐라고요? 농담이죠? 그 애는 사람이에요!"

"아니야. 본인이 그렇게 생각할지는 몰라. 나는 안 믿지만. 에를렌은 허상이야. 여왕이 심심해서 하는 놀이야. 조만간 진짜 사내아이를 원하게 될 거야."

"에를렌을 여기서 데리고 나갈 기회를 줘요."

마우스는 벌떡 일어섰다. 속에서 생전 처음 느끼는 심한 분노가 끓어올랐다.

"더는 바라지 않아요. 약속했잖아요!"

탬슨이 일어서서 마우스의 손을 잡았다.

"좋아. 초가 탈 동안 시간을 줄게. 그 다음에는 폭탄에 불을 붙이겠어."

마우스는 기가 막혀 초 동강을 쳐다보았다.

"기껏해야 5분이면 다 타요!"

탬슨은 겸연쩍게 씩 웃었다.

"아, 그런가? 새 초가 없는데…… 걱정 마. 위로 타게 할게. 초가 완전한 모습을 갖춘 뒤에야 심지가 타기 시작할 거야."

그 주장을 의심하기에는 마우스의 머릿속이 너무 복잡했다. 위로 타는 마법의 초는 이 순간 마우스에게 가장 하찮은 문제였다.

탬슨은 갑자기 마우스를 더는 바로 보지 않으려는 듯 눈길을 떨어뜨렸다.

"미안해. 정말이야. 하지만 달리 방법이 없어. 눈보라 여왕은 우리 아버지를 죽였어. 아버지의 임무를 완수하는 일은 내 의무야. 우리 집안이 그래. 내가 복수하지 않으면 루퍼스가 할거야. 루퍼스는 여왕 뿐만 아니라 나한테도 복수할 거야.”

마우스는 제자리걸음을 했다. 초 자루에서 난데없이 촛농이 생겨 서서히 위로 올라갔다.

“서둘러.”

탬슨이 말했다. 마우스는 머리를 끄덕이고 앞으로 펄쩍 뛰어 바닥에서 도화선을 낚아챘다. 터널 앞부분에 비스듬히 서 있는 버팀목 주위를 빙 돌아, 포도주 창고로 나가는 틈까지 번개처럼 달렸다.

탬슨은 팔짱을 낀 채 쇠볕 앞에 서 있었다.

“뭐 하는 거야, 마우스?”

탬슨의 어조는 부드러웠다.

“네가 나를 막을 수 있을 것 같아?”

마우스는 멈춰 섰다. 그녀의 시선이 탬슨과 통로 사이를 오락가락했다. 뭔가 해야 했다.

적어도 시도는 해야 했다. 자신을 위해. 에를렌을 위해. 심지어 이 호텔을 위해. 호텔은 마우스의 감옥이자 세계였다.

아니야. 마우스는 마음속으로 말했다. 너는 밖에 나갔

었어. 너는 할 수 있어.

"도로 가져갈 수 있으면 가져가 봐요."

마우스는 숨을 헐떡이며 틈새를 향해 돌진했다.

탬슨은 한숨을 쉬었다.

"나라도 저랬겠지!"

마우스는 벽 틈 사이로 삐지고 나가려 했다. 그러나 탬슨이 더 빨랐다. 그녀는 어느새 다가와 뒤에서 마우스의 어깨를 잡았다. 꽉 잡았지만 아프지는 않았다. 마우스를 아프게 할 생각은 없었다.

"순순히 돌려줘. 어서."

마우스는 발버둥을 쳤다. 걱정과 분노로 탬슨과 주변이 희미하게만 보였다.

"못 줘요!"

마우스는 얼른 끈의 한 끝을 입에 물고 할 수 있는 한 빨리 입술 사이로 밀어 넣었다. 자신이 무슨 짓을 하는지, 그러면 어떻게 되는지 전혀 모른 채.

탬슨이 신음 소리를 내고 왼손으로 어떤 동작을 취하자 마우스의 입과 손에서 도화선이 살아 움직였다. 회색 끈

설상가상

이 활기 찬 지렁이처럼 몸을 구부리고 뒤틀었다. 그러더니 마우스의 입에서 빠져나와 손에서 미끄러져 마녀에게로 팔짝 뛰었다. 탬슨은 끈 뭉치를 낚아채고 한 발 뒤로 물러섰다.

마우스는 욕을 했다. 눈에 눈물이 고였다.

"나쁘지 않았어."

탬슨이 말했다.

"아주 용감하고 의로운 행동이야. 하지만 나는 그걸 용납할 수 없어."

탬슨은 손에서 끈을 풀어 면밀히 살폈다. 마우스의 입에 들어갔던 부분은 풀이 죽고 젖어 있었다.

"이건 못 쓰겠군."

탬슨은 한숨을 섞어 말했다. 쓸모없게 된 부분을 잘라내니 절반 정도밖에 안 남았다. 탬슨은 나머지를 다시 외투 호주머니에 밀어 넣었다.

마우스는 힘겹게 숨을 몰아쉬며 틈새 앞에 서 있었다. 이제 어떻게 해야 할지, 뭐라 해야 할지 생각나지 않았다. 마우스는 탬슨이 눈보라 여왕처럼 무섭지 않았다. 머릿속

에서는 좀 두려워할 필요가 있다고 말했지만 무섭다기보
다는 실망감 때문에 괴로웠다. 탬슨의 무서운 변화에 그
저 놀랄 따름이었다. 이 마녀를 잡아 흔들고 따귀를 때리
고, 그런 다음 다시 끌어안고 싶은 마음이 간절했다. 그런
다음 모든 일이 다시 좋아졌으면! 다시 한 시간 전으로 돌
아갔으면……!

　탬슨은 말없이 쇠별 쪽으로 가 무지개 우산을 집어 마
우스에게 되돌아왔다.

　"자!"

　탬슨이 조용히 말했다.

　"가져 가. 난 이제 필요 없어. 여왕이 너한테 무슨 마술
을 쓰려고 하면 이게 너를 도울 거야."

　"언니는…… 필요 없다고요?"

　탬슨은 쓸쓸히 웃었다.

　"도화선이 이제 별로 길지 않아. 일단 불이 붙으면 나
는 제때에 여길 빠져나가지 못할 거야."

　"안 돼요!"

　마우스는 저지하듯 두 손을 들어올렸다.

설상가상

“그럴 수는 없어요! 제 책임이라고 하지 마세요. 만약 언니가……."

“원래부터 너무 짧았어."

탬슨이 손을 저었다.

“내 실수야. 새 노끈을 가져왔어야 하는데. 재수가 없네."

“여왕을 죽이려고 언니가……."

마우스는 멍하니 머리만 가로저었다. 탬슨이 무슨 짓을 하려 하든 마우스는 아직도 탬슨을 좋아했다. 그 감정은 자신도 어쩔 수가 없었다. 탬슨이 하려는 일로 인해 그녀에 대한 감정에 변화가 생겼다. 그녀를 도저히 이해할 수도 없었고 끔찍이도 화가 났다. 그러나 그것 때문에 좋아하는 감정이 달라지지는 않았다.

“이제 정말 가야 해."

탬슨은 옆으로 비켜서서 타고 있는 초를 보여주었다. 초는 길어졌다. 자꾸 새 촛농이 생겨 불꽃을 향해 위로 흘렀다.

“받아."

탬슨은 마우스에게 우산을 던졌다. 끝에서는 여전히 빛이 났다. 마우스는 떨리는 손으로 우산을 잡았다.

"이걸로 뭘 해요?"

"여왕이 마술을 쓰려고 하면 우산 끝으로 여왕을 겨눠. 하지만 조심해. 우산이 펴지면 안 되니까. 약한 마술은 우산이 막아줄 거야."

"센 마술은요?"

"너와 우산을…… 벌써부터 방정맞은 소리는 할 필요가 없지."

탬슨은 마우스에게 손으로 키스를 보냈다. 그 동작에는 연극처럼 꾸민 흔적이 전혀 없었다.

"가! 서둘러!"

"차르는요?"

탬슨은 이마에 주름을 그었다.

"차르?"

"잊었어요? 오늘 아침에 행렬을 이끌고 네브스키 광장을 지나간다고 했잖아요. 분명 가족들도 함께 갈 거예요. 언니가 폭탄에 불을 붙이면……."

설상가상

탬슨은 가볍게 신음 소리를 냈다.

"차르는 눈보라 여왕보다 좀 낫니? 적막의 감옥만 생각해 봐도 알잖아!"

마우스는 언제가 쿠쿠시카에게 자신도 비슷한 말을 하려 했던 기억이 났다. '그러면 니힐리스트들이 옳을지도 모르겠어요.' 경박하게 그런 말을 하기는 쉽지 않았다.

"안 돼요!"

마우스는 마지막으로 말렸다.

"이건…… 이건 옳지 않아요. 차르가 어떤 사람이든. 그 주변에는 많은 사람이 있어요. 황후, 아이들…… 그 모든 병사들. 정말 그럴 수는 없어요!"

탬슨의 표정이 창백해졌다. 그러나 그녀는 결심을 굳힌 듯했다.

"이건 오직 내 양심에 따라 처리할 일이야. 그러니 가! 꺼져!"

탬슨은 등을 돌리려다 한마디 덧붙였다.

"그리고 마우스, 비밀경찰에 알릴 생각은 마. 그들이 나를 잡으러 왔을 때는 이미 폭탄에 불이 붙었을 테니까."

마우스는 무슨 말을 해야 할 것 같았다. 분노와 실망이 담긴 말. 그러나 아무 말도 못한 채 틈새를 지나, 우산에서 나오는 마법의 빛을 따라 어둠을 뚫고 출구로 향했다.

설상가상

외나무다리에서 만난 친구와 원수

마우스는 달렸다. 호텔 주방의 거대한 솥이 끓을 때처럼 헉헉 숨을 내쉬었다. 두려움으로 인해 가슴속에 돌이 얹힌 듯했다. 경찰을 피해 돌아가려니 다시 포도주 창고로 돌아가는 꼴이 되었다. 이렇게 시간을 허비하다니!

마우스가 문을 지나자마자 다음 모퉁이에서 누군가 나타났다. 너무 급작스러운 일이라 마우스는 몸을 숨길 시간도 없었다.

"마우스!"

"쿠쿠시카?"

마우스는 누가 목을 조르는 것 같았다.

“이 아래서 뭐 해요?”

“너 찾느라 사방을 다 돌아다녔어. 나는 네가……”

“시간이 없어요!”

마우스가 말을 끊었다.

“사람들을 따라 밖으로 나가세요, 쿠쿠.”

쿠쿠시카는 싱긋 웃으며 한쪽 눈썹을 치켜올렸다.

“우리 마우스가 비밀공작이라도 하러 가시나? 내가 보기에는 거의…… 이 우산은 웬 거야?”

마우스의 눈이 쿠쿠시카의 시선을 쫓았다. 다행히도 우산 끝의 불빛은 꺼져 있었다.

“정말이에요, 쿠쿠! 나 좀 보내 줘요. 나중에 얘기해요. 그리고…… 호텔 밖으로 나가세요. 그러겠다고 약속하죠?”

쿠쿠시카의 얼굴에 어둠이 스쳤다.

“무슨 일이니?”

“아무 일도 아니에요. 어쨌든 아저씨가 어떻게 할 수 있는 일은 아니에요.”

“막심 때문이라면……”

외나무다리에서 만난 친구와 원수

　마우스는 무뚝뚝하게 머리를 가로저었다. 막심은 안중에도 없었다. 지금 엘리베이터 보이의 심술 따위는 마우스의 인생에서 티끌만큼도 의미가 없었다.

　"막심은 이 일과 아무 상관없어요."

　쿠쿠시카가 팔을 뻗어 마우스를 잡으려 했으나 마우스는 펄쩍 뛰어 잽싸게 몸을 피했다.

　"저를 기다리지 마세요! 여기서 나가세요! 될 수 있는 대로 많은 사람들을 데리고요. 경찰들도요."

　마우스는 이렇게 말하며 쿠쿠시카 곁을 떠났다. 뒤에서 그가 마우스의 이름을 불렀다. 습기 찬 지하실 바닥을 걸어오는 발소리도 들렸다. 그러나 지하실이 어둑어둑했던 덕분에 마우스는 쿠쿠시카를 따돌릴 수 있었다. 마우스는 오른손으로 탬슨이 준 우산을 꼭 움켜쥐고 있었다. 천으로 감싼 막대의 느낌이 새를 만질 때 깃털 아래로 느껴지는 뼈의 느낌과도 같았다.

　옥내계단에 도달했을 때 마우스는 숨이 턱에 찼다. 계단을 뛰어 올랐다. 마지막 칸에서 발이 걸렸다. 소리를 지르며 고꾸라지다가 복도로 통하는 문의 손잡이를 겨우 붙잡았다. 다시 일어서자 어느새 쿠쿠시카가 뒤에서 다가와 마우스를 잡았다. 그의 표정은 이제 매우 진지했고 그의 말투는 화가 난 듯했다.

"마우스. 너 대체 뭐 하는 거야?"

"설명할 수 없어요."

"너 또 포도주 창고에 갔었니? 거기 숨으면 아무도 못 찾을 줄 알지? 내가 모르는 줄 알아?"

그의 목소리는 한결 부드러워졌다. 평소의 목소리와 거의 같았다.

"넌 호텔에 남아 있으려고? 응? 원한다면 같이 포도주 창고에 숨어서 일이 끝날 때까지 기다리자. 어때?"

쿠쿠시카의 입에서 이런 제의가 나오다니! 별일이라고 마우스는 생각했다. 쿠쿠가 터널을 알고 있었을까? 쇠별도? 아닐 거야. 그러나 그가 지하실을 돌아다니며 그곳을 염탐하게 내버려둘 수는 없었다.

마우스는 탬슨이 벽 틈새 앞에서 나는 쿠쿠시카의 발소리를 들었을 때 무슨 일이 벌어질지 그려 보았다. 탬슨은 내가 비밀경찰에 신고한 줄 알 거야. 그러면 탬슨은……

안 돼! 쿠쿠시카가 그곳으로 가서는 안 돼.

그리고 또 한 가지 생각이 떠올랐다. 마우스는 쿠쿠시카에게 붙들린 채 몸서리를 쳤다. 쿠쿠시카도 니힐리스트면 어떻게 되지? 혁명가들 가운데 엄마가 이 호텔에서 어떤 일을 계획했는지 아는 사람이 니콜라이 이바노비치 외에 또 있었을까? 아마 계획은 알고 있었지만 폭탄을 어디에 숨겼는지는 정확히 몰랐을 거야! 어쩌면 쿠쿠시카도 교직에서 해고된 것이 아니라 사실은 전혀 다른 목적이 있어서 이 호텔에 댄서로 취직했는지도 몰라!

이 모든 생각이 눈 깜짝할 사이에 마우스의 머리를 스치고 지나갔다. 마치 지난 세월 내내 마우스의 머릿속 깊이 자리 잡은 채 때를 기다리다가 바로 지금 떠오른 것 같았다. 하필 그런 의심에 매달려 있을 시간이 없는 순간에!

아니야. 마우스는 계속 생각했다. 너는 지금 뭐가 뭔지 정신을 못 차리고 있어. 네가 감당하기에는 너무 큰일이라 완전히 이성을 잃은 거야. 쿠쿠시카는 친구야!

그래. 탬슨과 마찬가지로. 마우스는 마음속 깊은 곳에서 속삭였다.

마우스는 억지로 정신을 가다듬고 자신의 어깨를 잡고 있는 쿠쿠시카의 손을 밀어 냈다.

"저도 다른 사람들과 함께 밖으로 나갈게요."

"정말이지?"

마우스는 눈길을 떨어뜨린 채 머리를 끄덕였다.

⚜

입구 로비는 여전히 사람들로 가득했다. 벽에 걸린 커다란 괘종시계가 여덟 시 직전을 가리켰다. 잿빛 머리칼의 지배인이 거대한 황금 징 앞에 서 있었다. 위로 치켜 올라간 그의 눈썹은 단 한 번도 아래로 내려가는 일이 없었다. 지배인은 일정한 간격으로 징을 두드렸다. 천둥 같은 징소리가 다른 소리를 잠재우며 로비에 울려 퍼졌다.

정복을 입은 경찰들이 사복경찰을 지원했다. 직원들도 호텔을 비우는 작업에 투입되었다. 마우스는 여러 급사들과 엘리베이터 보이들이 경찰의 명령을 받고 있는 모습을 보았다. 외국 손님들은 지시를 무시하고 일이 끝날 때까지 호텔에서 버티려고 했다. 엘리베이터와 계단에서 점점 더 많은 사람들이 출구로 내몰렸다. 사람들의 물결은 회전문 앞에서 흐름이 더뎌졌다. 명령과 항의의 물결이 그 위를 덮었다.

쿠쿠시카와 마우스도 혼잡의 대열에 끼어들었다. 쿠쿠시카는 마우스의 손을 잡고 있었다. 마우스는 쿠쿠시카가 자신을 바로 쳐다보지는 않을지언정 결코 한눈을 팔지 않으리라는 사실을 알았다.

"밖은 매우 추워. 네 외투는 어디 있니?"

쿠쿠시카가 물었다.

"지하실에요."

"가져올 걸 그랬구나."

"사람들이 추운 데서 떨게 내버려 두지는 않을 거예요. 그렇죠?"

마우스는 속으로 전혀 딴 생각을 하고 있다는 사실을 눈치 못 채게 일부러 불확실하게 말했다. 어떻게든 쿠쿠시카에게서 벗어나야 했다. 그리고 이번에는 잡히지 말아야 했다.

정확히 그들의 발아래, 한 층 아래에서 초 한 자루가 타고 있다. 아래에서 위로. 마우스에게 주어진 시간은 점점 줄어만 갔다. 얼마나 남았을까? 십분? 이십분?

탬슨이 정말 목숨을 걸고 폭발을 감행할까? 다른 사람들 생각은 하지 않을까? 이 많은 사람들이 죽는다 해도 탬슨은 정말 아무렇지도 않을까? 아니야. 탬슨은 그럴 사람이 아니야. 네가 그걸 어떻게 알아? 탬슨과 그 이상한 집안에 대해 뭘 안다고!

출구 바로 앞에서 더 큰 소동이 벌어졌다. 경찰들이 너무 많은 사람들을 한꺼번에 회전문으로 밀어 넣는 바람에 한 경찰관의 팔이 유리문과 문틀 사이에 끼자 그가 갑자기 비명을 질렀다. 곧 이어 사방에서 경찰들이 영문도 모른 채 출구 쪽으로 몰려갔다. 한 경찰관이 싸움이 벌어진 줄 알고 권총을 꺼내 들었다. 여자들이 비명 소리를 지르기 시작했다. 한 이탈리아 여자 손님은 그 경찰이 지나가자 기절하기까지 했다.

쿠쿠시카가 발꿈치를 들고 사람들의 머리 위를 쳐다보았다. 아주 잠깐 그의 주의가 딴 데로 쏠렸다. 마우스는 그 순간을 놓치지 않았다.

"조심해요, 쿠쿠."

마우스는 그의 손을 놓고는 군중을 헤치고 프런트 쪽으로 갔다. 쿠쿠시카가 마우스를 불렀다. 사람들 사이로 비집고 나가려 했으나 소용없었다. 몸집이 작은 마우스는 사람들의 다리 사이로 재빨리 빠져나가 프런트에 도달했다. 거기서 몇 걸음 떨어지지 않은 곳에서 명령조에 익숙한 경찰들의 목소리가 들렸다. 그 목소리는 마우스의 머리 위에서 아래로 울려 퍼졌다. 그 길로 갔다가는 곧바로 경찰 손아귀에 잡히고 말 것이다.

마우스는 급히 몸을 돌렸다. 몇 걸음을 뛰어 복도를 따라 건물 안쪽으로 깊숙이 들어갔다. 입구 로비의 요란한 소음이 거기까지도 들렸다. 모퉁이 두 개를 돌자 좀 조용해졌다. 멀리서 들리는 말소리들이 웅얼거림으로 변했다. 사람은 보이지 않았다.

마우스는 벽에 등을 기대고 앉아, 잠시 숨을 돌리고 생각을 가다듬었다. 그리고 다시 뛰었다.

얼마 후 마우스는 벽지로 덮은 문 앞에 도착했다. 문을 열고 안으로 미끄러져 들어갔다. 뒤에서 문이 닫히는 순간 마우스는 쿠쿠시카와 비밀경찰에 대한 기억도 잘려진 것 같은 느낌이 들었다. 마치 끈이 끊어지듯. 마우스는 서서히 자신이 해야 할 일에 다시 정신을 집중했다.

에를렌. 눈보라 여왕.

마우스는 숨을 헐떡거리며 바닥없는 계단을 오르기 시작했다. 너무 많은 시간을 허비했어. 마우스는 생각했다. 탬슨이 벌써 도화선에 불을 붙였을까? 내가 경찰에게 알려야 했나? 그들이라면 어찌해야 할지 알게 아닌가?

마우스가 옥내계단을 절반 이상 뛰어올랐을 때 그녀의 머리 위 5층에서 문이 닫히는 소리가 났다. 무엇인가 짤랑거렸다. 열쇠 꾸러미 같았다. 머리 위에서 누군가 마우스를 향해 다가왔다. 숨을 곳을 찾을 새도 없었지만 어차피 그곳 벽은 움푹 파인 곳도 없이 둥글려 있었다. 출구도 없었다.

마우스는 발소리로 그가 누군지 알아보았다. 아래쪽에서 올려다보니 처음에는 난간을 잡고 있는 우악스러운 손만 보였다. 그리고 마침내 어마어마한 덩치가 마우스 앞에 그 모습을 드러냈다.

마우스는 심장이 한 번 뛸 동안 눈을 감고 서 있었다. 다시 눈을 들었다. 올빼미는 태연하게 말했다.

“내가 층마다 확인했지. 위에는 아무도 없었어. 하지만 나는 너를 잘 알아. 너는 순순히 하라는 대로 할 사람이 아니야.”

마우스는 올빼미를 따돌릴 아무런 꾀도, 술책도 떠오르지 않았다.

“보내 줘요. 부탁이에요.”

마우스는 간곡하게 말했다.

올빼미는 마우스 위로 두 계단 위에서 손을 허리에 괸 채 우뚝 서 있었다. 오른손에 둥근 열쇠 꾸러미가 들려 있었다. 옥내계단으로 통하는 문을 잠그고 있었던 모양이었다. 올빼미가 마우스를 내려다보고 서 있는 곳은 너무도 높아서, 마우스가 목을 완전히 뒤로 젖혀도 그의 눈을 보기 어려웠다. 눈을 맞은 듯 그의 제복이 젖어 있는 모습이 마우스의 눈에 띄었다. 천 켤레의 구두 속에서도 알아볼 수 있을 만큼 큰 그의 구두 주위에도 물이 고여 있었다.

이제 끝장이야! 의심의 여지가 없어. 나를 붙잡아 출구
로 끌고 갈 거야.

"제발!"

마우스가 말했다.

"복도에도 방에도 아무도 없어. 너 같은 좀도둑에게는
더할 나위 없이 좋은 기회겠지?"

올빼미는 킁킁거리며 대꾸했다.

올빼미가 그렇게 생각하는 것도 무리가 아니었다. 지금
골치 아픈 일만 없었다면 마우스도 분명 그렇게 생각했을
것이다.

"아무것도 안 훔칠 거예요. 정말이에요."

마우스는 이렇게 말하는 자신의 목소리가 낯설게 들렸
다. 그리고 올빼미는 물론, 상식을 지닌 사람이라면 아무
도 그 말을 믿지 않으리라고 생각했다.

"사실대로 말해. 너 이 호텔에서 손님 물건을 훔쳤지?"

마우스는 올빼미가 자신을 우악스럽게 붙잡고 흔들 것
이라는 생각에 고개를 떨어뜨렸다.

"네. 그랬어요."

외나무다리에서 만난 친구와 원수

마우스는 조용히 말했다.

올빼미는 아무 말도 하지 않았다.

"하지만 오늘은 아니에요!"

마우스는 가슴속에서 반항심이 고개를 들자 이렇게 덧붙였다.

올빼미는 마우스가 들고 있는 우산을 가리켰다.

"그 우산은 영국 손님 거야."

"그 분이 제게……."

마우스는 말을 하다 말고 이런 망할! 하고 생각했다.

"……주셨어요."

"주셨다?"

올빼미가 소매 끝의 물기를 손으로 툭툭 털며 말했다.

"아하! 그랬군!"

"제 말 안 믿으신다는 거 잘 알아요."

마우스는 설명을 늘어놓기 시작했다.

"저라도 안 믿었을 거예요. 제가 아저씨 입장이었어도…… 하지만 이번에는, 이번 단 한 번만은 제발 저를 믿어 주세요. 정말이에요. 저는 지금 6층으로 올라가야만 해요. 안 그러면…… 안 그러면…….”

마우스는 머뭇거리며 적당한 말을 찾았다.

“……불행한 일이 벌어져요. 아주 끔찍한 일이요.”

“불행한 일?”

올빼미는 마우스의 말을 따라하고는 특유의 ‘흠’ 소리를 냈다.

마우스는 자신이 빠져나갈 가능성을 따져 보았다. 그의 다리 사이로 뚫고 나갈까? 그러나 마우스는 올빼미를 따돌릴 힘은 커녕 똑바로 서 있을 힘도 없었다.

“무슨 일?”

올빼미가 물었다.

쿠쿠시카의 말에 의하면 다들 올빼미가 비밀경찰의 끄나풀이라 믿고 있다는데, 지금은 나도 그와 한패가 되려는 게 아닌가? 마우스는 생각했다.

“폭탄이요.”

마우스가 체념한 듯 말했다.

“지하실에 폭탄이 숨겨져 있어요.”

어쩌면 내가 실수를 하는 것인지도 몰라. 어쩌면 아닐

수도 있어. 이렇게 해서 더 짧은 시간에 더 많은 사람을 호텔 밖으로 내보낼 수 있다면 잘한 일이야. 마우스는 생각했다. 그럼에도 마우스는 자신이 배신자처럼 여겨졌다. 마치 어머니를 두 번 죽이는 일 같았다.

하지만 탬슨은 엄마가 아니야. 마우스는 계속 생각했다. 폭탄을 가진 정신 나간 여자일 뿐이야. 너무 짧아진 도화선. 그녀는 사람들을 죽일 거야. 많은 사람을.

하지만 엄마도 똑같은 일을 계획했었어. 그 사실 때문에 엄마가 다른 사람이 되는 건 아니잖아?

세상에는 함부로 말할 수 없는 일들이 있다. 어머니에 관한 일들이 그랬다. 친구에 관한 일도. 그들이 무슨 일을 했든 상관없이.

그러나 그 일을 막을 수는 있을 것이다. 다른 사람들에게 그 일을 미리 알릴 수는 있을 것이다.

"폭탄."

올빼미가 심드렁하게 따라했다.

"어디?"

"포도주 창고 안쪽 밀실에요…… 맨 뒤쪽 마지막 오크

통 뒤에.”

그곳에는 마우스가 훔친 물건도 고스란히 모여 있다는 생각이 잠시 스쳤지만 지금은 그런 일에 마음 쓸 상황이 아니었다.

“레이디 스펠웰이, 그 영국 손님 말이에요. 그 분이 지금 폭탄에 불을 붙이려고 해요. 곧이요. 그런데 저 위에는 아직 사람이 있어요. 폭탄에 불이 붙기 전에 그 사람에게 알려야 해요.”

마우스의 입에서 속사포를 쏘듯 말이 터져 나왔다. 마우스는 깊게 숨을 들이쉬었다. 그리고 거의 단념한 듯 덧붙였다.

“그러니 보내 주세요. 네?”

올빼미의 머리칼에 붙은 작은 물방울이 반짝였다. 그의 얼굴이 다시금 마우스의 시야를 다 차지하고 그녀를 압도했다. 그러나 마우스는 이제 올빼미가 무섭지 않았다. 그에 대한 두려움은 이미 오래 전에 사라졌다.

“보내 달라?”

그가 곰곰이 생각하며 중얼거렸다.

“흠…… 포도주 창고라고 했지?”

“네. 맨 끝에 있는 오크 통을 옆으로 밀면 벽에 틈새가 있어요. 빨리 가세요. 그리고 조심하셔야 해요. 탬슨이 누가 오는 소리를 들으면 바로 폭탄에 불을 붙일 거예요.”

배신자! 마음속 목소리가 외쳤다.

하지만 나는 니힐리스트가 아니야. 살인자는 더더욱 아니야!

그래도 올빼미는 나를 붙잡아 적막의 감옥으로 보낼지 몰라. 그래서? 거기라고 지금 사는 것과 크게 다르겠어? 나는 혼자 지내는 일에 익숙해. 혼자서 말도 잘 해. 나는 내 주위를 벽이 둘러싸고 있는 것이 좋아. 게다가 거기서는 구두를 닦을 일도 없어.

“그러니까 그 여자가 차르를 죽이려 한단 말이지?”

올빼미가 물었다.

“차르요?”

마우스는 잠시 무엇에 머리를 부딪친 것 같았다.

“아니요. 차르하고는 상관없어요. 탬슨은…… 탬슨은…….”

눈보라 여왕을 죽이려는 거예요! 라고 마우스는 말하고 싶었다.

"호텔을 파괴하려고 해요."

"호텔이라…… 흠, 흠."

마우스는 달아날 준비를 했다. 적어도 시도는 해야 했다. 그냥 거기 선 채 올빼미가 줄곧 '흠, 흠' 하는 소리나 들으며 아까운 시간을 허비하느니 그 편이 나았다.

마우스는 숨을 들이쉬고 앞으로 돌진했다. 올빼미가 번개와도 같이 몸을 움직여 마우스를 잡으려 했지만 마우스가 더 빨랐다. 올빼미는 머리카락 한 올 차이로 마우스를 놓쳤다. 마우스는 뒤도 돌아보지 않고 높이, 더 높이 소용돌이 계단을 뛰어 올라갔다.

반 바퀴쯤 돌아 올라왔을 때 마우스는 난간 너머로 굽어보았다. 놀랍게도 올빼미는 쫓아오지 않았다. 두 사람의 눈빛이 서로 마주친 후, 올빼미는 몸을 돌려 아래로 내려갔다. 힘들이지 않고도 한 걸음에 여러 계단을 내려갔다. 어둑어둑한 계단에 그가 발을 디딘 곳마다 거인의 발자국이 남았다.

외나무다리에서 만난 친구와 원수

마우스는 2초 동안 꼼짝 않고 서서 어리둥절한 눈빛으로 아래를 내려다보았다. 올빼미가 나를 내버려 두다니! 마우스는 자신의 눈을 믿을 수 없었다. 하마터면 '저는요?' 하고 외칠 뻔 했다. 물론 그러지는 않았다.

놀랍고 한편으로는 마음이 놓여 마우스는 계속 달렸다. 저 아래 1층에서 문이 닫히는 소리가 들렸다. 무섭게 빠르군! 마우스는 생각했다. 하지만 정말 늦지 않게 갈 수 있을까?

바닥 없는 계단은 6층에 출구가 없었다. 마우스는 5층에서 계단을 벗어났다. 그리고 중앙계단을 향해 사람 없는 복도를 서둘러 지났다.

배신자! 마음속 목소리가 다시 한 번 비난했다. 그러나 조금 전처럼 심하게 들리지는 않았다. 마우스는 그 소리를 무시했다.

갑자기 진짜 목소리가 들렸다. 마우스의 머릿속에서 나는 소리가 아니라 눈앞 복도에서 나는 소리였다. 올빼미가 여기는 아무도 없다고 했는데? 마우스보다 훨씬 어린 아이들 몇 명이 열린 객실 문 앞에서 히죽거리고 있었다.

이 모든 소동이 그들에게는 아주 재미난 놀이였다. 그들은 재잘거리며 낄낄 웃었다.

마우스가 그 아이들에게 뭐라고 외치려는 순간 그들 뒤에서 누군가 욕을 하며 나타났다. 아마도 빈 호텔을 마지막으로 점검하면서 이 아이들을 발견한 모양이었다.

마우스는 멈춰 섰다.

"이것 봐라! 너도 안 나갔어?"

막심이 말했다.

⚜

마우스는 막무가내 막심을 밀치고 달려갈까 생각했지만 아이들 때문에 그럴 수가 없었다. 만약 그 새를 틈타 아이들이 사방으로 흩어지면 큰일이었다. 막심이 가능한 빨리 호텔 밖으로 아이들을 데리고 나가야 했다.

"너하고 싸울 시간 없어."

마우스는 이렇게 말하고 막심 쪽으로 똑바로 걸음을 옮겼다. 마치 그가 거기 없다는 듯이.

외나무다리에서 만난 친구와 원수

“모두 오로라 호텔에서 나가야 해. 너도 마찬가지야.”

막심이 대꾸했다.

“또 친구들을 불러 나를 비상계단으로 던져 보시지!”

“잘 견뎌 냈으면서 왜 그래?”

마우스는 막심이 길을 막으리라 예상했다. 그러나 그는 여전히 객실 문에 선 채 마우스가 다가오는 모습을 어두운 표정으로 지켜보았다. 아이들은 사내아이가 둘, 계집아이가 세 명이었다. 아이들의 부모는 그들이 이미 어딘가 딴 곳에 가 있는 줄 알 것이다. 아이들은 서로 쑥덕거렸다. 그들도 공기 중에 감도는 긴장감을 느낀 모양이었다. 아무도 더는 낄낄거리지 않았다.

“어디 가려는 거야?”

막심이 미심쩍다는 듯이 물었다.

“네가 무슨 상관이야?”

“여기 있다 비밀경찰한테 걸리면 곤란할 텐데?”

“그럼 가서 나 여기 있다고 일러. 지배인이 너를 무지하게 자랑스러워 할 거야.”

“지배인이야 물론 그럴 테지. 경찰도 그럴 거고. 그런데 난 어차피 오로라를 떠날 거야.”

“그래?”

마우스가 물었지만 사실은 조금도 관심이 없었다. 단지 막심의 주의를 딴 데로 돌려 달아날 시간을 벌 목적으로 물었을 뿐이었다.

“매우 지체 높으신 분이 내게 일자리를 제의하셨어.”

막심이 코를 찡그리며 말했다.

‘매우 지체 높으신 분’이라고 말할 때 그의 말투가 마우스의 반발심을 자극했다. 마우스는 어렴풋이 짐작 가는 데가 있었다.

“혹시 6층에 투숙한 여자 손님이니? 황실 스위트룸 손님 말이야.”

“그게 너랑 무슨 상관인지 모르겠다.”

막심은 이렇게 말했지만 뻐기고 싶은 마음을 오래 참지는 못했다.

“그 분이 오래 전부터 나 같은 남자 아이를 찾고 있다고 했어. 세계 각국을 여행할 때 수행할 사람이 필요하대. 교양 있는 젊은이라야 한다고. 내가 그런 사람이잖아? 그러니까 심부름꾼이나 하인이 아니라……."

그의 예쁜 눈이 자랑으로 빛났다.

"……개인 비서를 구하는 거지."

"설마 벌써 호텔을 그만둔다고 말하지는 않았겠지?"

마우스가 다그쳐 물었다.

"왜? 오늘 아침 교대 시간 전에 제일 먼저 그 말부터 했지. 오늘이 내 마지막 근무일이라고. 멍하게 쳐다보더라. 지배인 말이야. 이제부터 다른 아이의 머리를 쓰다듬어야 할걸?"

막심이 그 말을 할 때 마우스는 너무도 역겨워 잠시 그에게 동정 비슷한 감정이 생겼다.

막심은 새 주인이 자신을 유일한 상속자로 입양이라도 한 양, 가슴을 한껏 내밀었다.

"그러니 네가 호텔에 계속 눌러 있든 말든 나는 아무 상관 안 해."

막심은 관대한 몸짓으로 마우스에게 길을 터주고는 아이들을 향해 보호자처럼 팔을 벌리고 그들을 반대 방향으로 몰았다.

“얘들아. 가자. 뒤 계단으로 내려가면 돼. 작고 못생긴 저 남자 아이한테 마음 쓸 필요 없어. 자, 어서!”

마우스는 말없이 머리를 가로젓고는 뒤를 돌아 그들이 가는 모습을 보았다. 아이들이 다시 떠들기 시작했다. 그들은 이 모든 일이 그저 즐겁기만 했다. 그들 가운데 선 막심은 깃털을 곤두세운 수탉 같았다. 아무튼 막심이 아이들을 데리고 밖으로 나가겠지. 마우스는 생각했다.

“빨리 가!”

마우스는 그들을 향해 이렇게 외치고 중앙 계단을 향해 달렸다. 그곳에서 아래쪽으로 귀를 기울였다. 멀리서 경찰들의 목소리가 들렸다. 마우스는 몸을 돌려 6층으로 난 계단을 급히 뛰어 올랐다.

마우스의 배신

스위트룸의 문은 잠겨 있지 않았고, 손잡이에는 고드름이 하나 달려 있었다. 마우스는 손잡이를 잡고 천천히 아래로 내렸다. 손에 땀이 났다. 누군가 금방이라도 문을 안에서 당겨 마우스를 스위트룸 안으로 끌어들일 것 같았다.

그러나 그런 일은 일어나지 않았다.

마우스는 노크를 하지 않았다. 물론 노크를 해서도 안 되었다. 마우스는 눈보라 여왕이 여전히 침실에 몸져 누워 있기를 바랐다. 구체적인 계획은 없었다. 그저 여왕이 눈치 채지 않게 에를렌을 스위트룸 밖으로 내보낼 수 있으리라는 막연한 기대뿐이었다. 어떻게? 마우스는 아무 생각도 떠오르지 않았다. 어차피 머리를 짜서 작전을 세울 시간도 없었다.

마우스는 잠시 눈을 감았다. 도화선 끝에서 불길이 순식간에 쇠별을 향해 번지고, 촛불이 불꽃을 튀기며 환히 타는 것 같았다.

마우스는 아주, 아주 천천히 문을 안으로 밀었다. 손잡이에 손가락이 얼어붙어 떨어지지 않았다. 마우스는 조금 전까지만 해도 추위가 훨씬 더 심해졌다는 사실을 느끼지 못했다. 그런데 갑자기 금속 손잡이가 얼음 같이 느껴졌다. 마우스는 힘을 주어 문손잡이에서 손을 뗐다. 조그맣게 터져 나오는 비명을 억누르고 안을 들여다볼 수 있을 만큼만 문을 열었다.

현관에는 아무도 없었다. 적어도 밖에서 보기에는 그랬다. 혹시 누가 문 뒤에 서 있지 않을까……. 마우스는 그럴 위험도 감수해야 했다.

마우스는 열린 문틈으로 얼른 미끄러져 들어가, 딸깍 채워지지 않을 정도로만 문을 닫았다.

입에서 나오는 하얀 구름이 어느 때보다 짙었다. 입김

은 갈라진 입술을 덮치듯, 빠르게 그 위로 퍼졌다. 속눈썹이 얼어붙지 않게 눈을 깜박거렸다.

침실 문은 약간 열린 상태였다. 아무 소리도 들리지 않았다. 안전을 기하기 위해 마우스는 욕실 문을 한 번 쳐다보았다. 문은 닫혀 있었고 거기서도 아무런 소리가 나지 않았다. 바스락거리는 소리도, 물 흐르는 소리도 들리지 않았다.

조심스럽게 머리를 돌려 똑바로 침실로 향했다. 발꿈치를 들고 살금살금 걸었다. 오른팔을 뻗어 나무 문짝에 대고 한 차례 깊게 심호흡을 했다.

아우! 차가워! 얼음 같은 공기가 입안으로 들어가자 목젖이 마비되는 것 같았다. 가슴 속에서 매끈한 유리 같은 것이 느껴졌다.

마우스는 문에 댄 손에 조심스럽게 힘을 가했다. 문은 마냥 느리게 열렸다. 마우스는 한 발 뒤로 물러서서 문틈이 점점 벌어지는 모습을 보았다. 침실 내부가 조금씩 더 많이 보였다. 카펫, 벽, 탁자와 의자, 여행가방과 짐 상자, 세 개의 거울과 구석에 놓인 순록의 가죽, 칸막이와 그 위

에 널어 놓은 에를렌의 낡은 옷 한 벌. 이상하게도 그 옷
에는 에를렌의 몸을 사람으로 둔갑시킨 마술이 잘 들어맞
지 않는 것 같았다. 빈 차양침대도 보였다.

열린 테라스 문으로 눈보라가 소용돌이치며 방 안으로
들어왔다. 눈보라 여왕과 에를렌이 저 밖으로 나갔나? 어
두운 겨울 구름 사이로 서서히 해가 떠오르고 있었지만
쏟아져 내리는 눈송이는 지난밤과 차이가 없었다. 해가
떴는데도 이상하게도 밝아지지 않고 오히려 흐려졌다. 방
안의 불빛은 오래된 뼈처럼 누렇게 색이 바랬다.

마우스는 뒤를 돌아 아무도 없다는 사실을 확인하고 침
실로 들어갔다. 발아래서 뽀드득 소리가 났다. 누군가 밖
에서 들어오면서 구두 밑창에 눈을 묻히고 들어온 모양이
었다. 방 안도 추웠으므로 바닥에 떨어진 눈은 녹지 않고
값비싼 카펫의 빳빳한 털에 하얀 외피를 씌우고 있었다.
발자국은 테라스에서 침실 문을 향해 나 있었다. 누군가
테라스에서 그 방을 통해 현관으로 나간 것이었다.

침대는 눈보라 여왕이 탬슨의 방에서 돌아온 후 누웠던
자리가 약간 눌려 있었지만 깃털 이불과 베개는 흐트러지

마우스의 배신

지 않았다. 여왕은 이불을 덮지 않았다. 마우스는 그 사실이 조금도 이상하지 않았다. 추위는 여왕의 몸을 구성하는 성분이었다. 아마도 추위가 여왕의 통증을 완화시키고 새로운 힘을 주었을 것이다.

에를렌은 어디에 있을까?

마우스의 시선이 가방과 짐 상자 너머 구석에 있는 순록의 가죽에 닿았다. 마우스는 같은 실수를 두 번 다시 하고 싶지 않았으므로 마법의 거울 위로 몸을 굽히지 않으려고 극도로 조심했다. 순록의 가죽이 이제 더는 중요하지 않았다. 에를렌을 데리고 가능한 빨리 호텔 밖으로 나가야 했다.

마우스는 마지막으로 다시 한 번 방을 둘러보고는 얼른 테라스 문으로 눈길을 돌렸다. 밖을 보니 소름이 끼쳤다. 추위 때문에 그런 것만은 아니었다.

상트페테르부르크를 뒤덮은 무거운 눈구름이 뾰족뾰족한 지붕 숲 위에 누런 잿빛으로 시들하게 걸려 있었다. 마치 수프를 끓일 때 사용하는 흐늘흐늘한 고기에서 잘라낸 껍질 같았다. 그리 멀지 않은 곳에서 도시를 가로 질러 흐르는 네바 강의 꽁꽁 언 수면이 잘 보이지 않을 정도로 어두웠다. 장막과도 같이 요란스레 퍼붓는 눈발에 가려 겨울궁전의 지붕도 보이지 않았다.

테라스에 찍힌 구두 발자국은 아직 눈에 덮이지 않았다. 생긴 지 얼마 안 된 발자국이었다. 눈 위에 찍힌 발자국은 테라스 난간 앞에 나란히 세워둔 거대한 화분 뒤로 사라졌다. 발자국이 양방향으로 나 있는 것으로 보아, 발자국 주인은 난간 앞으로 갔다가 바로 방 안으로 되돌아온 것이 틀림없었다. 발자국은 엄청나게 컸다. 에를렌이나 눈보라 여왕의 발자국은 분명 아니었다.

사실 테라스에서 돌아다닌 사람이 누구인지는 중요하지 않았다. 그런데 마우스의 머릿속에서 또 다른 목소리가 그 사실이 중요할지도 모른다고 속삭였다. 아마도 지금 이 순간 생각할 수 있는 다른 무엇보다 훨씬 더 중요할지도 모른다고.

시간이 없어! 머릿속에서 외쳤다. 에를렌을 찾아! 여기서 나가! 그것만이 중요해!

그렇지만…… 마우스는 테라스의 문지방을 넘어 한 발

을 밖으로 내디뎠다. 더 춥지는 않았다. 안이나 밖이나 차이가 없었다. 눈 폭풍이 얼음 손으로 마우스를 덮쳤다. 얼굴을 할퀴고 목깃과 귀 속으로 파고들었다. 눈꺼풀이 얼어붙어 눈이 떠지지 않았다.

극복한 줄 알았던 과거의 두려움이 다시 머리를 들었다. 마우스의 가슴에 알 수 없는 압박을 가하며 바깥세상에 대한 공포는 되돌아왔다. 한 순간 숨이 막혔다. 발이 말을 듣지 않았다. 마우스를 테라스의 문지방에 붙들어두려고 갑자기 옷이 무거워진 것 같았다. 심장이 반항하듯 쿵쿵 뛰었다. 손톱이 저절로 손바닥을 파고드는 듯했다.

그럼에도 마우스는 조심스럽게 한 걸음 한 걸음 나아가기 시작했다. 다른 때 같았으면 자신의 한계를 극복했다는 사실을 확인했을 것이다. 그러나 오늘 이런 상황에서, 그리고 금방이라도 벌어질 상황을 눈앞에 두고 그런 사실은 별 의미가 없었다. 갑자기 인간이 극복하지 못할 장해는 없다는 생각이 들었다. 단지 첫 발을 떼기가 힘들 뿐.

마우스는 마비된 듯한 몸짓으로 불안하게 창틀 그림자를 벗어나 눈을 뚫고 넙적한 발자국을 따라 갔다. 너무 추왔다. 조금씩 나아갈 때마다 이가 점점 더 심하게 딱딱 부딪쳤다. 무지개 색 우산을 잡은 손엔 감각이 없었다. 하얀 손가락뼈가 푸르스름하게 변했다. 마우스는 눈보라를 뚫고, 줄지어 선 육중한 질그릇 화분을 돌아 발자국이 난 곳을 확인했다.

테라스의 난간 앞에는 검은 나무상자가 하나 있었다. 그 상자는 방금 내린 눈에 반쯤 덮여 있었다. 그 지점은 날씨가 맑을 때면 네브스키 광장의 전경이 가장 잘 보이는 위치였다. 상자의 길이는 거의 마우스의 키만 했다. 세 개의 금속 잠금장치가 겨울 햇살에 밋밋하게 빛났다.

마우스는 그 앞에 쪼그리고 앉아 눈을 옆으로 쓸고 잠금장치를 하나씩 풀었다. 상자 안에서 독사라도 튀어 나올 것 같아 잔뜩 겁을 먹은 채 조심스럽게 덮개를 들어 올렸다.

소총이었다. 검고 긴 소총이 귀부인의 보석 상자에 든 장신구처럼 빨간 벨벳 위에 누워 있었다.

마우스는 가느다란 총구에서 삼각형의 개머리판까지 눈으로 총을 한 번 쓱 훑고는 헉! 하고 상자의 덮개를 내렸다. 시간을 낭비하지 않으려고 잠금장치를 그대로 둔 채 다시 발자국을 찾았다. 거인이 얼음에 찍어 누른 것 같은 큰 발자국에 눈이 쌓여갔다. 몇 분만 지나면 완전히 눈에 묻혀 보이지 않을 것이다.

그렇게 큰 발을 가진 사람은, 그런 발자국을 남길 수 있는 사람은 한 사람뿐이었다. 마우스는 바닥없는 계단에 눈이 녹아 생긴 웅덩이가 떠올랐다. 올빼미의 머리에서 반짝이던 물기도 생각났다.

마우스는 다시 한 번 덮개를 들어올리고 소총을 살핀 후 다시 일어나, 회오리치는 눈보라를 뚫고 아래를 내려다보았다. 너무 아찔해서 정신을 잃을 지경이었다. 너무 높은 곳에 서 있기 때문에 그런 것만은 아니었다. 그곳에서 직선 방향으로 눈 덮인 번화가가 보였다. 거기서 낮에 일제히 사격을 가한다면 네브스키 광장에서 적어도 200미터에 걸치는 구간이 화염에 휩싸일 것이다. 마우스는 그런 무기의 사정거리가 얼마나 되는지 몰랐지만 거기서는 목표물을 조준할 시간이 얼마든지 있고, 그 아래로 곧 차르의 행렬이 지나갈 것이라는 사실만은 분명했다.

마우스는 한 걸음 비틀거리며 물러나, 방금 발견한 물

건 앞에 잠시 홀린 듯 멍하니 서 있었다. 그러나 곧 몸을 돌려, 눈을 뚫고 스위트룸의 침실로 되돌아가 유리문을 닫았다. 따라 들어온 눈송이들이 카펫에 내려앉았다.

마우스는 멈춰 서서 침착해지려고 애썼다. 사방을 두른 벽들도 지금은 안정감을 주지 못했다. 시간은 손가락 사이로 물이 새나가듯 흘렀다. 지금 허둥대서는 안 돼! 마우스는 속으로 말했다. 나는 올빼미에게 폭탄 이야기를 했어. 올빼미는 그 오랜 세월이 다 가도록 숨겨진 폭탄을 찾지 못하자 이 위에서 암살을 강행하기로 한 걸까?

이제 그는 폭탄이 있는 장소를 알고 있어. 지금 그리로 가고 있어. 금방이라도 빈 오크 통을 옆으로 밀 거야!

마우스는 팔다리의 눈을 떨어냈다. 그래도 조금도 따뜻해지지 않았다. 마우스는 침실을 나와서 스위트룸의 현관에 멈춰 섰다. 짧게 무슨 소리가 들렸다. 서투르게 덜커덩거리는 소리였다.

그 소리는 욕실에서 났다.

누군가 안에서 닫힌 문을 발로 찼다.

마우스의 배신

거대한 욕조에 눈보라 여왕이 누워 있었다. 여왕의 온
몸은 얼음 속에 갇힌 채 머리만 밖으로 나와 있었다. 얼굴
은 심하게 늙은 모습이었다. 적어도 60대로 보였다. 눈처
럼 하얀 머리칼은 폭탄을 맞은 듯 고드름이 되어 사방으
로 뻗쳐 있었다. 꼭 감은 눈꺼풀이 꿈쩍거렸다. 얼음판이
턱에까지 닿아 있었다.

바닥에 웅크린 에를렌의 모습은 처참했다. 두 손은 뒤
로 묶여 있었고, 발목을 칭칭 동여 맨 밧줄은 매듭으로 꽁
꽁 묶여 있었다. 옷은 그 어느 때보다 남루했다. 좀이 슨
셔츠는 걸레 같이 너덜너덜했다.

마우스가 문을 열었을 때 에를렌이 바로 뒤에 누워 두
발을 문을 대고 있었으므로 문이 더 열리지 않았다. 마우
스는 일단 에를렌을 조심스럽게 옆으로 밀어 놓고 문을
충분히 연 후, 그를 넘어 욕실로 들어갔다.

가장 끔찍한 장면은 에를렌의 입가에 묻어 있는 엄청난
피였다. 마우스는 의식이 없는 눈보라 여왕에게 더는 마

음을 쓰지 않고 에를렌 옆에 무릎을 꿇고 앉았다. 탬슨의 우산을 내던지고 에를렌의 머리를 자신의 무릎에 놓았다. 소매로 피를 닦아내려 했지만 피는 그의 얼굴에 얼어붙어 있었다. 에를렌의 눈은 인간이 자신에게 왜 그런 고통을 주는지 알 수 없어 서글픈 짐승의 눈이었다.

"다 잘 될 거야."

마우스가 속삭였다. 눈물이 뺨으로 흘렀다.

"다 잘 될 거야."

마우스는 에를렌의 머리를 쓰다듬었다. 그의 머리칼 또한 뻣뻣하게 얼어 있었다. 그의 상체에도 얼음 외피가 씌어 있었다. 욕조에서 뿜어 나온 물이 에를렌의 몸으로 튀어 얼은 것 같았다. 그제야 마우스는 핏자국이 욕조의 얼음판을 지나 육중한 황동 수도꼭지로 이어져 있는 광경을 보았다.

오로라 호텔은 상트페테르부르크 시에서 수돗물이 나오는 얼마 안 되는 건물이다. 손이 묶인 에를렌이 이로 수도꼭지를 물고 돌리느라 금속 수도꼭지에 입이 찢겨 피가 난 게 틀림없었다. 그런데 왜?

마우스의 배신

“우리 여기서 나가야 해.”

마우스는 꽁꽁 언 손가락으로 에를렌을 묶은 밧줄을 풀기 시작했다. 매듭을 풀기 위해서는 억지로라도 마음을 가라앉혀야 했다. 에를렌은 손이 자유로워지자 마우스의 도움을 받아 1미터 뒤로 몸을 밀어 욕조에 등을 기댔다. 금속 욕조에는 넙적한 곰발바닥 모양의 황동 다리가 네 개 달려 있었다.

에를렌이 손가락을 너무 허둥지둥 움직였으므로 에를렌 혼자서는 발목의 밧줄을 풀지 못했다. 마우스는 에를렌을 도와주며 그를 안심시켰다. 에를렌은 마침내 느슨해진 밧줄을 발로 밀어냈다.

그의 몸 전체가 규칙적으로 움찔거렸다. 마우스는 잠시 후 그 움직임이 에를렌의 몸에서 나오는 것이 아니라는 사실을 깨달았다. 에를렌이 기대고 있는 욕조 안의 무언가가 그의 등을 떨게 만들었다. 여왕을 덮고 있는 얼음판 중앙에서 나오는 떨림이었다.

“여왕이 왜 저래?”

마우스는 에를렌에게 묻고 난 후에야 이런 식으로 물으

면 벙어리 소년에게서 아무 대답도 못 듣는다는 사실을 기억했다.

"네가 그랬니? 네가 욕조에 물을 받았어?"

에를렌이 머리를 끄덕이고 자기 주인의 얼굴을 응시했다. 여왕의 눈꺼풀이 더 빨리, 더 힘차게 움찔거렸다. 입술에 앉은 눈의 결정이 터지고 작은 외침이 터져 나왔다.

"여왕이 깬다."

마우스가 속삭였다.

"얼음 때문이야? 새 힘을 얻은 거야? 여왕의 몸 주위를 얼리려고 네가 물을 받았니?"

에를렌은 다시 머리를 끄덕여 대답했지만 마우스를 쳐다보지는 않았다. 에를렌의 관심은 오직 눈보라 여왕에게만 쏠렸다. 양피지 같은 여왕의 피부 아래로 바람이 일어 주름이 출렁거렸다. 마우스는 여왕 얼굴의 피부가 구겨지는 소리를 들은 듯 했지만 그것은 단지 환청이었다.

마우스는 탬슨의 우산을 쥐었다. 또 다시 손가락 안에서 꿈틀거리는 느낌을 받았다.

"에를렌! 우리는 이곳을 나가야 해! 곧 호텔 전체가 날

마우스의 배신

아갈 거야."

마우스가 간청했다.

에를렌은 그 말에 아무런 반응도 보이지 않고 여왕만 바라보고 있었다. 두드려 맞고도 다시 주인에게 기어오는 충실한 개처럼. 마우스는 에를렌을 데리고 나가는 일에 여념이 없었지만 그는 나가려 하지 않았다.

욕조의 얼음이 떨리기 시작했다. 표면에 금이 가더니 가지처럼 쭉쭉 뻗어 그물을 그렸다. 유리 조각을 서로 맞대고 갈 때와 같이 쓱쓱 삭삭 소리가 났다.

눈보라 여왕이 눈을 떴다. 길고 가는 머리칼 끝이 얼굴을 감싼 채 얼어붙어, 마치 기이한 얼음별처럼 보였다. 여왕이 입을 열고 한 마디 속삭였다. 마우스는 알아듣지 못했다. 그 순간 여왕의 몸을 싸고 있던 얼음판이 폭발하여 수백만 개의 아주 작은 조각으로 부서졌다. 얼음 조각들이 우박처럼 마우스와 에를렌을 덮쳤다. 둘은 놀라 움찔했다.

마우스가 다시 올려보니 눈보라 여왕은 욕조에 똑바로 서 있었다. 예의 근엄함과 위풍을 다 갖춘 채. 그러나 다시 얻은 힘이 만들어 준 모습은 오래 가지 않았다. 여왕의 날씬한 몸이 마비된 듯 흔들리더니 살이 빠지고 피부가 축 늘어졌다. 얼굴에도 다시 주름이 생겼다. 보이지 않는 짐을 진 듯 어깨가 굽었다. 여왕은 쓰러지지 않으려고 한 손으로 대리석 타일 벽을 짚었다. 에를렌이 쏜살같이 달려가 욕조 밖으로 나오려는 여왕을 부축했다. 그는 마우스의 절망적인 눈빛과 마주치자 눈을 내리깔았다.

눈보라 여왕은 얼음 조각이 가득한 욕조 한가운데 서서 힘겹게 숨을 쉬었다. 아직 마우스가 있다는 사실은 전혀 모르는 것 같았다. 여왕의 호흡이 불규칙적으로 변하더니 몸의 떨림이 얼어붙은 머리칼 끝까지 번졌다.

손목과 발목에 밧줄이 남아 있었다. 올빼미가 암살에 방해가 되지 않도록 힘없는 여왕에게 갑자기 달려들어 손발을 묶었을 것이다. 그러고는 정신을 잃은 여왕을 욕실로 끌고 가 에를렌과 함께 가둔 것이 분명했다.

올빼미는 그 사람이 눈보라 여왕이라는 사실을 알고 그랬을까? 아닐 것이다. 이유는 단지 스위트룸에 투숙한 두 사람이 자신의 계획을 실행하는 데 방해가 되었기 때문일 것이다. 여왕의 힘이 약해지지 않았더라면 올빼미는 여왕

마우스의 배신

과 눈만 마주쳐도 그 자리에서 얼어 가루가 되었을 것을! 억세게도 운이 좋은 놈이다.

마우스는 우산을 꼭 쥔 채 문을 향해 뒷걸음질을 치다 문짝에 등을 부딪쳤다. 욕실 문이 다시 잠겼다. 마우스는 몸을 돌려 손잡이를 아래로 내렸다.

그 순간 에를렌이 생각났다. 마우스는 망설였다. 에를렌을 여기 내버려 둘 수는 없어! 사람으로 살 것인지, 짐승으로 돌아갈 것인지 결정하지 못할 테지만 아무래도 상관없어. 아무튼 나는 에를렌이 좋아. 여기서 데려가지 않으면 에를렌은 죽을 거야.

"애야."

눈보라 여왕이 마우스를 불렀다. 마우스는 여왕이 말을 걸었다는 사실보다 그 거친 목소리에 더 놀랐다.

"달아나지 마."

마우스는 돌아보았다. 우산이 손에서 툭툭거렸다. 아니 어쩌면 맥박이 너무 심하게 뛰어 손가락 끝에서 느낀 것인지도 몰랐다.

"우리는…… 네 도움이 필요해."

여왕이 마우스를 보며 말했다. 얼음처럼 맑고 푸른 여왕의 눈빛은 차갑거나 고압적으로 느껴지지 않았다. 오히려 절망적이었다.

에를렌은 한 팔을 여왕의 허리에 둘러 그녀를 부축했다. 그는 너무도 불행해 보였다. 입 주위에 얼어붙은 피 때문에 더욱 더 비참해 보였다. 마우스는 에를렌이 함께 달아나고 싶기는 하지만 눈보라 여왕에 대한 충성심 때문에 그러지 못한다는 느낌을 받았다. 두 가지 감정의 갈등이 빚어내는 고통은 육체적 고통에 비할 바가 아닐 것이다.

"폭탄이……"

마우스가 입을 열었다. 자신의 목소리 같지가 않았다.

"금방이라도 터질 거예요. 지하실에서. 달아나야 해요."

"폭탄?"

눈보라 여왕의 입가에 미소가 스쳤다.

"그거였어? 폭탄?"

여왕은 힘겹게 숨을 들이쉬었다.

"정말 유치하군. 마법으로 안 되니까 불로 잔재주를 부려 보겠다는 심산이로군. 유치하지만 제법 괜찮은 생각이야."

"우리를 보내 줘요. 부탁이에요."

마우스는 이렇게 말하며 에를렌을 보았다.

"내가 너희들을 데리고 갈 수도 있어……. 이번 일만 끝나면."

"여왕님은 탬슨을 말리지 못해요."

"천만에!"

여왕의 목소리는 여전히 늙고 거칠었지만 말은 유창해졌다.

"단지 지금은 상황이 안 좋을 뿐이야."

고드름이 필요하구나! 여왕은 심장의 고드름을 찾아야 힘을 얻을 수 있어! 마우스는 순간적으로 깨달았다.

"그 여자가 무슨 짓을 했는지 너도 알지?"

눈보라 여왕은 마치 마우스의 생각을 읽은 듯이 말했다.

"나는 일곱 문을 지날 수 없어."

여왕의 표정은 거의 부드럽다고 할 수 있을 만큼 달라졌다.

“너는 할 수 있어. 나를 도와 다오.”

마우스는 얼른 돌아서서 거칠게 문을 열고 현관으로 나갔다. 눈보라 여왕이 에를렌의 도움을 받아 불안한 걸음으로 비틀거리며 마우스를 쫓아 왔다. 여왕의 희고 긴 드레스는 눈꽃으로 만든 사탕처럼 반짝였다. 그러나 값비싼 드레스로도 말라빠진 엉덩이와 다리를 가릴 수는 없었다. 마우스는 여왕이 심장의 고드름을 얼른 되찾지 못하면 저절로 죽을 것 같다는 생각이 들었다.

“저는 못해요.”

마우스가 뒷걸음으로 출입문을 향하며 더듬거렸다. 스위트룸의 출입문은 여전히 살짝 열려 있을 것이다.

마우스와 에를렌의 시선이 부딪쳤다. 에를렌의 눈에서 망설임과 슬픔이 서로 갈등했다. 마우스는 그를 포기할 수 없었다.

“저는 마법 같은 건 몰라요…… 그리고 일곱 문인지 뭔지도.”

마우스가 여왕에게 말했다.

“하지만 확실한 건 이 호텔이 곧 잿더미가 된다는 사실

마우스의 배신

이에요. 그리고 우리는⋯⋯."

"마우스."

여왕이 말했다.

"마우스가 네 이름이니? 매우 특이하고 멋진 이름이구나. 네가 잘못 생각하고 있어. 너는 분명 할 수 있어. 우리 셋 중에 마법의 힘을 깰 수 있는 사람은 너밖에 없어."

마우스가 노골적으로 의심을 드러내자 여왕은 마우스를 보며 살며시 웃었다.

"내가 왜 너를 속이겠니? 내 목숨은 네게 달렸어. 에를렌의 목숨도. 심장의 고드름을 갖다 줘. 그러면 내가 다시 힘을 얻어 그 영국 아가씨를 막을 수 있어."

"그럴 시간이 없어요. 금방이라도 여기가 모두⋯⋯."

그 순간 손에 쥐고 있던 우산이 살아 움직이는 바람에 마우스는 말을 마칠 수 없었다. 처음에는 가볍게 손을 톡톡 치더니 점차 움찔거리다가 마침내 거세게 몸을 뒤틀었다. 마우스는 놀라 손을 폈다. 그러자 우산이 마우스의 손에서 빠져나와 뾰족한 끝을 앞세워 공기를 가르고 날았다. 마치 온갖 색을 발하는 어뢰와도 같았다.

마우스의 입에서 비명이 터져 나왔다. 그러나 눈보라 여왕의 비명 소리가 더 컸다. 여왕은 그제야 비로소 마우스가 내내 쥐고 있던 물건이 무엇인지 알아보았다.

“그 여자의 우산이야! 이럴 수가! 네가, 네가 그 여자의 우산을 이리로 가지고 왔어!”

여왕은 자신을 붙들고 있던 에를렌의 손을 밀쳐냈다.

“에를렌! 문을 닫아!”

놀라 여왕만 쳐다보고 있던 마우스의 시선은 자신을 싸고 빙빙 도는 우산으로 옮겨갔다. 하마터면 우산 손잡이에 코를 다칠 뻔 했다. 우산은 잠시 방향을 조준하더니 스위트룸의 출입문을 향해 곧바로 날아갔다.

간발의 차이로 먼저 도착한 에를렌이 있는 힘을 다해 몸을 던져 문을 막았다. 무지개 색 우산의 뾰족한 끝이 나무 문짝에 부딪쳤다. 순간 어마어마하게 큰 소리를 내며 문이 닫혔다. 끔찍한 비명이 울려 퍼졌다. 마우스는 처음에 눈보라 여왕이 비명을 질렀다고 생각했다. 그러나 그 소리는 우산 안쪽에서 나오는 소리였다. 우산의 가장자리가 마치 날기 직전의 박쥐 날개처럼 움찔하며 퍼덕이기

마우스의 배신

시작했다. 우산을 덮은 천 아래로 별처럼 삐죽 나온 우산
살이 떨리더니, 마치 사나운 이가 가득한 아가리가 먹이
를 문 것처럼 우산 안쪽으로 둥글게 구부러졌다. 우산은
움찔하고는 문에서 나와, 살아 있는 총알처럼 천장 아래
허공을 쉭쉭 날아다녔다. 마우스의 눈은 우산을 쫓기에
바빴다.

우산은 다시 방향을 잡고 마치 침을 곤두세운 못된 곤
충처럼 날았다. 우산 끝에 한 개의 눈이 떠졌다. 우산은
호박색 눈동자를 왼쪽, 오른쪽으로 굴리며 스위트룸에서
빠져나갈 길을 찾았다.

"우산이 길을 못 찾으면 문을 뚫고 나갈 거야!"

여왕이 외쳤다. 마우스가 돌아보니 북극의 폭군은 벽에
등을 기댄 채 두 팔을 위로 올리고 눈을 감고 있었다. 그
때 이미 우산은 번쩍이는 눈을 앞세우고 뒤로는 상어의
아가리같이 날카로운 이로 무장한 채, 여왕을 덥석 물려
고 쉭쉭거리고 있었다.

우산이 여왕을 찌르려는 순간 여왕이 우산을 향해 몇
마디 날카롭게 내질렀다. 우산은 신음 소리를 내며 아래

로 떨어지더니 다시 날아올라 그림 액자를 붙들고 몸을
추렸다. 그러고는 다시 몸을 돌려 화가 치민 듯 천장 아래
를 재빠르게 빙글빙글 돌았다.

출구를 찾던 우산의 눈이 순간 열려 있는 침실 문을 발
견했다. 우산은 손풍금처럼 몸을 움츠려 부풀렸다 다시
쭉 펴고는 침실을 향해 대포알처럼 날아갔다.

우산이 침실에서 붕붕 쉭쉭 하며 이리저리 날아다니는
소리가 들렸다.

"자기 주인에게 돌아갈 길을 찾고 있어."

눈보라 여왕이 말했다. 지칠 대로 지친 목소리였다. 방
금 방어 주문을 하느라고 남아 있는 힘도 다 써 버린 모양
이었다.

"그 여자가 너한테 뭐라고 했니? 우산이 너를 보호할
거라고 하든?"

마우스는 긴장한 채 머리를 끄덕였다. 열린 침실 문에
서 눈을 뗄 수 없었다. 우산이 되돌아와 자신을 겨누면 어
쩌나 하는 생각에 마우스는 겁에 질렸다.

"오! 이렇게 간교할 수가! 이렇게 비열할 수가!"

마우스의 배신

여왕은 마치 간교함과 비열함이 더운 날씨만큼이나 낯설다는 듯이 욕을 했다.

"너를 속였어! 그 여자는 우산이 돌아오기를 기다리고 있어. 무슨 말인지 알겠어? 그 여자는 네가 나를 찾았다는 사실이 확실해진 후에야 비로소, 내가 자신이 바라던 만큼 약해졌다는 사실을 분명히 확인한 후에야 비로소 폭탄에 불을 붙일 거야. 우산은 북극의 전령보다 더 빨리 이 상황을 전해 줄 것이고, 이제 폭탄을 터뜨리기만 하면 내가 죽는다고 확신하는 순간……."

여왕은 말을 마치지 않았지만 마우스는 알아들었다. 탬슨은 모든 일을 철두철미하게 계산한 것이었다.

에를렌은 여전히 스위트룸의 출입문에 기대고 서 있었다. 여왕이 원하면 평생이라도 문을 지킬 것 같았다.

"어떻게 해요?"

마우스는 우산이 금방이라도 현관으로 되돌아올까 봐 두려웠다. 눈보라 여왕은 비틀거리며 침실 문을 향해 몇 발짝 내디뎠다.

"내가 우산을 잡아 볼게…… 하지만 없애지는 못해. 내

심장의 고드름이 그 여자의 수중에 있는 한……."

마우스는 이해했다. 그리고 지금도 속아서 여왕에게 이용당하고 있는 게 아닌지 의심스러웠다. 탬슨이 눈보라 여왕의 폭정에 신음하는 백성들을 해방시키려 한 일은 옳은 일이었다. 그러나 이제 마우스에게는 탬슨도 여왕과 다를 바가 없었다. 지금 여왕이 마우스와 에를렌을 구할 수 있다면 마우스는 어쩔 수 없이 여왕 편에 설 것이다. 상황은 복잡하게 꼬였다. 그러나 오래 생각하면 할수록 모든 것이 더 혼란스럽기만 했다. 어떤 결정을 내리든 잘못된 결정이 될 것 같았다.

"제가 뭘 해야 하나요?"

침실에서는 격분해서 으르렁거리는 소리가 나더니 액자 세 개가 연달아 깨졌다.

"그 여자의 방으로 가. 그 여자의 모자 속에 고드름이 있어. 모자에 손을 넣어 고드름을 꺼내 와. 그러기만 하면 다른 일은 다 저절로 해결돼."

탬슨은 마우스에게 여왕이 고드름을 되찾아 다시 예전처럼 강해지면 온 시내를 뒤덮은 혹독한 추위도 끝날 것이라고 설명했었다. 마우스는 머리를 가로저었다.

"더 자세히 설명해 주세요. 제가 모자에 손을 넣으면 그 다음에는 어떻게 돼요?"

여왕은 열린 문 쪽을 바라다보았다.

"너는 일곱 문을 지나게 될 거야. 문 하나를 지날 때마다 네 껍질이 하나씩 벗겨질 것이고. 양파처럼 차례로 껍질을 벗기면 그 속에 진정한 자아가 숨어 있어. 껍질이 벗겨질 땐 몸과 머리칼에 땀이 날 뿐, 아무런 고통도 없어. 세 번째 문에서 피부가 벗겨지고 그 다음에는 핏줄, 그 다음에는 근육이 사라져. 심장도 포함해서. 여섯 번째 문에서 뼈가 사라지면 일곱 번째 문에서 영혼을 잃게 돼. 그러면 네 자유 의지만 남게 되지. 그것이 진정한 자아야. 너는 그 자유 의지로 문 반대쪽에 있는 고드름을 잡아야 해. 그걸 잡으면 되돌아오게 돼. 문을 지날 때마다 벗어 둔 껍질들도 되찾을 수 있어."

마우스는 아무 생각도 나지 않았다. 정말 아무 생각도. 아, 이 모든 일이 그저 꿈이라면! 그러나 그것은 헛된 희망이었다.

"알아 둘 것이 또 하나 있어."

여왕이 말을 이었다.

"네가 일곱 문을 다 지나기 전에 포기하면 너는 그때까지 벗어둔 껍질을 되찾을 수 없어. 그러면 너는 돌아오지 못해."

마우스는 무슨 생각이든 하려고 필사적으로 애썼다. 마치 누군가 자신의 몸을 100바퀴나 빙빙 돌린 듯이 어지러웠다.

"왜 여왕님이 직접 안 가세요?"

화가 난 우산이 침실에서 마구 돌아다니느라 덜커덩거리는 소리가 다시 한 번 극에 달했다. 눈보라 여왕이 쓴웃음을 지으며 말했다.

"나는 얼음이야. 얼음 외에는 아무것도 없어. 첫 번째 문을 지나면 나는 죽어."

그녀의 눈길이 에를렌을 향했다.

"네가 묻기 전에 미리 말하겠는데, 에를렌이 순록으로 있으면 내게 아무런 도움이 안 돼. 지금의 모습으로도 마지막 문을 통과하지는 못해. 껍질 하나가 모자라."

마우스의 배신

"모피군요."

마우스가 우물거렸다. 여왕이 머리를 끄덕였다.

"제가 고드름을 가져오면 모피를 제게 주세요."

마우스가 말했다.

"그리고 에를렌을 놓아 줘요. 그게 제 조건이에요."

"그렇게 해."

마우스는 자신이 어떤 일에 말려들었는지 조금도 알지 못했다. 그리고 너무 깊이 생각하려고도 하지 않았다.

"좋아요."

마우스는 이렇게 말하고 주먹을 쥐었다. 너무 세게 쥐어 손톱이 손바닥을 찔렀지만 아픈 줄도 몰랐다. 마우스는 자신의 모습이 낯설게 여겨졌다. 마치 남의 꿈에 나타난 사람처럼 실감이 나지 않았다.

눈보라 여왕은 침실로 들어가 문을 닫았다. 화난 우산은 으르렁거렸다. 가구가 덜커덩거렸고 여왕은 비명을 질렀다.

마우스는 허둥지둥 출입구로 달렸다. 에를렌이 옆으로 비켜서서 문을 열어 주었다. 그리고는 마우스를 따라 복도로 나와 기대에 찬 눈으로 바라보았다.

"왜? 같이 가려고?"

마우스가 물었다.

마우스의 배신

탬슨과 올빼미

탬슨은 마우스가 밀실 벽에 쌓아둔 쿠션에 앉아 석유등 불빛 아래 영어로 쓴 시집의 책장을 넘기고 있었다. 마우스가 좀 전에 보여준 책이었다. 그때 탬슨의 눈은 폭탄에만 가 있었다. 그 일로 마음이 아팠다. 탬슨은 여러 가지로 욕먹을 행동을 했지만 원래 친구 앞에서 무례하게 행동하는 사람은 아니었다.

탬슨이 쇠별의 구멍에 도화선을 끼워 넣고도 한참이 지났다. 도화선의 다른 쪽 끝은 그녀의 발 앞에 있었다.

탬슨이 무릎에 펼친 책은 정말 아름다웠다. 매우 특이한 상상의 인물과 동물들이 섬세한 펜으로 그려져 있었다. 탬슨은 그 책에 몰두하려 했지만 잘 되지 않았다. 폭탄과 눈보라 여왕, 아무것도 모르는 호텔 투숙객과 직원들 그리고 마우스에 대한 생각이 머릿속을 떠나지 않았다. 마우스도 이제는 탬슨이 자신에게 무슨 짓을 했는지 알아차렸을 터였다.

마우스가 눈보라 여왕을 찾으면 우산이 그 사실을 알리러 올 것이고, 여왕이 정말로 탬슨이 바라는 만큼 약해져 있다면 폭탄에 불을 붙일 것이다. 나머지는 모두 운명이 걸린 도박이었다.

탬슨은 자신이 죽어서 눈보라 여왕을 죽일 수만 있다면 그것으로 만족이었다. 그러나 정말로 목적을 달성할 수 있는지 확신할 수 있어야만 했다.

탬슨은 죽음을 두려워하지 않았다. 그러기에는 무슨 일에든 모험심이 너무 강했다. 벌써부터 온통 호기심에 몸이 근질거렸다. 왜 다들 죽음을 그토록 두려워하는지 탬슨은 이해할 수 없었다. 위대한 개척자들은 오직 자기 자신만을 위해 그런 모험을 하지는 않았다. 처음으로 대서양을 건넌 사람, 처음으로 나일강의 근원을 찾아 나선 사람 또는 처음으로 남극의 빙원을 연구한 사람들 모두 새로운 사실을 발견하기 위해 미지의 세계에 발을 들여놓아야 한다는 사실을 알고 있었다. 신대륙을 발견하기 위해, 인류의 오랜 수수께끼를 풀기 위해. 그런 모험 앞에서는 두려움보다 희망이 앞서지 않을까?

탬슨은 책을 원래 쌓아두었던 곳에 내려놓고 몸을 쭉 폈다. 이 상황에서 탬슨은 초조해야 하지만 전혀 그렇지 않았다. 물론 피곤하기는 했다. 아직도 일곱 문의 마법을 유지하고 있었고, 그러자면 힘이 들었다. 더구나 눈보라 여왕의 고드름을 놓아 둔 곳은 지금 탬슨이 있는 지하 창고에서 멀리 떨어져 있으니 마법을 유지하기가 쉬운 일이 아니었다. 게다가 며칠 동안 잠을 거의 잘 수 없었다. 자더라도 꿈에 시달렸다.

탬슨은 꿈에서 눈보라 여왕의 궁전으로 되돌아가, 그곳에서 겪은 말로 다 할 수 없는 무서운 경험을 되풀이했다. 그때 탬슨은 아버지조차도 겁에 질리게 만든 마법을 보았다. 밤의 저 편에서 휘두르는 막강한 힘. 태초의 추위가 만들어낸 형상들. 그리고 대성당과도 같이 넓은 홀마다 가득한 절대공허!

스펠웰 마법사와 그 딸에게 폭군을 몰아내 달라고 의뢰한 사람들은 각기 다른 이유로 그 지역에 좌초했다. 눈보라 여왕은 그 사람들을 자신의 백성으로 삼고 억지로 그곳에 잡아두었다.

눈보라 여왕은 사실 백성이 필요 없었다. 단지 얼음과 심술뿐인 무서운 악귀라는 소리가 듣기 싫어서, 명실상부한 여왕 노릇을 하고 싶어서 백성을 두었다. 이 북극의 지배자는 자신의 행동에 어떠한 명분도 찾지 않았다. 아들을 원하면 남자 아이를 훔쳤고, 백성을 원하면 사람들을 자기 나라로 유인했다. 그러나 백성이 생겼다 해도 이제 그 백성들을 어떻게 해야 할지 여왕은 알지 못했다. 여왕이 하는 일은 모조리 이해가 불가능한 일이었다. 그래서 여왕이 언제 무슨 짓을 할지 아무도 예측하지 못했다. 그저 못된 짓을 하는 데서 쾌감을 느끼는 것 아니냐고 말할 수도 있겠지만, 사실 눈보라 여왕은 쾌감 같은 감정을 느끼는 능력이 아예 없었다.

탬슨은 도화선이 쇠별 속 기폭장치에 닿아 있는지 다시

한 번 점검하고 몸을 쭉 폈다. 시원하게 하품을 하면서 심심하다고 느꼈다. 몇 가지 궁금증이 생겼다. 우산은 어디 있지? 마우스는 이미 스위트룸에 도착했을 거야. 비밀경찰을 따돌렸을까? 물론 그랬겠지. 그러고도 남을 아이야. 탬슨은 생각했다. 탬슨은 마우스를 도우미로 선택할 때 신중하게 결정했다. 경찰조차도 골탕 먹일 수 있는 아이라고 확신했다. 단지 마우스 스스로 자신을 믿지 못한다는 사실이 안타까웠다. 마우스는 자신의 재능과 능력을 인정하려 들지 않았다. 마우스는 자신감이 부족했다. 탬슨은 나이에 큰 의미를 두지 않았다. 따라서 마우스가 자신감이 없는 이유도 나이가 어리기 때문이라고 생각하지 않았다. 탬슨은 열 살도 되기 전에 아버지를 따라다니며 상상도 할 수 없는 어려운 임무를 수행했다. 막내 동생 펠리스도 마찬가지였다. 나이는 중요하지 않았다. 마우스는 어떤 일을 해내고자 하는 의지가 없었다. 그 점은 누구도 도와줄 수 없는 일이었다. 마녀 탬슨 스펠웰도, 주문 가방도.

한 쪽이 막힌 터널 안은 매우 조용했다. 들리는 소리라고는 탬슨의 심장 뛰는 소리와 숨소리뿐이었다. 그래서 탬슨은 누군가 터널 반대 쪽 끝에서 오크 통을 굴리는 소리가 났을 때 일단 놀랐다. 그러나 당황하지는 않았다. 그가 궁형천장 아래를 걸어올 때 이미 발소리가 났으련만…… 이제 그 사람의 모습이 보였다. 마우스가 그 사람에 대해 한 이야기는 과장이 아니었다.

그는 엄청난 덩치에도 불구하고 벽의 틈새를 날렵하게 통과해, 비스듬히 기운 버팀목과 같은 높이로 버티고 섰다. 탬슨은 벌떡 일어났다. 두 사람은 쇠별 너머로 서로를 쳐다보았다. 마치 오래전부터 잘 알고 있는 사람들처럼 아무 말 없이. 두 사람 다 같은 물건을 원했다. 그러나 이유는 달랐다.

탬슨은 가죽가방을 곁에 세워 두었었다. 잠금장치는 풀어 두었지만 이런 경우를 대비해 덮개를 열어 두지는 않았다. 주문들을 편하게 내버려두면 무슨 짓을 할지 몰랐다. 그나마 하나씩 상대할 때는 통제할 수 있었다. 그것도 주문이 통제하는 사람을 봐 준다는 식이었다. 그러나 주문들이 작당을 하고 은밀히 장난을 계획하면 어찌해 볼 도리가 없는 골칫거리였다. 솔직히 누가 자기를 씹고 삼키고 다시 내뱉도록 그냥 내버려 둘 사람이 어디 있겠는가? 주문도 사람이었다. 아무튼 때때로 사람처럼 행동했다.

"내가 오랫동안 찾던 물건이 당신한테 있군요."

올빼미가 두 사람 사이의 침묵을 깨뜨렸다.

"제가 찾은 건 아니에요. 마우스가 이리로 안내했죠."

탬슨이 대꾸했다.

"그 애가 율리아의 폭탄을 발견했으리라는 생각을 내가 왜 못했을까!"

"가끔 기분전환으로라도 그 애한테 좀 잘 해 주지 그랬어요?"

"나는 적어도 정직했소!"

그 말은 탬슨에게 예상을 뛰어넘는 충격을 주었다.

"당신도 그 유명한 니힐리스트 가운데 한 사람이군요."

"당신은 스펠웰 집안사람이고. 그렇죠? 당신 가족에 관한 이야기는 들은 바 있소."

"보시다시피 집안이 유명하면 혁명을 수행하는 사람에게는 불리해요. 이러쿵저러쿵 말이 많죠. 아주 질색이에요. 사람들은 우리 집안에 대해 모르는 것이 없어요. 자신들도 우리 집안사람이라고 생각하나 봐요. 이 세상을 다 싸 안는 대가족의 구성원이라고. 그게 얼마나 불편한지 아세요? 그건 그렇고…… 지금 우리의 문제는 우리의 목적이 서로 일치하지 않는다는 사실이에요. 제 말 무슨 뜻인지 아시죠?"

올빼미는 말없이 머리를 가로저었다.

"저희 집안은 맡은 임무를 끝까지 완수하기로 유명해요. 그런데 제가 상트페테르부르크로 온 목적은 러시아를 폭군에게서 해방시키는 일이 아니에요."

"흠."

"정말로 그렇게 생각했어요?"

탬슨은 올빼미가 눈치 채지 않게 왼발을 가방 쪽으로 조금 옮겼다.

"제가 당신과 같은 목적으로 여기 온 줄 아세요? 그렇다면 안됐군요. 실망시켜 드려서…… 정말이에요. 차르는 저하고 아무 상관도 없어요."

"그럼 왜 왔소?"

"짐작하시겠지만, 스펠웰 집안의 또 하나의 원칙은 비

밀을 지킨다는 점이죠. 보안 유지는 우리 가업의 시작이
자 끝이에요.”

“당신 나름의 신념은 없소? 부당한 행위를 보고 화가
나지도 않소?”

탬슨은 놀랐다. 올빼미의 입에서 이런 말이 나오다니!
거칠고 아둔해 보이는 겉모습과는 달랐다.

“부당한 행위를 보았을 때라…….”

탬슨은 곰곰이 생각하며 올빼미의 말을 반복했다.

“화가 나요. 너무 예쁜 꽃이 시들 때 그렇죠. 또는 마차
를 타려고 불렀는데 10m 앞에서 저보다 더 돈이 많아 보
이는 사람이 손짓을 하자 마부가 저를 그냥 지나가 버릴
때도 그래요. 새로 산 여름 원피스를 처음 입은 날 하필
비가 올 때도 그렇고.”

“맞소. 그리고 누군가 무방비 상태의 여자 손님을 흉기
로 위협할 때도.”

올빼미는 이렇게 말하며 권총을 뽑았다.

탬슨은 이마에 주름을 긋고 마치 그 말을 이해하느라
머리를 쥐어짜는 척했다. 올빼미는 탬슨에게 권총을 겨누

고는 한쪽 눈을 찡긋 했다.

"두 손을 머리 위로 올리고 뒤로 돌아 벽을 향해 서시오."

"나 참! 난 또 사람들이 우리 집안에 대해 정말로 아주 잘 아는 줄 알았지……."

탬슨은 발로 가방의 덮개를 밀어 올렸다. 덮개는 뒤로 젖혀져 소리 없이 쿠션 위에 떨어졌다.

총알이 총구에서 나와 탬슨을 향해 절반 쯤 갔을 때 첫 번째 주문이 총알을 낚아챘다. 두 번째 주문은 올빼미의 얼굴로 날아가 그의 표정을 기괴하게 일그러뜨렸다. 탬슨이 세 번째 주문을 말하자 올빼미의 손톱이 길게 자라 실뭉치처럼 권총을 둘둘 감았다. 네 번째 주문에 올빼미는 지독한 치통이 생겼다. 탬슨은 다섯 번째 주문으로 그의 눈썹을 잡아 뽑았다. 여섯 번째 주문에 올빼미는 바닥에 쓰러져 꼼짝 못했다. 일곱 번째 주문으로 그의 입 냄새가 알록달록한 색종이 가루로 변했다. 여덟 번째 주문은 허공을 떠돌며 탬슨의 명령을 기다렸다.

"저런!"

탬슨과 올빼미

탬슨은 안됐다는 듯이 말하면서 올빼미 옆에 섰다. 올빼미는 바닥에 누워 얼굴을 찡그리고 있었다.

"그만!"

탬슨이 두 번째 주문에게 명령하자 주문이 뭐라고 중얼거리며 올빼미의 얼굴에서 사라졌다. 그러자 네 번째 주문이 화를 내며 치통을 멈췄다. 탬슨은 주문을 다루는 힘이 약했다. 그래서 미리 삼켜 자신의 일부로 만들지 않고 그냥 사용하면 주문의 효력도 오래 가지 않았다.

"미안하지만 당신의 목적을 위해 폭탄을 양보할 수는 없어요."

탬슨이 말했다. 그 순간 자신의 계획에 마음이 쓰였다. 우산은 아직 돌아오지 않았어. 어쩌면 하는 수 없이 차르의 행렬이 호텔에 도달할 때까지 기다려야 할지도 몰라. 올빼미가 자기 손으로 폭탄에 불을 붙이고 싶어 저토록 안달이니, 잘 하면 나도 폭발의 순간 이곳을 빠져나가 목숨을 구할 수도 있지 않을까? 그러나 올빼미가 너무 늦게 불을 붙이면 여왕은 이미 달아나고 없을 거야. 그렇다면 모든 일이 허사가 되고 말아.

　사실 탬슨은 폭탄을 양보하기 싫은 이유가 하나 더 있었다. 털어놓고 싶지 않은 이유였는데, 누군가 자신의 삶과 죽음을 결정해야 한다면 스스로 하고 싶었다. 지금이 바로 그런 순간이었다. 자신이 도화선에 불을 붙일 수도 있고, 그대로 둘 수도 있었다.

　탬슨은 자신도 모르게 머리를 가로저었다. 눈보라 여왕을 완전히 제압하고 승리를 거두는 순간이 눈앞에 다가와 있었다. 지금까지 거둔 성공 가운데 가장 위대한 성공을 완성하지 못 할 이유가 없었다. 당연히 폭탄에 불을 붙일 것이다.

　"차르는 죽어 마땅해."

　올빼미가 외쳤다.

　"왜 그렇게 차르를 미워해요? 그래서 얻는 게 뭐예요?"

　"백성들이 고통 받고 있소."

　입에서 색종이 가루가 흘러나오는 바람에 그의 말은 불분명하게 들렸다.

　"사람들이 거리에서 굶어 죽고, 이 사회는……."

"그만하시죠! 제가 주문에게 진실을 파헤치라고 명령
할까요? 진실 캐기에 특효인 주문이 있는데…… 정말 그
래야겠어요?"

올빼미는 일어섰지만 여섯 번째 주문 때문에 바닥에서
움직이지는 못했다.

"차르의 명령으로 사람들이 죽었소. 내게 매우…… 소
중한 사람들이."

"다른 니힐리스트들 말인가요?"

"그렇소."

더 많은 색종이 가루가 흘러나왔다. 노랑, 빨강, 녹색,
파랑. 탬슨의 외투와 같은 진홍색까지.

"그 가운데 특별한 사람이 있었나요?"

올빼미의 눈은 분노로 가득했다.

"그게 당신과 무슨 상관이요?"

탬슨은 몸을 굽히고 집게손가락으로 올빼미의 가슴을
눌렀다. 너무도 세게 누른 나머지 손가락이 구부러졌다.

"진실을 알아야겠어요. 이유는 아시겠죠?"

"선대의 차르가 암살당했을 때 나는 다른 동지들과 마

찬가지로 대학생이었소. 그 당시 처형 당한 사람들은 다 내가 아는 사람들이었소."

올빼미는 성가시다는 듯이 색종이 가루를 혀끝으로 밀어 입 밖으로 내보냈다.

"그 가운데 한 사람이 내 약혼자였소."

"율리아군요. 마우스의 어머니."

탬슨이 나지막이 말했다.

"그걸 어떻게……?"

"그냥 알아맞혀 봤어요."

탬슨은 어깨를 으쓱했다. 올빼미는 입을 다물었다.

"그런데 율리아가 당신한테 폭탄 숨긴 곳을 말하지 않았나요?"

"그 일에 관한한 율리아는 아무도 믿지 않았소. 나는 더욱 믿지 않았지. 언제나…… 실수를 했으니까. 우리는 미숙한 학생들답게 서툰 실수가 많았소. 그 당시 우리는 다들 너무 어렸으니까."

"율리아의 이름이 니콜라이 이바노비치의 집에서 발견된 일 같은 실수 말이죠?"

올빼미가 머리를 끄덕였다.

"그럼 당신은 마우스가 누구인지 줄곧 알고 있었군요?"

올빼미가 또 머리를 끄덕였다.

"알면서도 그 애를 그렇게 다루었어요?"

"율리아는 내 약혼녀였소. 그렇다고 마우스가 내 딸은 아니오."

올빼미가 격분해서 말했다. 탬슨에게 번쩍 어떤 생각이 스쳤다.

"혹시……? 아니야. 그럴 리가 없어. 그러니까 제 말은…… 니콜라이 이바노비치에요? 그 사람이 마우스의 아버지에요?"

올빼미는 아무 대꾸도 하지 않았다.

탬슨은 욕을 내뱉었다.

"마우스가 그 사실을 모르는 게 낫겠어. 당신도 그렇게 생각하죠? 당신이 거기에 대해 아무 말도 안 한 것으로 합시다."

"실제로 아무 말도 안 했소."

탬슨은 조용히 한숨을 내쉬며 몸을 일으켰다. 올빼미 곁을 지나 벽의 틈새로 가서 어두운 포도주 창고에 귀를 기울였다. 여전히 우산이 돌아오는 소리는 들리지 않았다. 혹시 예상치 못한 일이 벌어진 걸까?

"그 계집애의 목을 비틀어야 했어!"

올빼미는 악을 썼다.

"다 그 계집애 때문이야. 율리아가 임신을 하지 않았더라면 결코 붙잡히지 않았을 거야!"

탬슨은 몸을 돌리지 않은 채 여덟 번째 주문을 외웠다.

✢

비밀경찰들은 아직도 회전문 밖 번화가로 사람들을 내보내고 있었다. 외교관들은 정부에 보고하고 상응한 조치를 취하겠다고 협박했다. 아이들은 찡얼거리고 훌쩍훌쩍 울었다. 지체 높은 여자 손님들은 침착함을 유지하려 애쓰며 딱딱한 어조의 경찰 지시에 따랐다. 손님도 경찰도 호텔 직원들도 모두 살인적인 추위를 무시하느라 최선을 다했다. 추위는 오로라 호텔 바로 위에서 울리는 종소리처럼 그 주변에 퍼졌고 남쪽으로 한 블록 지난 지점 즉, 네브스키 광장 건너편에서야 조금 누그러들었다.

누군가 실수를 한 것이 틀림없었다. 호텔 경영진이 투숙객의 수를 너무 적게 잡았거나 경찰이 호텔 투숙객들을 별 마찰 없이 신속하게 밖으로 내보낼 수 있으리라 믿었던 것이다. 아니면 차르의 측근이 행차 노선을 관할 부서에 너무 촉박하게 알렸던지. 분명한 것은 호텔을 비우는 일이 지연되고 있다는 사실이었다.

차르의 심기가 불편할 것이다. 황실의 모든 가족이 살을 엘 듯한 추위에도 이 행차에 동참했다. 지정된 시간 내에 수십 채의 건물을 비우지 못한다면 그 일은 러시아 정부에 부정적인 영향을 미칠 것이다.

오로라 호텔 입구 로비의 비밀경찰들은 그 사실을 알고 있었다. 그 불똥이 자신에게 튈까 두려워 초조하고 화가 나서 욕을 해 댔다.

곧 번화가 끝에서 신호가 울렸다. 차르의 행렬이 겨울 궁전에서 네브스키 광장으로 꺾어 들어, 카잔 교회를 지나 오로라 호텔로 다가오고 있었다. 땅 속 깊은 곳이 진동하기 시작했다. 처마의 고드름이 부서져 떨어졌다. 눈이 내려 쌓여도 진동은 가라앉지 않았다.

진동은 사방으로 번졌다. 아스팔트 길 아래 터널에서도, 호텔 위층 빈 복도에서도 느낄 수 있었다.

일곱 문을 지나는 마우스

마우스와 에를렌은 복도를 달려 탬슨의 방에 도달했다. 둘은 서로 잠시 눈길을 마주쳤다. 마우스는 에를렌에게 머리를 끄덕여 보인 후 문손잡이를 내리고 방으로 들어갔다. 에를렌이 마우스를 뒤따라 들어와 문을 닫았다.

흐릿한 겨울 햇빛이 커튼의 벌어진 틈을 뚫고 들어왔다. 밖에서는 하늘을 뒤덮은 구름이 햇빛에 빛나고 있을 테지만 이 방에서는 알 도리가 없었다. 마우스는 탁자 위에 놓인 펠트 모자의 윤곽만 어렴풋이 알아보았다. 모자는 두고 온 옷가지처럼 변함없이 그곳에 놓여 있었다. 그 안에 마법이 도사리고 있을 것 같은 낌새는 전혀 없었다.

아무 소리도 나지 않았다. 마우스의 마음속 목소리도 가까이 가지 말라고 말리지 않았다. 그저 아주 평범한, 찌부러지고 눌린 펠트 모자일 뿐이라는 듯이. 물건을 훔치려는 도둑의 발목을 잡을 만한 것은 전혀 없었다.

에를렌은 마우스의 팔을 건드리며 탁자 주위에 놓인 의자들을 가리켰다. 등받이를 탁자 쪽으로 향한 채 별 모양을 이루고 있었다. 아침에 탬슨이 침대 곁으로 끌어 놓았던 그 의자도 원래 자리로 되돌아가 있었다.

침대는 마우스가 아침 일찍 이부자리를 파헤치고 일어났을 때의 모습 그대로였다. 어제 신문이 가장자리가 흐트러진 채 바닥에 떨어져 있었다. 욕실 문은 활짝 열려 있었다. 욕실 거울에 마우스와 펠트 모자가 비쳤다. 마우스는 거울 속의 모습이 다른 사람처럼 보였다. 불행을 불러올 실수를 범하려는 어떤 사람처럼. 거울 속에 있는 사람을 불러내어 마법의 모자에 손을 넣으라고 시키고 자신은 얼른 거기서 달아나고 싶은 마음이 간절했다.

마우스는 떨리는 손을 탁자 위로 뻗었다. 찌그러진 모자의 안쪽은 그림자에 묻혀 있었지만 비어 있는 것 같아 보였다. 그때 너무도 끔찍한 상상이 마우스를 엄습했다. 어쩌면 챙에서 이빨이 나올지도 몰라. 우산 가장자리가 그랬던 것처럼. 그리고 이빨로 꽉 물어 내 팔을 잘라 먹을지도 몰라!

에를렌이 마우스 뒤에 바짝 붙어 왼손을 잡자 마우스는 마음이 조금 놓이는 것 같았다. 그가 곁에 있다는 사실이 마우스에게 용기를 주었다.

에를렌의 목숨이 달린 일이었다. 호텔에 있는 모든 사람의 목숨도! 마우스 자신의 목숨은 말할 필요조차 없었다.

마우스는 에를렌의 손을 꼭 잡은 후 눈을 감고 마법의 모자 속에 오른손을 넣었다.

⚜

마우스는 에를렌의 비명을 들은 듯했지만 아마 착각이었을 것이다. 갑자기 마우스를 둘러 싼 세상이 갈라지더니 수백만 개의 점같이 작은 조각으로 변했다. 색색의 조각은 사방으로 퍼지더니 다시 모여 새로운 모양을 만들었

다. 줄줄이 기둥과 탑 모양으로 늘어서 빙빙 돌며 회오리
바람의 숲을 이루더니 다시 뾰족뾰족한 별 모양이 되었
다. 조각들은 아가리를 쩍 벌린 어둠 속에서 차가운 횃불
처럼 타오르다 사라지고, 다시 모여 새로운 무늬를 만들
었다.

마우스는 알록달록한 회오리바람에 오른손을 잡힌 채
이리저리 휘둘리는 것 같았다. 앞으로, 옆으로, 모퉁이를
돌아 벼랑 아래로. 갑자기 회오리와 너울이 추상적인 형
체가 되더니 수천 개의 거울이 깨어질 때처럼 날카로운
소리를 내며 부서져 칠흑 같은 어둠 속으로 분수처럼 떨
어져 내렸다.

마우스는 눈을 떴다. 눈을 언제 감았더라? 목재로 벽을
두른 긴 복도가 보였다. 호텔에 있는 수많은 복도들과 같
은 복도였다. 마우스는 생각했다. 틀림없어. 이건 오로라
호텔이야. 아니면 내 기억 속에 있던 모습들이 내가 잘 아
는 호텔의 모습대로 서로 짜 맞춘 것이든지.

그러나 마우스는 곧 그것이 오로라 호텔의 복도가 아니
라는 사실을 깨달았다. 모든 것이 오로라 호텔보다 조금

씩 더 컸다. 조금씩 더 높고 조금씩 더 훌륭했다. 그렇지만 형태는 오로라 호텔과 조금도 다르지 않았다. 마우스는 뒤를 돌아보고 깜짝 놀랐다. 거기에는 끝없는 복도가 펼쳐져 있었다. 마치 거울에 비친 모습을 다시 거울에 비춰 한없이 늘어놓은 듯했다.

그 복도는 대략 20미터 앞에서 문으로 막혀 있었다. 그 문은 마우스가 상상했던 마법의 문과는 전혀 달랐다. 쇠장식이 달린 웅장한 입구도, 좌우에 으르렁대는 용의 석상도 없었다.

호텔에 있는 수백 개의 문과 같은 평범한 떡갈나무 문이었다. 문에는 반짝반짝한 황동 손잡이가 있었다. 그러나 열쇠 구멍은 없었다. 그 점이 일반 문과 다른 점이었다. 아마도 마법의 문은 열쇠 구멍 같은 것은 필요 없는 모양이다. 그 문은 들어가도 되는 사람이 누구인지, 들어가면 안 되는 사람이 누구인지 다 알 것이다.

마우스가 움직이자 몸이 비틀거렸다. 몇 발짝을 떼자 마우스는 자신이 흔들리는 것이 아니라는 사실을 깨달았다. 주변 전체가 불규칙한 리듬으로 흔들리고 있었다. 벽이 소리 없이 떨렸고 바닥이 가볍게 물결쳤다. 천장에 매달린 샹들리에가 왔다 갔다 했다. 그 모든 것은 처음에만 고정되어 보였고, 줄곧 바로 보려면 매우 애를 써야 했다.

마우스는 문 앞에 서서 나무문에 귀를 댔다. 귀가 닿은 부분은 따뜻했고 끊임없이 떨었다. 그러나 소리는 나지 않았다. 문이 떨리는 소리도, 문 안쪽에서 나는 소리도 없었다.

마우스는 용기를 내어 문을 열고 안으로 들어갔다.

처음에는 아무런 변화도 느끼지 못했다. 몸이 점점 따뜻해졌다. 거의 더울 지경이었다. 몸에 체온을 떨어뜨릴 습기가 전혀 없었다. 마우스의 몸은 양피지처럼 매끄럽고 건조했다. 전에는 여름이나 힘든 일을 할 때만 땀이 나는 줄 알았었다. 그러나 사람 몸에는 알지 못하는 사이에 땀이 나와 얇은 막이 생긴다고 쿠쿠시카가 가르쳐 주었었다. 이제 마우스는 자신의 몸에서 땀이 다 사라져, 보이지 않는 얇은 막조차 없어졌다는 사실을 깨달았다. 일곱 문 가운데 첫 번째 문을 지나오면서 자신의 몸 일부가 벗겨진 것이었다.

일곱 문을 지나는 마우스

호텔 복도는 다시 이어졌다. 아까보다 좀 더 높아 보였다. 샹들리에 사이는 더 멀리 떨어져 있고 벽은 더 튼튼해 보였다. 다음 문까지는 몇 발짝 남지 않았다. 그 문은 첫 번째 문에 비해 좀 더 컸다. 마우스의 눈앞에 문손잡이가 보였다. 그 문은 전체적으로 첫 번째 문보다 머리 하나만큼 더 높고 좀 더 넓었다.

마우스는 문을 열고 들어갔다.

뜨겁게 타오르는 불덩이가 머리에서 다리로 떨어져 내리는 것 같았다. 몸통에, 목과 머리에. 마우스는 소리를 질렀다. 뜨거워서가 아니라 너무 놀랍고, 무슨 일이 벌어질지 너무 두려워서 지른 소리였다. 마우스는 아주 잠깐 불 속에 던져진 듯했다. 그러나 열기는 다시 사라졌고 뜨거웠던 기억마저 사라진 듯했다. 모든 것이 조금 전과 같았다. 다른 점이 있다면 마우스의 몸에 털이 하나도 남지 않았다는 사실이었다.

마우스는 벌거벗은 몸을 손으로 쓰다듬으며 거울이 없어서 다행이라고 생각했다. 팔뚝에도 털이라고는 없었다.

세 번째 문을 생각하니 끔찍한 공포가 밀려왔다. 거기

서는 피부가 벗겨질 것이다. 어떤 식으로 벗겨질까? 좀
전처럼 불쾌한 열기와 더불어 피부가 그냥 사라질까? 아
니면…… 맙소사! 몸에서 피부를 잘라 낼까?

세 번째 복도도 두 번째 복도보다 더 컸다. 이번에는 그
차이가 확연했다. 복도는 두 배나 넓었고 천장은 무도회장
처럼 높았다. 카펫의 털은 키가 자란 듯, 마우스의 발은 복
사뼈까지 묻혔다. 마우스는 팔을 뻗어 문손잡이를 잡았다.

가슴 속에서 두려움이 또 하나의 심장처럼 마구 뛰었
다. 숨이 막히고 근육이 마비되었다. 겁내면 안 돼! 마우
스는 자신에게 말했다. 그 목소리는 아이가 무엇을 무서
워하는지 모르는 어른의 목소리처럼 들렸다. 이를테면 어
둠이나, 침대 아래 컴컴한 곳에 숨어 있을 때는 정말 무섭
다. 지금 마우스를 괴롭히는 두려움도 바로 그런 종류였
다. 타고난 공포. 사람은 그런 공포에 맞서지만 몇 년이
흐른 후에야 비로소 극복할 수 있다. 아니, 몇 년이 흘러
도 완전히 극복하지는 못한다.

무서워하지 마! 마우스는 거듭 말했다. 되돌아오면서
털과 피부를 다시 찾을 거야. 땀까지도. 아주 잃은 게 아

일곱 문을 지나는 마우스

니야. 마지막 문을 지나면 다시 찾을 수 있어.

그러면 자유 의지만 남는다고, 진정한 자아만이 남는다고 눈보라 여왕이 말했어. 그런데 그건 원래 내게 없는 것 아닌가? 자신감. 마음만 먹으면 무엇이든 이룰 수 있다는 확신. 그런 건 원래 없었어!

아니야. 호텔 밖으로 나갔었잖아! 그때 해냈으니 또 할 수 있어. 지금도 그때와 똑같아!

마우스는 세 번째 문을 밀고 들어갔다.

몸을 꼬집고 뜯고 잡아당기고 잘라내는 소리가 들렸다. 마치 천 개의 가위가 고막을 찌를 듯 쩔렁거리는 것 같았다. 그러나 고통이 신경 회로를 타고 뇌에 도달되기도 전에 그 소리는 사라졌다.

피부가 벗겨진 마우스는 쿠쿠시카의 생물책에 나온 그림 같은 모습으로 계속 걸었다. 피부와 함께 입고 있던 옷도 사라졌다. 근육과 힘줄, 혈관이 드러났다. 그것들은 오색찬란한 무지개처럼 매끈하게 반짝이며 아른거렸다. 알몸을 드러낸 채 힘차게 혹은 가볍게 뛰고 흔들거렸다. 마우스는 놀랐다. 내 몸속이 이렇단 말이야? 마우스는 매혹

적인 남의 몸을 관찰하듯이 자신의 모습을 자세히 살폈
다. 놀라움이 가시지 않았으므로 마우스는 마음을 진정시
키기 위해 자신의 몸에서 눈을 뗄 수밖에 없었다. 약간 욕
지기가 날 것 같았지만 잠시 그러고 말았다. 잠시 후에는
자신의 몸이 아름답다는 생각이 들었다. 난생 처음이었
다. 정말 예뻤다. 피부 아래, 거칠게 포장된 여자 선머슴
의 모습 아래 이토록 아름답고 눈부신 모습이 있었다. 우
아하다고 해도 과언이 아니었다. 자기 자신을 완벽하다고
생각하다니! 상상조차 못할 일이었다. 그러나 아무것도
가리지 않은 마우스의 알몸은 완벽 그 자체였다. 그런 모
습으로 네 번째 문을 향해 나아갔다.

네 번째 문은 그 전 것보다 크지 않았다. 그래서 또 놀
랐다. 복도도 같은 크기였다. 이 현상이 마우스가 두려움
을 극복한 일과 관계가 있을까? 스스로 작다고 생각하기
를 그만두어서 주변이 더는 커 보이지 않는 것일까?

마우스는 피부가 벗겨지는 일보다 더 나쁜 상황을 상상할
수 없었다. 이제 핏줄이 사라질 차례였다. 피부가 벗겨진 일
에 비하면 그쯤이야 얼마든지 견딜 수 있을 것 같았다.

일곱 문을 지나는 마우스

네 번째 문을 지나 앞으로 앞으로. 심장의 고드름을 향해. 처음으로 고통이 조금은 오래 지속되는 느낌이었다. 고통의 순간은 1초도 안 되었지만 그래도 마우스의 의식을 파고들기에는 충분했다. 핏줄은 간단히 사라지지 않았다. 마우스의 몸에서 하나씩 뽑혀 나갔다. 헝겊인형에서 느슨해진 실을 뽑아 내듯, 보이지 않는 손이 근육과 뼈와 내장 속에서 구불구불 돌아가는 핏줄기들을 뽑아 냈다. 마우스의 눈앞에서 얽히고 설킨 타래 속을 핏줄기가 물결치며 감고 돌았다. 나뭇가지처럼 쭉쭉 뻗은 회로가 그물처럼 얽혀 있었다. 그러고는 사라졌다. 마우스는 계속 갔다.

이제 마우스는 조금 떨렸다. 다시 불안해졌다. 앞으로 맞이할 고통이, 특히 바로 앞에 닥친 일이 두려웠다. 이제 무엇을 잃을 차례지? 아이들은 종종 부모가 언젠가는 죽는다는 생각을 하고 운다. 아무리 먼 훗날의 일일지언정, 부모가 없으면 안 될 것 같은 생각에 두려워서 우는 것이다. 마우스의 심정도 이런 아이들과 매우 흡사했다. 지금까지 잃은 것은 몸의 일부뿐이다. 단지 껍데기들이었다. 그러나 지금은? 그녀의 근육. 그녀의 심장! 심장 없이 어떻게 살아남는다는 말인가?

마우스는 다섯 번째 문을 지나갔다. 그리고 진리를 깨달았다. 놀랍게도 사람은 심장만으로 느끼는 것이 아니었다. 자신의 가슴에서 무엇인가 뜯겨져 나가고 구멍만 뻥 뚫렸는데도 마우스는 그 상태를 느낌으로 알았다. 오로지 뼈만 남았는데도, 미끈하고 하얀 뼈대뿐인데도 느낄 수 있었다.

마우스는 잠시 멈춰 서서 자신의 몸을 내려다보았다. 텅 빈 새장 같은 갈비뼈 속에 척추가 보였다. 노르스름한 관절과 관절와도 보았다. 구멍 난 열쇠 같은 골반 아래로 바싹 마른 다리뼈가 붙어 있었다. 마우스는 손가락으로 하얀 이를 쓰다듬었다. 텅 빈 눈구멍을 만졌다. 해골 속에는 이제 공기와 의지 외에는 아무것도 없었다. 앞으로 나아가겠다는 의지.

그랬다. 마우스의 의지는 온전하게 살아서, 바싹 말라 비실거리는 몸에게 뻣뻣한 걸음일지언정 앞으로 내딛으라고 했다.

이제 복도는 좁고 낮았다. 마지막 남은 두려움마저 사

라졌다. 마우스는 자신일 뿐이었다. 이제 주변 세상은 두려움을 불러 일으킬 만큼 낯설어 보이지 않았다. 그 모습은 단지 언젠가 마우스의 기억 속에 담아 둔 영상일 뿐이었다. 마치 서랍 속에 넣어 둔 색 바랜 그림 같은.

여섯 번째 문을 들어섰다. 평범한 떡갈나무 문이었다.

편자를 만드는 대장장이가 모루에 망치를 내려치듯 누군가 마우스의 머리를 위에서 내려쳤다. 엄청난 힘이었다. 우주에서 혜성이 충돌할 때처럼 마우스의 몸은 산산조각이 되었다. 온몸이 한 줌의 뼛가루가 되어 카펫과 나무 벽의 테 장식 위로 흩어졌다. 그래도 마우스의 영혼은 멈추지 않고 일곱 번째 문을 향해 둥둥 떠갔다.

마지막 문은 작고 수수해서 눈에 띄지 않았다. 영혼도 눈에 띄지 않게 떨어져 나갔다. 마우스는 영혼이 사라지고 나서도 잠시 지난 뒤에야 그 사실을 깨달았다. 마치 어느새 두통이 사라진 사실을 깨달을 때처럼.

이제 마우스에게는 생각이 없었다. 이리저리 재거나 의심할 수 없었다. 오직 의지뿐이었다. 매우 분명한 어떤 일을 하고자 하는 욕망. 마우스는 그런 것이 자기 속에 있는 줄 전혀 몰랐었다. 자신감으로 뭉친 딱딱한 핵. 일곱 번째 문조차도 얕잡아 볼 수 없는 것. 그러니까 그 핵이 바로 마우스였다. 그녀의 본질이었다. 그 누구도 자신의 내면을 이토록 투명하게 들여다보지는 않았다. 자신을 이토록 잘 아는 사람은 아무도 없었다.

마지막 문이 열리고 일곱 문 저 편으로 난 길이 보였다.

마우스는 성소에 발을 들여놓았다.

눈앞에 심장의 고드름이 있었다.

⚜

지하실에서는 탬슨이 일곱 문의 마법이 무너진 사실을 알아차렸다. 뱃속 깊은 곳을 누가 짓밟는 것 같았다. 그 느낌은 너무도 강하고 뚜렷해서 탬슨은 경련으로 몸을 굽힌 채 한 손으로 벽을 짚었다.

마우스!

탬슨은 고통으로 몸을 숙였다.

아, 마우스!

일곱 문을 지나는 마우스

✦

마우스는 펠트 모자에서 손을 꺼냈다. 무엇을 잡았는지 눈으로 확인하기도 전에 손가락 사이에 얼음이 느껴졌다.

마우스는 커튼 틈으로 들어오는 흐리멍덩한 겨울 햇빛 속에 서 있었다. 에를렌이 걱정스러운 눈으로 마우스를 훑었다. 그러나 마우스는 에를렌에게 눈길을 주지 않았다. 손에 쥔 얼음에 온 정신이 쏠렸다.

그 물건은 호텔 정면 벽에 달린 수천, 수만 개의 고드름과 같은 것이었다. 마우스의 집게손가락보다 크지 않았고, 그보다 별로 넓지도 않았다. 단지 그 끝이 바늘처럼 날카로웠고 냉기는 참기 어려웠다. 그러나 고드름이 손에 얼어붙을 것 같다고 느끼는 순간 고드름이 저절로 손가락 밖으로 빠져 나왔다. 그것을 에를렌이 잡았다.

에를렌이 소리를 질렀다. 잠시 망설이더니 고드름을 다시 마우스에게 던졌다. 마우스가 고드름을 다시 잡은 행동은 순전히 반사 신경 때문이었다. 사실은 잡고 싶지 않았다. 어차피 마우스와 에를렌, 둘 중 하나는 그것을 들고 가야 하는데도.

　고드름은 마치 프라이팬에서 옥수수 알이 튀듯, 마우스의 손바닥에서 춤을 추었다. 마우스가 손가락으로 말아 쥐자 비로소 잠잠해져서 마우스의 의지에 복종했다.

　마우스는 자신의 몸을 내려다보았다. 일곱 문을 지나기 전과 조금도 달라지지 않았다. 피부, 털, 옷, 모든 것이 제자리에 있었다. 돌아오는 길에 보잘것없는 껍질들이 도로 붙었다. 영혼, 뼈, 근육, 핏줄, 피부, 털 그리고 땀구멍의 땀까지.

　갑자기 에를렌이 마우스의 목을 감쌌다. 그녀가 다시 돌아온 사실을 이제야 비로소 알았다는 듯이. 에를렌은 마우스를 꼭 껴안은 후 놓아주었다. 그러고는 자신도 놀라 마우스와 자신의 팔을 쳐다보았다. 보아하니 인간의 몸으로 지내면서 인간의 습관도 몇 가지 얻은 모양이었다. 아직 익숙하지 않지만. 그럼에도 불구하고 에를렌은 웃었다. 안심이 되기도 하고 불안하기도 한 표정이었다. 마우스는 자신이 얼마나 오래 떠나 있었는지 묻고 싶었다. 그러나 벙어리 소년에게서는 그 답을 들을 수 없었다.

일곱 문을 지나는 마우스

어쩌면 아예 떠나지도 않았을 거야. 마우스는 몽롱하게 생각했다. 모든 일이 눈 깜짝 할 사이에 일어났을 거라고.

마우스는 고드름을 제복 호주머니에 넣었다. 무심코 심장 위의 주머니를 골랐다. 마치 남의 손이 자기 손을 붙잡고 그리로 이끈 것 같았다. 그리고 에를렌의 팔을 잡고 문을 향해 달렸다.

그들 뒤에서 펠트 모자가 찢어지는 듯한 신음소리를 냈다. 그리고 보이지 않는 무거운 물건이 모자 위로 떨어진 듯 확 오그라들었다. 챙만 남은 듯 납작하게 눌려, 탁자 위에는 찌그러진 펠트 고리만 남은 것 같았다. 고리 한가운데서 나지막이 중얼거리는 소리가 났다. 그 소리는 점점 잦아들더니 마침내 사라졌다.

힘을 되찾은 눈보라 여왕

마우스와 에를렌이 스위트룸으로 돌아왔을 때 눈보라 여왕은 침실에 있었다. 그 어느 때보다도 약해 보였다. 무릎을 몸에 바짝 당겨 붙인 채 침대 옆 탁자와 벽 사이에 쪼그리고 앉아 있었다. 드레스는 찢어졌고 얼음처럼 흰 피부에는 긁힌 상처가 가득했다. 머리칼은 여전히 뻣뻣하게 얼은 채 하늘로 뻗쳐 있었다. 그 가운데 수많은 가닥 끝이 광대 모자의 고깔처럼 아래로 꺾여 있었다. 여왕은 몸에 열이 나는 듯 덜덜 떨고 있었다.

눈보라 여왕은 날뛰는 우산을 두 팔로 안은 채 가슴에 바짝 붙이고 있었다. 우산의 뾰족한 끝은 아래를 향한 채 여왕의 무릎 사이에 끼어 있었다. 우산은 이가 난 아가리로 쉭쉭 소리를 내며 여왕의 얼굴을 물려 했지만 얼굴에 미치지는 못했다. 손잡이가 가느다란 혀로 변해 이리저리 날름거리며 여왕의 눈을 때리려 했다.

"돌아…… 왔구나."

여왕의 입술은 불룩 튀어나온 유리 같았다. 그 사이로 나오는 그르렁거리는 목소리가 너무 작아 알아듣기 힘들었다.

"조금만 늦었더라면……."

우산이 또 다시 여왕의 팔에서 빠져 나오려고 요동치는 바람에 여왕은 말을 잇지 못했다. 우산 아가리가 여왕의 귀를 덥석 물려고 했지만 그러기에는 우산의 움직임이 너무 둔했다. 손잡이는 여왕의 얼굴 앞에서 날름거렸다. 여왕은 마지막 남은 힘을 다해 우산을 꽉 잡고 자신의 몸에서 거리를 유지했다.

마우스는 놀라움을 가누지 못한 채 방을 둘러보았다. 온전한 가구가 하나도 없었다. 차양침대마저 두 다리가 들린 채 비스듬히 기울어 있었다. 벽의 그림은 모두 떨어졌고, 카펫은 곡괭이로 파헤친 것 같았다. 거미줄 사이에 우윳빛 조각이 채워진 듯, 유리창은 온통 금이 가 있었다. 창밖에는 여전히 폭설이 내리고 있었다. 테라스 문 앞에서 눈보라가 허리 높이로 탑을 쌓으며 소용돌이쳤다.

갑자기 에를렌이 흥분해 끼룩거렸다. 마우스는 에를렌의 눈이 향한 곳을 보고 그의 가죽을 지키던 세 개의 거울 가운데 두 개가 부서진 사실을 발견했다. 산산조각이 난 꽃병들 사이에서 유리 조각이 몇 미터씩 거리를 두고 흩어져 있었다.

"마우스…… 고드름을 줘."

여왕이 더듬거리며 말했다.

"원한다면 모피를 가져가도 좋아."

마우스는 에를렌을 향해 머리를 끄덕였다. 에를렌은 자신의 주인에게 마지막으로 한 번 더 눈길을 주어 확인한 후 두 개의 거울로 다가갔다. 그 앞에서 잠시 흥분해서 껑충껑충 뛰더니 거울 위로 몸을 굽혔다. 그의 몸을 붙잡아 천장으로 던지는 마법은 없었다. 접근 금지가 풀렸다. 에를렌은 번개와도 같이 빠른 동작으로 모피를 잡아 가슴에 꼭 껴안았다.

"고드름."

여왕이 엄하게 말했다.

마우스는 여왕에게 다가갔다. 지금은 만신창이가 된 폭군이 더 무서운지, 덥석 물려고 달려드는 탬슨의 우산이 더 무서운지 확실히 알 수 없었다. 가슴에서 고드름의 냉기가 퍼져 나왔다. 순간 그 물건을 내놓아야 한다고 생각하니 아쉬움을 금할 수가 없었다. 마우스는 자신도 모르게 오른손을 제복 호주머니로 가져가 그 안에 있는 고드름을 모양대로 옷 위에서 쓰다듬었다.

"이리 줘! 어서!"

여왕이 쉭쉭거리는 목소리로 말했다.

"이걸 주면 어떻게 되는데요?"

마우스가 물었다.

"그건 내 거야!"

우산의 혀끝이 갈라지더니 마치 두 다리로 선 듯 여왕의 얼굴을 타고 기어올랐다. 여왕은 불쾌감에 고개를 돌려 꼬물거리는 혓바닥을 피했다. 혀가 닿기만 했을 뿐인

데도 여왕에게 고통을 준 것 같았다.

"고드름을 주면 네 목숨을 구해 주겠어!"

여왕이 말했다.

마우스는 가슴에 달린 호주머니에 손을 넣었다. 손가락이 고드름에 닿았다. 느낌이 좋았다. 아주 매끄러웠고, 너무 차서 오히려 뜨겁게 느껴질 지경이었다. 그냥 가지고 있으면서 그 힘이 과연 어떤지 알아볼까? 하는 생각이 슬며시 머리를 들었다.

안 돼! 마우스는 속으로 정신 차리라고 소리 질렀다. 그것은 마우스가 원하는 바가 아니었다. 이미 주체하기 힘들 정도로 막강한 힘을 손에 쥐어 보았다. 자신과 에를렌의 목숨을 좌지우지 할 정도의 힘을. 호텔에 있는 수많은 사람들의 목숨을. 심지어 오로라의 미래까지도.

마우스는 눈을 감았다. 그리고 자신 가운데 일곱 번째 문을 지난 뒤에도 남아 있던 것에 정신을 집중했다. 네가 원하는 대로 해! 고드름이 요구하는 대로 하지 말고. 결정권은 네게 있어. 오직 너 한 사람에게! 가슴 속 깊은 곳에서 이렇게 속삭이는 것 같았다.

힘을 되찾은 눈보라 여왕

마우스는 고드름에 눈길도 주지 않은 채 그것을 호주머니에서 꺼냈다. 고드름은 앞으로 일어날 사태를 숨어 기다리는 듯, 마우스의 손가락 사이에 얌전하게 있었다.

"이리 줘!"

여왕이 다시 낮은 목소리로 말했다.

마우스는 팔을 앞으로 뻗은 채 한 발 다가갔다.

눈보라 여왕은 물고 갈기려 드는 우산을 기합과 함께 남은 힘을 다해 내동댕이치고 마우스의 손에서 고드름을 잡아챘다. 우산은 울부짖으며 문을 향해 날아갔으나 에를렌이 한 발 앞서 문을 막고 서서 우산을 다시 쳐 냈다. 화가 난 우산은 다시 천장 아래를 빙빙 돌기 시작했다. 마우스는 여전히 여왕에게서 눈을 떼지 않았다.

눈보라 여왕은 나뭇가지처럼 마른 흰 손으로 심장의 고드름을 자랑스럽게 높이 쳐들고 뼈만 남은 듯한 손가락 사이에서 이리저리 돌렸다. 그러고는 내려앉은 가슴에 고드름을 대고 살며시 밀어 넣었다. 고드름은 순식간에 여왕의 몸으로 녹아들었다.

"집에 갈 동안 여기 담아 두었다가 나중에 심장에 꽂아야지."

여왕은 속삭이듯 말했다. 그녀의 눈에서 강렬한 빛이 뿜어 나왔다. 마우스는 추웠다. 이 세상의 추위가 아닌 것 같았다. 입술에도 눈에도 추위가 엄습했고, 몸이 뻣뻣하고 둔해졌다. 마우스는 비틀거리며 뒤로 물러나다 구겨진 카펫에 발이 걸려 넘어졌다. 에를렌이 모피를 꼭 감싸 안은 채 달려와 마우스를 일으키려 했지만 그도 뻣뻣하게 굳어, 마우스와 마찬가지로 몸을 가누지 못한 채 그저 무섭게 빛을 발하는 주인의 모습을 바라볼 뿐이었다.

여왕의 얼굴에서 나이의 흔적과 상처가 얼음조각이 녹듯 사라지더니 젊고 흠잡을 데 없는 얼굴로 변했다. 여왕은 유연하게, 거의 모퉁이치는 듯한 동작으로 바닥에서 일어섰다. 이제 마우스는 여왕이 엄청나게 커 보였다. 대리석으로 만든 고대의 여신상처럼 희고 완벽했다. 여왕의 머리칼은 어깨에서 허리까지 흘러내렸고 눈부시도록 밝게 빛났다. 마우스는 눈을 감았다.

다시 눈을 떠 보니 눈보라 여왕은 앞으로 나가 창을 향한 채 두 팔을 벌리고 서 있었다. 눈 폭풍이 멎으려는 것

힘을 되찾은 눈보라 여왕

같았다. 눈송이들은 유리창 앞에서 춤을 추며 더는 아래로 떨어지지 않았다. 떨며 흔들며 위로 아래로 날렸다.

유리창이 쨍 하고 깨지며 방 안으로 떨어졌다. 천장 아래에서 우산이 좌우로 몸을 흔들더니 돌기를 그쳤다. 우산이 머뭇거리는 사이 갑자기 눈송이들이 구름을 이루어 굶주린 상어처럼 우산에게 달려들었다. 우산은 삽시간에 눈구름에 휩싸였다. 소란스러운 눈 뭉치 속에서 우산이 어떻게 되었는지 알 수 없었다.

잠시 후 눈구름이 사방으로 흩어지고 뼈대만 남은 우산이 죽은 듯이 바닥으로 떨어졌다. 사방으로 뻗은 구부러진 우산살과 손잡이뿐인 우산은 마치 살점을 발라낸 뼈다귀 같았다. 우산이 어떻게 영혼을 얻었든, 어떻게 생명을 얻었든, 이제는 사라지고 없었다.

눈보라 여왕은 밝게 웃음을 터뜨렸다. 그 웃음은 노랫소리처럼 듣기 좋았지만 동시에 쌩 하고 찬바람이 일어, 방안에 있는 모든 유리 조각과 거울 조각에 성에가 낄 정도였다. 마우스는 천천히 눈을 비볐다. 좀 더 잘 보였다. 곁에 에를렌이 있다는 사실을 느꼈다. 그러나 너무 추워

몸을 동그랗게 말고 웅크리고 있을 수밖에 없었다.

에를렌은 자기 손에 들고 있는 소중한 모피를 바라보며 결정을 내리지 못하는 사람처럼 잠시 망설이더니 모피를 이불처럼 펼쳐 마우스에게 덮어주었다. 모피는 마우스의 몸을 거의 다 덮었지만 마우스는 여전히 추웠다. 그래도 조금은 나아졌다.

눈보라 여왕은 돌아서서 패배한 우산을 쳐다보았다. 이어 지배자 같은 몸짓을 하자 여왕의 등에 눈보라가 일고 얼음과 찬 바람이 옷자락처럼 길게 끌렸다. 눈보라 여왕은 마우스와 에를렌에게는 눈길조차 주지 않은 채 위풍당당한 걸음으로 문을 향했다. 말없이 방을 나서는 여왕을 얼음과 겨울이 뒤따랐다.

마우스는 이가 딱딱 부딪칠 정도로 떨며 머리를 들었다. 모피 덕분이 몸이 따뜻해졌다. 그런데 모피와는 상관없이, 유리창이 깨졌음에도 불구하고 방안 기온이 올라갔다. 창밖에는 놀랍게도 눈이 그쳐 있었다. 마우스가 바라보는 동안 하늘을 뒤덮고 있던 구름이 흩어졌다. 똑같은 모양의 잿빛 구름 조각 사이로 햇살이 쏟아져, 눈으로 덮

힘을 되찾은 눈보라 여왕

인 도시의 지붕들이 바다 위의 섬처럼 빛났다.

"따뜻해지고 있어!"

마우스가 말했다.

"여왕이 태초의 추위를 다시 몸속에 가뒀어!"

에를렌은 천천히 머리를 끄덕였지만 마우스처럼 환희에 들뜨지는 않았다. 수심에 찬 그의 눈빛이 마우스에게서 문으로 향했다. 좀 떨어진 곳에서 얼음 탑들이 울부짖으며 호텔의 복도를 지나갔다.

마우스는 모피에서 기어 나와 에를렌에게 모피를 돌려주었다.

"고마워."

마우스는 조그맣게 말하고 에를렌의 뺨에 뽀뽀를 했다. 에를렌이 이런 행동을 이해할지 몰랐지만, 그의 얼굴이 빨개지고 어쩔 줄 몰라 허둥대는 모습을 보고 그도 사람이나 마찬가지라고 생각했다. 사람이고말고.

마우스는 벌떡 일어나 그에게 손을 내밀었다.

"가자! 빨리 여기서 나가야 해."

마우스는 우산이 망가진 사실을 탬슨이 얼마나 빨리 알

아차릴지 알 수 없었다. 그러나 분명 일이 잘못 되었다는 사실은 이미 알고 있을 것이었다. 그럼에도 폭탄에 불을 붙일까? 여왕의 상태가 어떤지 알지도 못하면서? 지금 이 순간 도화선이 타고 있을지도 모른다는 생각을 하자 마우스는 사지가 마비되는 듯했다. 마우스는 억지로 그 생각을 떨어버렸다.

마우스는 에를렌을 이끌고 현관으로 뛰쳐나갔다. 모든 가구에 눈의 결정이 덮여 반짝였다. 샹들리에에는 고드름이 달렸다. 얼핏 보아서는 투명한 수정 막대와 구별이 되지 않았다.

마우스는 스위트룸을 나와 복도로 내달렸다. 얼음과 추위가 지나간 흔적이 눈이 되어 남아 있었다. 눈보라 여왕이 무섭도록 빨리 지나간 게 틀림없었다. 폭풍에 밀리는 눈구름과도 같이 복도를 휩쓸고 지나갔을 것이다. 어떤 모습으로 지나갔든 그녀는 이미 복도 끝에서 사라지고 없었다.

뒤에서 누군가 마우스의 목덜미를 가볍게 밀쳤다. 마우스는 홱 돌아서서 에를렌의 얼굴을 바라보았다. 아니, 그것은 이제 에를렌의 얼굴이 아니었다. 마우스는 에를렌이 모피를 뒤집어쓰는 줄도 몰랐다. 아마도 마우스가 곁눈질을 할 새도 없이 모든 일이 순식간에 일어났을 것이다. 마우스는 할 말을 잃은 채, 믿을 수 없다는 듯이 쳐다볼 뿐이었다. 그러나 이렇게 될 줄 이미 알고 있던 일이었다.

에를렌은 킁킁거리며 긴 주둥이를 마우스에게 뻗었다. 소년의 얼굴일 때는 왠지 어색했던 갈색의 큰 눈이 털로 덮인 순록의 머리에서 매우 부드럽게 반짝이고 있었다. 그 눈은 호감과 고마움 그리고 뭔지 모를, 다른 짐승들은 결코 알지 못할 심오한 지식으로 가득 차 있는 듯했다. 평평한 이마에 난 두 개의 그루터기는 누군가 그의 가지 뿔을 톱으로 잘라냈다는 사실을 말해주고 있었다. 그 자리가 기형적으로 우글쭈글한 모습으로 보아 이미 수 년 전에 잘린 것이 틀림없었다. 그루터기 뒤로 날씬한 순록의 몸통이 이어졌고 몸통 아래로 근육질의 네 다리가 길게 뻗어 있었다.

순록이 또 검고 축축한 코로 마우스의 뺨을 툭툭 쳤다. 그리고는 마우스 옆에 바짝 붙어 서서 자신의 옆구리를 마우스의 어깨에 문질렀다.

"올라타라고?"

마우스가 심드렁하게 물었다.

순록은 앞발로 카펫을 긁더니 머리를 숙였다. 마우스가 그대로 있자 점점 더 격렬하고 초조하게 카펫을 긁었다.

마우스는 아주 깊게 숨을 들이쉰 후, 두 손으로 단단한 가죽을 잡았다. 또 다시 잠시 망설인 후 가죽을 꼭 잡고 올라탔다. 마우스는 순록 등에 앉아 있기가 불안해 앞으로 몸을 굽히고 두 팔로 날씬한 목을 감쌌다. 가죽 아래로 근육이 느껴졌다. 힘찬 몸뚱이가 흥분으로 떨고 있었다.

순록은 소리를 지르려는 듯이 머리를 목덜미 뒤로 젖혔다. 그러나 순록의 목구멍에서는 아무 소리도 나지 않았다. 그가 달리기 시작했다. 복도를 지나간 얼음바람을 쫓아 쏜살같이 달려 나갔다.

힘을 되찾은 눈보라 여왕

옥내계단의 눈사태와 마우스에 관한 진실

복도에는 흰색과 보라색으로 빛나는 안개가 자욱했다. 얼음불이 무늬목 벽 사이에 그물을 치고 반들반들한 마호가니 가구를 쓰다듬으며 아른거렸다. 마치 이글거리는 베일 같았다. 빛 안개는 가까이 다가가면 흩어졌다가 다른 곳에서 다시 모여 너울거렸다.

"저게 북극광이니?"

마우스가 순록의 목 너머로 몸을 깊이 숙인 채 물었다.

순록은 대답이 없었다. 보아하니 과거의 몸을 되찾으면서 잃은 것이 인간의 모습만은 아닌 것 같았다. 그래도 행복해 보였다. 자신과 마우스가 처한 위험 따위는 아랑곳하지 않는 것 같았다. 순록은 바람처럼 빠르게, 거의 몸을 내맡긴 듯 긴 복도를 달렸다. 마우스는 순록의 등에서 떨어지지 않으려고 안간힘을 썼다.

한 모퉁이를 돌 때마다 눈보라 여왕은 이미 다음 복도로 사라지고 없었다. 보이는 것이라고는 바닥에 줄무늬를 그리며 늘어선 눈의 결정들뿐이었다. 긴 망토처럼 바닥을 휩쓸며 여왕의 뒤를 따라간 눈 폭풍이 남긴 흔적이었다.

물론 북극광도 보였다. 마우스는 북극광이 너무도 아름다워 넋을 잃을 지경이었다. 여왕과 똑같이 아름다웠다. 그러나 북극광은 여왕과는 달리 그 아름다운 자태 속에 아무런 위험도 감추고 있지 않은 것 같았다.

마우스는 아침 이슬에 젖은 거미줄이 생각났다. 연약하고 아름답지만, 그 황홀한 모습에는 다른 생명을 잡아먹고 싶은 욕망이 숨어 있다.

마침내 그들은 엘리베이터 승강장이 있는 복도로 들어섰다. 멀리 복도 끝에 승강장의 살문이 보였다. 거기서 좀 더 지난 지점의 오른쪽 벽에 중앙계단으로 통하는 아치형 출구가 있었다.

눈보라는 살아 있는 생명체같이 복도에서 위 아래로 소용돌이치며 춤을 추었다. 살을 엘 듯한 북극의 추위와 얼음이 함께 만들어내는 안개가 카펫 위로 피어올라, 천장 아래 긴 구름층을 만들었다. 겨울 폭풍이 무서운 소리를 내며 그 뒤를 따랐다. 황제의 행렬이 네브스키 광장에서 호텔 쪽으로 다가오고 있었다. 그들이 내는 요란한 소리마저 폭풍 소리에 묻혀 들리지 않았다.

눈보라와 북극광의 광휘가 빚어내는 소란 속에 눈보라 여왕이 우뚝 서 있었다. 여왕의 키는 옥내계단으로 난 출구의 아치 높이와 맞먹었다. 복도 끝에서 엘리베이터 승강장의 살문까지는 약 10미터였다.

순록은 속도를 늦추고 얼어붙은 카펫 위를 미끄러져 멈춰 섰다. 마우스의 몸이 앞으로 쏠려 하마터면 고꾸라져 떨어질 뻔했다. 마우스는 추위에 떨며 에를렌의 등에서 멈칫멈칫 자세를 바로잡고는 복도를 내려다보았다.

눈보라 여왕은 그들에게서 대략 쉰 발짝 떨어진 곳에 있었다. 여왕은 계단을 향해 서서 뭐라고 말을 했다. 계단 위 칸에 누군가 서 있는 듯했으나 마우스가 있는 곳에서는 보이지 않았다. 옥내계단과 엘리베이터 외에는 오로라 호텔의 꼭대기 층에서 나가는 길이 없었다. 뒤쪽 어딘가에 비상계단이 있지만, 순록이 그 좁고 가파른 계단을 내려갈 수는 없으니 탈출구로는 적합하지 않았다.

"이제 어떡하지?"

마우스는 에를렌의 귀에 대고 속삭였지만 사실은 자기 자신에게 하는 질문이었다. 그들은 눈보라 여왕을 지나갈 수 없었다. 여왕을 에워싸고 날뛰는 지옥의 얼음불이 복도를 20미터, 30미터나 막고 있었고, 갈라져 나온 불길이 마우스와 에를렌이 서 있는 곳까지 뻗어 그 둘의 접근을 막았다.

누군가 눈보라에 몸이 거의 가린 채 아치문 아래로 걸어 나왔다. 가슴팍에 두 팔을 엇갈리게 놓고 덜덜 떨며 손으로 어깨를 비볐다. 이제 그는 여왕 바로 앞으로 나왔다. 보통 용기가 아니고서는 여왕을 보는 순간 바로 달아나지 않을 수 없었건만, 그는 두려움을 불러일으키는 여왕의 위엄 앞에 당당하게 마주 섰다.

눈보라 여왕은 카랑카랑한 웃음을 터뜨리더니 팔을 뻗

어 마우스와 에를렌을 똑바로 향해 허공을 그어 내렸다.

두터운 눈구름이 둘로 갈라졌다. 마우스는 그 뒤에 서 있는 사람의 얼굴을 알아보았다. 그가 마우스를 건너다보았다. 찌푸린 눈에 불거져 나온 입술, 눈썹에는 얼음이 붙어 있었다.

"쿠쿠시카! 달아나요!"

마우스가 부르짖었다.

그러나 쿠쿠시카는 마우스의 말을 듣지 않았다. 아마도 윙윙거리는 눈바람 소리에 마우스의 말소리가 묻혀 못 들은 것 같았다. 쿠쿠시카는 여왕의 곁을 지나 마우스와 순록에게로 오려고 했다. 여왕은 그가 지나가도록 방해하지 않고 내버려 두는 듯했다. 그러나 쿠쿠시카가 여왕의 곁을 지나자마자 여왕은 그의 등을 향해 어떤 손짓을 했다. 보이지 않는 주먹이 쿠쿠시카의 어깨 죽지 사이를 강타한 것 같았다. 폭풍이 불어 닥쳐 쿠쿠시카를 5, 6미터 앞으로 날려 버렸다. 쿠쿠시카는 벽에 부딪치면서 서랍장의 모서리를 쳤다. 그러는 바람에 무거운 청동 조각상이 넘어져 쿠쿠시카의 오른쪽 무릎으로 떨어졌다. 쿠쿠시카가 비명을 질렀다. 그러고는 아픔을 참으며 몸을 둥글게 말아 엎드린 채, 미끌미끌한 눈과 얼음 안개 사이를 뚫고 복도 바닥을 기었다.

"가자!"

마우스가 소리쳤다. 에를렌이 움직였다. 눈보라 여왕은 뇌쇄적인 미소로 그들을 바라보았다. 여왕은 지금 이 순간에도 자신에게 반하지 않을 사람이 어디 있겠느냐고 묻는 듯이 보였다. 눈꽃에 둘러싸인 여왕의 얼굴은 청순한 소녀의 초상화 같았다.

에를렌은 바닥에 쓰러진 쿠쿠시카에게로 달려갔다. 몇 초만 더 달리면 닿을 수 있었다. 쿠쿠시카도 계속 기어왔다. 고통으로 얼굴이 일그러졌지만 마우스에게서 눈을 떼지 않았다. 그의 눈은 마치 '미안해!' 하고 말하는 것 같았다. 마우스는 속으로 물었다. '뭐가?'

"워! 워!"

마우스는 호텔 앞에서 마부들이 외치던 소리를 따라했다. 에를렌이 쿠쿠시카 옆에 섰다.

눈보라 여왕은 그들을 바라보며, 눈앞에 펼쳐지는 장면

을 조금도 이해하지 못하겠다는 듯이 한 쪽 눈썹을 치켜 올렸다. 여왕에게 공감, 사랑 그리고 다른 사람에 대한 염려는 이글거리는 적도의 열기만큼이나 낯선 것이었다.

마우스는 에를렌의 등에서 뛰어내려 쿠쿠시카 옆에 무릎을 꿇고 앉았다.

"오, 쿠쿠…… 왜 여기 있어요?"

"너를 찾았어."

쿠쿠시카는 다친 무릎 관절을 주무르며 외쳤다.

"여기 호텔 안은 너무 위험하군."

그 말을 해 놓고는 자신도 우스웠으나 통증 때문에 찌푸린 표정을 짓고 말았다.

마우스는 여왕을 바라보며 얼음 같은 시선을 피하지 않았다. 여왕은 아직은 두 사람에게 무슨 짓을 할 기색을 보이지 않았다. 그러나 얼른 여왕 근처에서 벗어나지 않으면 모두 얼어 죽을 것 같았다.

"일어설 수 있어요?"

마우스가 쿠쿠시카에게 물었다.

쿠쿠시카는 머리를 가로저었지만 곧 말했다.

"해볼게."

마우스는 쿠쿠시카의 무게를 감당할 수 없었지만 있는 힘껏 그를 부축했다. 쿠쿠시카는 어찌어찌 몸을 일으켜 에를렌의 등에 기댔다.

"올라타요. 밖으로 데려다 줄 거예요."

마우스가 말했다.

"내게 설명할 게 많지?"

쿠쿠시카가 더듬거리며 말했다.

눈보라 여왕은 다시 계단을 향하고 섰다. 이제 여왕의 관심은 그들에게서 벗어났다. 그녀가 지금까지 보여준 인간적인 모습은 완전히 사라지고 없었다. 천사와도 같은 모습이었지만 그녀의 위엄은 인간의 것이 아니었다. 이 세상 밖의 것이었다. 알 수 없는 방법으로 생명을 얻은 얼음의 결정. 보기에는 너무도 아름답지만 한없이 차고 칼날처럼 날카로울 뿐이었다.

쿠쿠시카는 에를렌에 올라탔다. 다친 다리를 올릴 때 마우스가 거들자 그는 아파서 소리를 질렀다.

"앞으로 숙이고 꽉 잡아요."

옥내계단의 눈사태와 마우스에 관한 진실

마우스가 쿠쿠시카에게 지시했다. 마우스가 막 쿠쿠시카 뒤에 올라타려고 하는 찰나 밝은 종소리가 울렸다. 휘몰아치는 눈바람도 잠시 그 소리에 묻힌 것 같았다. 마우스는 그대로 서서 눈보라 여왕을 건너다보았다. 여왕도 종소리가 울린 방향을 쳐다보았다.

그 소리는 엘리베이터의 도착을 알리는 소리였다.

금속 살문이 차르륵 하고 옆으로 밀렸다. 엘리베이터에서 쏟아져 나온 금빛은 복도에서 눈과 얼음에 막혀 흐려졌다. 그 빛 속에 선 여왕의 모습은 날씬한 그림자로 변했고, 잠시 요정과도 같은 우아한 분위기가 더욱 더 강렬해졌다. 여왕은 정확히 엘리베이터와 에를렌 한가운데서 마우스의 시야를 가리고 섰다.

"너……."

여왕이 낮게 말했다.

길게 끈 그 말이 폭풍을 타고 복도를 흘러 마우스에게까지 들렸다. 마우스는 어떤 예감이 강하게 들었다. 흥분한 심장이 마구 뛰었다.

"올라 와."

쿠쿠시카가 끙끙거리며 말했다. 마우스는 여전히 망설였다.

여왕은 아치문 앞에서 발을 옮겨 마우스와 에를렌을 등지고, 열린 엘리베이터에서 나오는 사람을 향해 복도 끝으로 움직였다.

마우스는 쿠쿠시카 뒤로 에를렌 등에 올라탔다. 에를렌은 여왕과 옥내계단으로 난 출구를 향해 눈보라와 추위속을 뚫고 달렸다. 딴 세상에서 온 듯한 추위였다.

엘리베이터에서 무언가가 복도 바닥으로 떨어졌다. 가죽으로 된 사각형의 물건이었다. 그 옆에 탬슨이 서 있었다. 탬슨은 여왕 너머 마우스에게 눈길을 던졌다. 마치 여왕의 무서운 힘에 아랑곳하지 않는 듯한 태도였다.

달아나! 탬슨의 눈이 말하고 있었다.

여기서 나가! 얼른!

가방 덮개는 그 안에서 무엇인가가 뻗어 나오려는 듯이 높이 들렸다. 제대로 폭발하는 것 같았다. 그러나 폭탄은 아니었다. 마우스가 좀 더 자세히 보기도 전에 에를렌은 아치문에 도달해 미끄러지듯 층계참으로 뛰었다. 에를렌은 죽음도 두렵지 않은 듯 용감하게 넓은 계단을 내려갔다. 그의 동작은 서툴고 불안했지만 그래도 다리를 다치지는 않았다. 여왕과 탬슨은 이제 마우스의 시야에서 사라졌다.

탬슨, 대체 여기서 뭐 하는 거예요? 마우스는 몽롱하게 생각했다.

아무 대답도 들을 수 없었다. 에를렌은 계속해서 계단을 내려갔다. 비틀비틀 흔들리고 미끄러지면서. 북극광은 사라지고 없었다. 그리고 6층의 살인적인 추위도 사라졌다.

쿠쿠시카는 뒤를 돌아보며 말했다.

"대체 어떻게……."

"나중에요."

마우스는 쿠쿠시카의 허리를 더욱 힘차게 껴안았다. 그때 천둥이 울렸다. 마우스는 뒤를 돌아보고 눈이 휘둥그레졌다.

"눈사태예요!"

마우스의 목소리가 쇳소리로 변했다.

흰 벽이 부글부글 끓어오르듯 눈과 얼음으로 뭉친 어마

어마한 덩어리가 그들의 뒤를 쫓아 계단 아래로 굴러오고 있었다. 난간 너머로 눈송이가 퍼졌고 계단마다 눈이 덮였다. 익숙하지 않은 바닥을 달리는 에를렌에 비해 굴러오는 눈덩이는 너무도 빨랐다.

"안 돼!"

쿠쿠시카는 웅얼거렸다.

눈덩이는 에를렌을 거의 따라잡을 만큼 쫓아왔다. 그러나 그 순간 부풀어 오른 덩어리가 점점 줄어들더니 마침내 납작해졌다. 넓은 나선형 계단이 위쪽 10미터에서 15미터까지 눈에 완전히 파묻혔다. 아치문은 눈으로 막혔고 폭풍의 소음은 갑자기 그쳤다.

에를렌은 비틀거리며 계속 내려갔다.

"아저씨가 모르는 게 있어요."

3층을 지났을 때 마우스가 숨을 내쉬고는 쿠쿠시카에게 말했다.

"뭔데?"

쿠쿠시카가 돌아보며 물었다.

"지하실에 폭탄이 있어요."

옥내계단의 눈사태와 마우스에 관한 진실

쿠쿠시카는 얼은 듯 무표정했다.

"탬슨이 폭탄에 불을 붙이려 했어요."

마우스는 떨리는 목소리로 말했다.

"하지만 지금…… 지금 탬슨은 위에 있어요. 폭탄은 분명 아직 아래 있을 거예요. 그런데 혹시…… 저는 모르겠어요. 탬슨이 혹시……."

"멀리서 불을 붙이는 방법을 찾았는지?"

쿠쿠시카가 마우스의 말을 대신 했다.

마우스는 머리를 끄덕였다.

쿠쿠시카는 잠시 눈을 감았다.

"순록한테 나를 그리로 데려가라고 해. 지하실로. 순록한테 말할 수 있어? 순록이 네 말을 듣니?"

"저도 같이 갈 때만요."

마우스는 거짓말을 했다.

"좋도록 해."

쿠쿠시카는 후회 막심하다는 듯이 말했다.

"그 다음에는요?"

"내가 뇌관을 제거해 볼게."

마우스는 그의 뒤통수를 미심쩍은 눈초리로 쳐다보았다. 마우스는 그가 머리를 살짝 앞으로 숙이는 것 같은 느낌이 들었다. 마치 등 뒤에서 와 닿는 그녀의 시선이 뜨겁고 불쾌하기라도 하다는 듯이.

"아저씨가 그런 걸 어떻게 알아요?"

마우스가 물었다.

쿠쿠시카는 에를렌이 다음 층계참을 다 지나도록 망설인 후 마침내 자신의 죄를 인정하듯 한숨을 쉬고 말했다.

"나는 경찰이야, 마우스. 비밀경찰. 나는 그 오랜 세월 동안 너를 지켜봤어."

✤

"왜요?"

마치 영원의 절반이 다 지난 만큼이나 긴 침묵이 흐른 후 마우스가 마침내 입을 열었다. 복도에는 그들 외에 아무도 지나가지 않았다. 비밀경찰들도 그 사이 이미 호텔을 나갔고, 문들은 밖에서 잠겼다.

옥내계단의 눈사태와 마우스에 관한 진실

하나만 빼고.

"왜 저예요?"

마우스는 쿠쿠시카에게서 손을 놓고 싶었지만, 그랬다가는 자칫 에를렌의 등에서 떨어질 것 같았다.

"우리는 줄곧 네 어머니가 누군지 알고 있었어. 네 아버지도."

쿠쿠시카는 말하면서 앞만 바라보았다.

"제 아버지요?"

쿠쿠시카는 머뭇거렸다.

"지금이 이 말을 하기에 적당한 때인지 모르겠구나. 나중에……."

"제 아버지가 누구예요?"

쿠쿠시카가 한숨을 쉬었다.

"니콜라이 이바노비치."

"차르 암살자요?"

"그래."

쿠쿠시카는 마치 마우스가 뒤에서 한 대 때리기라도 할 것처럼 머리를 살짝 숙였다. 그러나 지금 마우스는 쿠쿠시카가 너무도 멀게 느껴졌다.

"그 두 사람은 친구가 많았어. 차르에 항거하는 투쟁의 동지들이지. 대부분은 붙잡혀 처형되었어. 그러나 우리는 줄곧 다른 니힐리스트가 있다는 사실을 알고 있었지. 그들이 새로운 차르도 죽이려 할 것이라는 사실을 알고 있었어. 그리고 그들 가운데 누군가가 너를 여기서 데려갈 거라 믿었어. 니힐리스트들에게 너는 두 순교자의 딸이야. 그래서……."

쿠쿠시카는 침을 삼키고 머리를 돌려 마우스의 눈을 보았다.

"그래서 내가 너를 전담하게 된 거야. 혹시 니힐리스트가 이곳 호텔에 나타나 너와 접촉하는지 감시하려고."

에를렌은 1층으로 내려와 중앙계단을 벗어났다. 이어 지하실 계단으로 향하는 복도를 지나 달렸다. 관계자 외 출입 금지를 나타내는 밧줄은 호텔을 비우느라 소란을 피우는 통에 이미 쓰러져 있었다.

"아무도 안 왔어요."

마우스는 혼이 나간 듯, 그러나 아무렇지도 않다는 듯

옥내계단의 눈사태와 마우스에 관한 진실

이 아주 작은 소리로 말했다.

“그래.”

쿠쿠시카가 말했다.

에를렌은 지하실 계단 앞에서 아래 층계참까지 달려 내려가, 주둥이로 지하실 복도로 통하는 문을 밀었다. 마우스는 처음으로 이곳 지하실이 답답하게 여겨졌다.

“저를 이용하신 거군요. 니힐리스트들에게 접근하려고.”

마우스가 말했다.

“아니야!”

쿠쿠시카는 대답했다.

“처음에는 그랬는지도 모르지. 내가 너에 대해 아무것도 몰랐을 때. 하지만 네가 크면서…… 나는 네게 많은 것을 가르쳤어. 나는 한때 정말로 학교 선생이었어. 그리고 나는, 나는 언제나 너를 아주 좋아했어, 마우스. 지금도 그래.”

“그 말이 사실이라면 제게 진실을 말했어야죠.”

마우스는 차갑게 말했지만 목소리가 떨리는 것까지 억

누르지는 못했다.

"그랬으면 어떻게 됐겠어? 너는 나와의 관계를 끊으려 했을 거야. 상부에서는 나를 철수시켰을 거고, 너를 아무 고아원에나 처넣었을 거야."

마우스는 아무 말도 하지 않았다. 가끔 길이 세 갈래 또는 네 갈래로 갈라질 때 에를렌에게 지시만 할 뿐이었다.

머지않아 포도주 창고에 도달했다. 마우스는 에를렌에서 내려 문을 열고 전등불을 켰다. 알몸을 드러낸 백열등에 불이 들어오고, 수많은 그림자를 거느린 흐릿한 불빛 아래 궁형천장이 모습을 드러냈다.

마우스는 쿠쿠시카의 고백에 대해 생각하지 않으려 했다. 지금은 그럴 상황이 아니었다. 그러나 그 생각을 완전히 떨어버리지는 못했다.

니콜라이 이바노비치. 니힐리스트. 두 순교자의 딸. 가엾기도 해라…….

마우스는 다시 에를렌 등에 오르지 않고 걸어서 앞으로 갔다. 뒤따르는 에를렌의 등에 앉은 쿠쿠시카는 기운이 쑥 빠져 두 팔로 에를렌의 목을 꼭 잡았다.

옥내계단의 눈사태와 마우스에 관한 진실

마우스는 팔을 뻗어 맨 끝 오크 통을 옆으로 밀었다. 눈 앞에 펼쳐질 광경이 두려웠다. 탬슨이 더 긴 도화선을 찾았고, 그들이 도착한 순간 불길이 쇠별의 구멍으로 파고든다면?

"마우스! 같이 가!"

쿠쿠시카가 외쳤지만 마우스는 말을 듣지 않았다.

"여기서 기다려요."

마우스는 쿠쿠시카를 쳐다보지도 않고 말했다. 눈에 눈물이 고였다. 쿠쿠시카에게 그런 모습을 보이고 싶지 않았다. 지금 이 순간 그의 배신보다 더 중요한 일이 있었다. 그럼에도 실망감과 모욕감을 떨칠 수 없었다. 그들 모두의 목숨이 달린 이 순간에도.

"마우스, 제발……."

마우스는 틈새로 들어선 후 오크 통을 제자리로 되돌려 놓았다. 뒤에서 부스럭거리는 소리가 났다. 쿠쿠시카가 에를렌 등에서 내렸다. 바닥을 발로 디디면서 고통으로 소리 질렀다. 마우스는 그래도 돌아보지 않았다.

틈새 뒤 터널 방은 어두웠다. 탬슨의 초가 다 탔다는 생각에 마우스는 등에 소름이 끼쳤다. 쇠별은 완전한 어둠 속에 있었다.

마우스는 터널 중앙에 비스듬히 놓인 버팀목을 더듬으며 지나갔다. 발끝에 뭔가 부드러운 것이 닿았다. 쿠션이었다. 불타는 도화선이 있었다면 어둠 속에서도 보였을 것이다.

마우스가 내민 손가락 끝에 차가운 금속이 닿았다. 놀라 손을 뺐다. 쇠별이었다. 크고 무겁고 뾰족뾰족한 쇳덩어리. 도시의 한 블록을 다 날려버릴 만큼 막강한 힘을 숨긴 물건. 갑자기 속이 메스꺼워 토할 것만 같았다. 그러나 곧 괜찮아졌다.

"마우스!"

쿠쿠시카가 어둠 속에서 마우스를 불렀다. 이어 욕하는 소리와 함께 오크 통을 움직이느라 덜커덩거리는 소리가 났다. 그는 빈 오크 통을 옆으로 치우기는커녕 똑바로 서 있지도 못했다.

"조심해!"

마우스는 쿠쿠시카가 다른 다리마저 다치지 않으려면

자기나 조심해야 할 것이라고 생각했다. 그러나 아무런 대꾸도 하지 않았다.

발에 무언가 닿았다. 유리가 조용히 덜커덕거렸다. 아, 석유등!

마우스는 쪼그리고 앉아 석유등 바로 옆에서 성냥이 든 깡통을 찾았다. 석유등의 유리 덮개는 아직 따뜻했다. 탬슨이 불을 끈 뒤 얼마 지나지 않은 게 틀림없었다. 마우스는 익숙한 동작으로 불을 붙였다. 펄럭이는 불빛이 터널 벽의 커튼을 비췄다. 커튼의 주름이 넓고 깊은 그림자를 만들었다.

쇠별 위에 초가 있었다. 한 뼘 정도 되고, 전혀 타지 않은 듯 매끄러웠다. 심지조차 전혀 건드리지 않은 채 밀랍으로 얇게 싸여 있었다. 탬슨의 말 대로였다. 초는 온전한 모습을 하고 있었다. 시간은 이미 다 지났다.

그러나 쇠별은 폭발하지 않았다.

마우스는 다시 몸을 숙여 쇠별의 구멍을 살폈다. 도화선은 꽂혀 있지 않았다. 그 대신 하얀 물질이 구멍을 막고 있었다. 촛농이었다.

아! 탬슨…….

마우스는 침을 삼키고 또 다시 눈물을 참았다. 이유는 좀 전과 달랐다. 구멍에서 멀지 않은 곳에 도화선이 바닥에 떨어져 있었고, 그 곁에 쪽지가 하나 있었다. 쪽지에는 급하게 써내려간 글씨로 다음과 같이 써 있었다.

사람들은 때론 잘못된 결정을 내리기도 하고 옳은 결정을 내리기도 해. 하지만 옳은 결정도 다른 관점에서 보면 잘못된 결정일 수 있어. 언젠가는 너도 이해할 거야. 여기서 일어난 모든 일은 다 내 일이야. 너나 오로라 호텔이나 차르와는 아무 상관이 없어. 너를 두려움에 떨게 해서 미안. 용서해줘. 그리고 벽에 걸린 그림을 망친 일도.

잘 있어!
네 친구 탬슨.

마우스는 쪽지를 두 번 훑었다. 눈물 한 방울이 뺨을 타고 흘러 탬슨의 서명이 눈물 위로 둥둥 떴다. 그리고 그녀의 눈은 탬슨이 쓴 마지막 문장으로 되돌아갔다.

마우스는 무릎이 덜덜 떨렸지만 왼손에는 편지를, 오른손에는 등불을 들고 일어섰다. 그리고 쇠별 너머 터널 끝 막다른 벽을 쳐다보았다. 터널에 그림이라고는 하나뿐이었다. 인자한 눈매를 지닌 젊은 귀족의 초상화.

마우스는 석유등을 머리 위로 쳐들었다. 불빛이 흐트러진 쿠션을 지나 바위벽을 타고 그림 액자를 더듬었다.

마우스는 사레가 들릴 뻔해서 기침을 했다. 본능적으로 한 발 뒤로 물러서다 뚜껑이 열린 모자 상자에 발이 걸려 비틀거렸다. 그러나 넘어지지는 않았다.

"마우스? 무슨 일이야?"

쿠쿠시카가 걱정스럽게 물었다.

마우스는 대답하지 않았다. 대답하려고 했더라도 목소리가 나오지 않았을 것이다.

발을 다시 앞으로 내디뎠다. 이번에는 쇠별을 지나 묵직한 그림 액자가 걸린 바위벽에 가까이 갔다. 등불을 다시 높이 쳐들자 불빛이 흔들렸다. 이번에는 정확히 그림과 같은 높이로 들었다.

마우스는 굵은 붓으로 색을 칠한 면을 알아보았다. 면

과 면 사이를 잇는 정교한 선도 알아보았다. 아무것도 달라진 것이 없었다. 단지 그림 속의 얼굴이 다른 사람의 얼굴이었다.

올빼미가 놀란 표정으로, 보이지 않는 벽을 두들기려는 듯 두 주먹을 쥐고 있었다. 그의 얼굴은 그 어느 때보다 넙적해 보였고, 눈도 그 어느 때보다 심하게 찡그리고 있었으며, 미쳐 날뛰는 맹견처럼 이를 드러내고 있었다. 그러나 움직이지 않았다. 캔버스에 붓으로 그린 유화가 되어 뻣뻣하게 굳어 있었다. 송진에 빠진 채 굳어 영원히 호박 속에 갇힌 벌레처럼.

마우스의 결단

"이건 말도 안 돼!"

"아저씨는 여기서 기다리세요."

"탬슨이 그러기를 바랄까? 절대 아닐 거야."

"가끔 탬슨도 자신이 뭘 원하는지 잘 모를 때가 있어요. 그럴 거예요."

마우스는 얼굴을 찡그리며 말했다.

쿠쿠시카는 아무 말도 하지 않았다. 그는 에를렌이 아무도 없는 지하실 복도를 쏜살같이 달리는 동안 에를렌의 목을 더욱 더 단단히 잡고 있을 뿐이었다. 마우스는 지금은 쿠쿠시카가 없는 편이 훨씬 더 좋겠다고 생각하면서도 그를 꼭 붙잡았다. 쿠쿠시카는 호텔 밖의 눈 내리는 길에 서 있는 편이 더 안전할 것이었다. 에를렌도 마찬가지였다. 그러나 마우스는 에를렌이 필요했다. 혼자 가는 것보다 에를렌을 타고 가는 편이 훨씬 더 빨랐다. 게다가 쿠쿠시카가 에를렌의 등에서 다시 내려올 생각을 하지 않으니 마우스는 좋든 싫든 그와 함께 가는 수밖에 없었다.

에를렌이 계단을 뛰어 넘어 1층으로 올라섰다. 차르의 행렬은 이제 거의 호텔 앞에 도달했다. 말발굽 소리에 건물 전체가 진동하는 듯했다. 마우스는 복도에서 입구 로비 쪽을 흘깃 보았다. 유리 회전문 너머로 눈에 덮인 네브스키 광장의 잿빛 건물들만이 보였다.

밖은 완전히 통행이 차단되었다. 호텔 투숙객과 이웃 주민들은 사라졌다. 비밀경찰조차 보이지 않았다. 그러나 마우스는 비밀경찰들이 숨어 있으리라 짐작했다. 분명 네브스키 광장 전체를 물샐 틈 없이 감시하고 있을 것이다.

바닥없는 계단으로 통하는 문 앞에서 마우스는 에를렌을 세운 후, 에를렌의 엉덩이를 타고 뒤로 미끄러져 내렸다. 쿠쿠시카가 마우스의 팔을 잡았다. 마우스는 내키지

마우스의 결단

않는 기분으로 잠시 서서 그의 슬픈 눈빛을 보았다.

"저 위에는 왜 가려는 거야? 넌 겨우 열두 살이야. 내가 그 오랜 세월 너를 키우면서……."

쿠쿠시카는 적절한 말이 생각나지 않는 듯 이야기를 멈췄다.

"너더러 지금 이런 일에 끼어들라고……."

그는 머리를 가로저었다.

"이런, 빌어먹을! 이건 네가 끼어들 일이 아니야. 지금 6층에서 벌어지고 있는 일이 밖으로 알려지면 비밀경찰이 급습할 거야. 그러면 어쩔래?"

딱한 사람! 자기 눈으로 직접 눈보라 여왕을 보고도 여전히 사태를 파악하지 못하다니! 아니, 어쩌면 쿠쿠시카는 마우스에게 지금 비밀경찰 따위는 조금도 두렵지 않다는 사실을 인정하고 싶지 않은지도 모른다.

"저는 탬슨에게 가야 해요."

마우스가 말했다.

번화가를 빠르게 달리는 말발굽 소리가 네브스키 광장에서 멀리 떨어진 호텔 안 깊숙한 곳까지 들려왔다. 쇠별은 일단 뇌관을 제거했지만 그들 모두의 목숨은 여전히 위협받고 있었다. 마우스는 미처 그 생각을 할 겨를이 없었다. 그러나 지금은 위협의 실체가 달라졌다는 사실을 분명히 깨달았다. 조금 전까지는 폭탄과 태초의 추위가 위험의 원인이었다. 지금은 막강한 두 마녀의 결투가 폭발물과는 비교도 안 될 끔찍한 위기를 불러오지나 않을지 두려웠다. 그 위험은 쇠별의 파괴력보다 몇 배는 더 끔찍할 것이다.

"너는 탬슨을 도울 수 없어."

쿠쿠시카의 말에 마우스는 생각의 흐름이 끊겼다. 이번에는 에를렌도 자기 등에 타고 있는 사람이 옳다는 듯이 주둥이로 마우스를 툭툭 쳤다.

"그렇다고 무슨 일이 일어나건 말건 모른 척할 수는 없어요."

마우스는 이렇게 말하며 쿠쿠시카를 보고 있던 눈을 돌려 크고 짙은 에를렌의 눈을 바라보았다.

"탬슨은 우리가 다치지 않도록 스스로 죽음을 무릅쓰려고 해요."

마우스의 결단

“하지만 애초에 폭탄에 불을 붙이려 했던 사람도 그 여자야!”

쿠쿠시카가 필사적으로 말했다.

마우스는 아래 입술을 깨물었다.

“탬슨은 제 친구예요. 무슨 짓을 했든. 율리아가 옛날에 무슨 일을 하려고 했든 그 일과 상관없이 제 어머니라는 사실과 마찬가지죠. 하지만 어머니와 달리 탬슨은 자신이 실수를 했다는 사실을 인정했어요.”

“그게 실수였다고? 그리고 탬슨이 실수를 후회했다고? 오! 정말이지 훌륭한 일이군!”

쿠쿠시카가 눈동자를 굴리며 이렇게 말했을 때 마우스도 그를 조금은 이해할 것 같았다.

마우스는 한숨을 쉬며 쿠쿠시카의 손을 쳐냈다. 그에게 슬픈 미소를 보냈다. 그러고는 문을 향해 가려고 했다.

그순간 어마어마한 천둥소리가 호텔을 뒤흔들었다. 천장에서 석고가 비 오듯 떨어져 내렸다. 벽에 걸린 거대한 거울이 와장창 소리를 내며 떨어져 반짝이는 강물처럼 바닥에 퍼졌다. 멀리서 또다시 우르릉, 와장창 하는 소리가 났다. 그 소리는 몇 분 동안 점점 가까워지더니 갑자기 뚝 그쳤다. 그 자리를 땅을 구르는 듯한 둔탁한 소리가 채웠다. 말 수십 마리가 깜짝 놀라 사방으로 날뛰는 듯한 소리였다. 호텔 담 너머로 고막을 찢을 듯 따닥따닥 울리는 소리가 뒤따랐다. 마치 하늘에서 돌비가 내리는 것 같았다.

어쩌면 정말로 돌비가 내렸는지도 모른다.

"에를렌. 쿠쿠를 데리고 여기서 나가!"

마우스가 주문을 외듯 말했다.

마우스는 말릴 새도 없이 벽지로 가린 문을 지나 바닥 없는 계단으로 나갔다. 뒤에서 쿠쿠시카가 부르는 소리가 들렸지만, 그는 혼자 힘으로 마우스를 따라갈 수 없었다. 마우스는 끙끙거리고 헉헉대며 대형 소용돌이 계단을 뛰어 올랐다. 허공에 먼지가 자욱했고, 천장에서 회칠이 벗겨져 떨어졌다. 또 다시 우르릉 쾅 하는 소리가 진동했다.

한 순간 마우스는 생각했다. 결국 폭탄이 터졌구나. 그러나 아니었다. 뭔가 달랐다. 후드득 하고 뭔가 떨어지는 소리가 이어졌다. 마우스는 순간적으로 계단에 몸을 던지고 머리를 두 팔로 감쌌다. 이번에는 돌이 아니라 유리였다. 계단 한가운데로 깨진 유리 조각이 비 오듯 떨어졌다. 궁형천장의 두꺼운 유리가 깨진 것이었다. 창문에 달린 고드름만한 유리조각이 난간 옆에서 낭떠러지로 떨어졌다. 사방으로 유리 총탄이 흩어져 날리는 것 같았다. 마우스도 그 총탄에 맞았다. 그러나 머리를 들어 살펴보니 크게 다치지는 않았다. 몇 군데 살짝 긁히기만 했다.

쏴아 하고 얼음같이 찬 바람이 마우스를 위에서 덮쳤다. 마우스는 정신을 잃은 듯 위태롭게 발을 옮겨 난간에 기대고, 조심스럽게 위를 올려 보았다. 천장이 사라졌다! 마우스 곁으로 눈이 사뿐히 내리고 있었다. 마우스의 시선이 내리는 눈송이를 따랐다. 이제 바닥없는 계단의 바닥이 보였다. 평소 모든 빛을 삼켰던 검은 점판암 바닥이 온통 유리 조각으로 덮였다. 겨울 햇빛에 하얗게 반짝이는 바다 같았다.

"마우스?"

쿠쿠시카가 두 층 아래 문 뒤에서 부르짖었다. 불어내리는 바람 속에 그 이름은 음절마다 따로따로 메아리를 끌며 서로 섞였다.

"괜찮아요! 아무 일 없어요."

마우스가 힘없는 목소리로 대꾸했다.

"돌아와!"

"안 돼요!"

마우스는 다시 달리기 시작했다.

쿠쿠시카가 또 마우스를 부른다면 그 소리는 들리지 않을 것이다. 흩어진 유리조각이 발에 밟혀 빠지직 소리를 냈다. 윙윙 쏴아 하는 바람 소리에 귀가 멍할 지경이었다. 마우스는 어찌된 영문인지 궁금했다. 배후에 탬슨과 눈보라 여왕이 있다는 사실만큼은 확실했다. 6층에서 폭발이 일어난 것 같은데 불이나 뜨거운 열기는 느낄 수 없었다.

군인들과 차르의 행렬은 어찌되었을까? 일단은 차르와 그 수행인들을 안전하게 대피시키고, 호텔을 중심으로 넓은 지역에 걸쳐 보안을 강화했을 것이다. 그들이 우르릉 쾅 하는 진동을 폭발로 단정 짓는다면 군과 경찰을 오로라 호텔에 투입시키기 전에 추가 폭발이 일어나지 않도록 점검할 것이다.

마우스는 더 빨리 달렸다. 높이 올라갈수록 계단에는

마우스의 결단

천장에서 떨어진 것들이 더 많았다. 유리 조각뿐만 아니라 금속 받침대와 부서진 나무틀도 떨어져 있었다. 마우스는 천장 유리뿐만 아니라 그 유리를 끼웠던 틀도 부서졌다는 사실을 깨달았다. 6층이 어찌 되었는지 궁금했지만 5층 위로는 출구가 없었다. 마우스는 옥내계단을 벗어나 막심과 아이들을 마주쳤던 곳을 지났다. 그 곳에 지금은 아무도 없었다. 모든 것이 조용했다. 단지 한 층 위에서 알 수 없는 소음만이 울릴 뿐이었다.

마우스는 측면 복도를 통해 비상계단으로 갔다. 빗장을 풀고 깊게 숨을 쉬었다. 그러고는 비상계단으로 나가려고 했다. 그런데 비상계단이 없었다! 계단 전체가 원래 있던 자리에서 뜯겨, 휘고 꺾인 채 호텔 외벽과 맞은 편 벽돌담 사이에 비스듬히 모로 걸쳐 있었다. 마치 두 건물 사이에서 떠 있는 듯했다. 윗부분은 괴물이 덥석 물어 날카로운 이로 아작아작 씹어 놓은 것 같았다.

마우스는 문을 열어놓은 채 뒤로 돌아 중앙복도로 달렸다. 모퉁이 두 개를 지나자 멀리 거대한 눈덩이가 보였다. 좀 전에 아치문에서 중앙계단 쪽 복도로 몰려와 계단을

따라 쫓아왔던 눈덩이였다. 그 눈덩이가 지금은 계단으로
난 출구를 막고 있었다. 이제 6층으로 가는 길은 완전히
막히고 말았다.

마우스는 비스듬한 눈 언덕을 기어올랐다. 꽁꽁 언 표
면은 놀랍도록 단단했다. 딱딱하고 눈의 결정처럼 뾰족뾰
족했지만 비누처럼 미끄러웠다. 그것은 보통 눈이 아니었
다. 눈보라 여왕이 마법으로 만든 눈이었다.

마우스는 눈덩이 위에 올라 반대쪽으로 미끄러져 내려
왔다. 그리고 마침내 엘리베이터 승강장의 살문 앞에 섰
다. 그 뒤 수직갱도에는 지하실의 거대한 톱니바퀴와 천
장의 증기 엔진을 잇는 사슬과 밧줄이 지나가고 있었다.
엘리베이터는 아직도 한 층 위에 있을 것이다. 탬슨이 내
린 6층에.

승강장 살문은 빗장이 걸려 있었다. 그러나 마우스는
어떤 지점을 팔꿈치로 치면 안으로 걸린 쇠고리가 풀린다
는 사실을 알고 있었다. 그것은 모든 엘리베이터 보이와
몇몇 청소부들이 오래 전부터 써먹던 수법이었다. 그 수
법은 쓸데없는 지식들 가운데 그나마 가장 유익한 것이었

다. 어쨌든 쿠쿠시카가 가르쳐준 수학공식이나 문법보다 나았다.

살문이 차르르 하고 열렸다. 마우스 눈앞에 입을 떡 벌린 낭떠러지가 보였다. 뭔가 이상했다. 마우스는 다시 한 번 보고서야 왜 그런지 알아차렸다. 수직갱도가 너무 밝았다. 위에서 내려온 불빛이 사슬과 나사와 바위벽 사이사이를 비추고 있었다. 거기서부터 지하실까지 대략 24미터나 되는 낭떠러지를 굽어보고 다시 위를 쳐다보는 데는 엄청난 용기가 필요했다. 마우스는 한 손으로 살문을 꽉 잡았다.

엘리베이터는 여전히 마우스 머리 위에 있었지만 한 쪽만 매달려 있는 듯 수직갱도에 비스듬히 걸려 있었다. 가장자리를 빙 돌아 흐릿한 햇빛이 반짝였다. 수직갱도는 너무 좁아 엘리베이터가 다 막고 있었으므로 그 위로는 보이지 않았다. 그런데도 위에서 낭떠러지로 빛이 쏟아지고 있었으니, 그 사실 하나만으로도 귀신이 곡할 노릇이었다.

갑자기 마우스는 호텔에 아직 지붕이 붙어 있는지 궁금

했다. 그 끔찍하던 천둥 소리, 와장창 깨지는 소리 그리고 돌멩이가 따닥따닥 떨어지는 소리, 깨진 궁형천장. 두 마녀가 맞붙어 싸울 때 뿜어 나오는 힘에 호텔 지붕이 날아가 버렸을지도 모른다. 마법 냄비가 끓어 넘치며 뚜껑을 날려버리듯이.

엘리베이터의 수직갱도는 위로 올라가는 유일한 길이었다. 천장을 통해 울리는 요란한 소리는 어딘가 다른 곳으로 옮겨갔다. 6층 엘리베이터 앞 복도가 어느 정도 안전해진 순간이었다. 절호의 기회였다.

마우스는 낭떠러지 앞에서 두려운 마음을 억누르고 한 손으로 살문을 꽉 잡은 채 몸을 앞으로 숙여, 다른 손으로 사슬 하나를 잡았다. 눈을 감은 채 수직갱도의 위를 향해 짤막하게 기도를 했다. 그리고 몸을 날렸다.

마우스는 두 손으로 사슬을 잡고 흔들렸다. 쇠사슬은 기름칠이 되어 있어 미끄러웠다. 마우스는 소리를 질렀다. 대략 팔 하나만큼 아래로 미끄러진 후 사슬을 꽉 붙잡고 멈췄다. 머리 위에서 엘리베이터 전체가 움직이는 듯 덜커덩 끽끽 소리가 났지만 사실은 수직갱도에 꽉 긴 채 더 삐딱하게 기울었다. 마우스가 매달린 위치에서 엘리베이터 바닥까지는 약 4미터쯤 되었다. 기어오를 줄 아는 사람에게 그리 먼 거리는 아니었다. 마우스는 기어오를 줄 알았다. 제법 잘했다. 그러나 커튼 봉이나 계단 난간을 붙잡고 재주를 부리는 일과 날카로운 톱니바퀴 위로 몇 층이나 올라온 높이에서 미끄러운 사슬에 매달려 흔들리는 일은 달랐다. 마우스는 기를 쓰고 엘리베이터의 바닥과 벼락닫이 문을 향해 기어올랐다.

위로 올라오는 데까지 그리 오래 걸리지 않았지만 마우스는 그 시간이 한없이 길게 느껴졌다. 사슬을 잡은 손은 자꾸만 미끄러졌고, 그럴 때마다 심장이 철렁 내려앉았다. 엘리베이터의 바닥은 밑에서 빗장을 풀어 위로 밀면 엘리베이터 안으로 밀리게 되어 있었다. 그러나 살아남기 위해 두 손으로 사슬을 붙잡아야 하는 사람에게 그 일은 결코 쉬운 일이 아니었다. 마우스는 온갖 고함과 욕설을 다 내지른 끝에 엘리베이터 안으로 몸을 날렸다. 엘리베이터가 삐걱거리고 덜커덕거렸지만 모로 비스듬히 걸린 상태는 변하지 않았다. 마우스는 힘겹게 사슬을 타고 기어오른 후, 숨도 돌리지 않고 서둘러 틈새를 넘어 복도로 기어 나왔다. 그제야 비로소 불룩하게 쌓인 눈 위에 배를 깔고 납작하게 엎드렸다. 마우스는 손에 감각이 없었다. 팔과 어깨도 굳었다. 마치 주변의 얼음을 녹이려는 듯 팔이 흔들렸다. 머릿속은 온통 혼란스럽기만 했다. 두려움과 안도감이 스타카토로 번갈아 엄습했다.

몇 번 망설인 끝에 마우스는 머리를 들어 주위를 둘러보았다. 어떤 모습일지 예상은 하고 있었지만 현실로 확인하는 순간 너무나 놀랐다.

6층 천장은 사라지고 없었다. 담 가장자리는 너덜너덜해졌고, 금속 받침대는 휘었으며, 지붕 마룻대는 부서졌다. 그 너머 높이 겨울 하늘이 잿빛 아가리를 벌리고 있었다. 또 눈이 내리고 있었다. 눈은 이제 위로 뚫린 건물 안으로 바로 떨어졌다. 벽에는 그림 몇 점이 삐딱하게 걸려 있었고, 서랍장과 모퉁이마다 놓은 의자도 그대로 있었다. 쌓인 눈 아래로는 분명 값비싼 중동 산 카펫이 깔려있을 것이다. 그러나 천장은 날아가고 없었다. 오로라 호텔의 맨 위층이 인형의 집처럼 뚫려 있었다.

마우스의 결단

　탬슨과 눈보라 여왕은 어디에도 보이지 않았다. 오른쪽 저 멀리, 얼음이 덮인 벽 너머로 무슨 소리가 났다. 한 순간 목소리가 들리는 듯도 했지만 곧 소름끼치는 소음에 묻혀 버렸다. 지하실의 전선에서 나는 소리와 매우 흡사했지만 그보다 백 배는 더 크게 찌지직거렸다.

　마우스는 벌떡 일어났다. 그러나 곧 비틀거리며 복도 벽에 등을 기댄 채 주저앉았다. 사슬을 기어오르느라 땀에 젖은 제복이 차갑게 얼었다. 마우스의 이마에도 얇은 얼음막이 생겼다. 입 꼬리는 뻣뻣하게 굳었고 인중에는 얼음 결정이 앉았다. 심지어 속눈썹까지 얼어, 시야의 상단에 걸린 하얀 막대가 똑똑히 보였다.

　탬슨은 그다지 멀지 않은 곳에 있을 것이다. 눈보라 여왕도 마찬가지였다. 여기서 무얼 하려느냐고, 탬슨을 어떻게 돕겠다는 말이냐고 쿠쿠시카가 물었을 때 마우스는 아무 대답도 하지 못했다. 지금도 모르기는 마찬가지였다. 그러나 왠지 이곳으로 오기를 잘 했다는 생각이 들었다. 탬슨 곁으로 가야 했다. 자신이 여전히 탬슨의 친구라는 사실을 보여 주어야 했다.

마우스는 어머니를 용서할 기회가 없었다. 어머니가 아무리 끔찍한 일을 하려 했더라도 마우스의 어머니라는 사실에는 틀림없었다. 그런데 탬슨을 통해 또 한 번의 기회가 찾아왔다. 머리로는 이해할 수 없는 일이었다. 비논리적이었다. 그러나 마우스는 어머니를 용서해야만 했다. 머리가 아니라 가슴이 시키는 일이었다.

혁명가 율리아는 형장의 이슬로 사라졌기에 마우스는 어머니를 어떻게 받아들여야 할지, 어떻게 대해야 할지 결정할 기회조차 없었다. 그러나 지금은 누구 편에 설 것인지 오로지 마우스 혼자 결단을 내릴 수 있었다.

이상하게도 지금 이 순간 어머니가 그 어느 때보다 가깝게 느껴졌다. 마치 어머니가 마우스 곁에 있는 듯했다. 마우스는 그 느낌을 놓치고 싶지 않았다.

마우스는 그 오랜 세월을 자신에게 무엇이 부족한지조차 깨닫지 못하고 살았다. 이제 그녀는 그것이 무엇인지 깨달았고, 다시는 잃고 싶지 않았다.

마우스는 달리기 시작했다. 눈이 아까보다 더 심하게 내렸지만 몇 시간 전 눈보라 여왕이 자신의 몸속 추위를

마우스의 결단

통제하지 못해 날뛰던 폭풍은 사라졌다. 지금 내리는 눈은 겨울에 내리는 자연스러운 눈이었다. 눈송이는 깃털처럼 하늘에서 내려와 천지를 하얀 가루로 덮었다. 눈은 네브스키 광장에서 들려오는 요란한 소음을 잠재웠고, 머리를 들어 헤아릴 수 없이 쏟아지는 눈송이를 쳐다보니 그 광경은 너무도 장엄하고 아름다웠다. 마치 별들이 그림자를 떨어내어 땅으로 뿌리는 것 같았다.

찌지직거리는 소리가 점차 가라앉았다. 두 마녀의 목소리도 더는 들리지 않았다. 폐허가 된 6층에 겨울이 밀려들면서 고요가 함께 내려앉았다. 문은 대부분 경첩이 빠져 쓰러진 채, 갓 내린 눈 속에 파묻혔다. 그밖에는 폐허의 흔적도 별로 없었다. 시설물은 거의 손상되지 않은 채 그대로 있었다. 지붕이 안으로 떨어지지 않고 통째로 밖으로 날아간 덕분이었다.

마우스는 달려가며 틀만 남은 문 안으로 빈 스위트룸을 들여다보았다. 마우스는 자신의 눈을 의심했다. 침대와 서랍장은 눈에 덮였고 장롱들은 매끈한 얼음 모자를 쓰고 있었다. 흉상들과 꽃병들과 촛대들도 서서히 눈 속으로 가라앉고 있었다. 탁자에도 하얀 얼음 덮개가 덮였고, 의자에는 솜 방석을 깐 듯 눈이 쌓여 있었다. 폐허가 된 6층에 마법이 만든 환상적인 겨울 풍경이 펼쳐져 있었다.

마우스는 모퉁이를 끼고 오른쪽으로 돌아 눈보라 여왕의 스위트룸을 향해 달렸다. 두 마녀의 결투가 하필 그곳에서 벌어진 일은 우연이었을까? 아니면 눈보라 여왕이 거기에 탬슨을 옭아맬 덫을 놓았을까?

마우스는 더 빨리 달렸다. 발이 복사뼈까지 눈 속에 빠졌다. 속눈썹에 눈송이가 달라붙었다.

벽 너머 정확히 스위트룸이 있는 곳에서 북극광이 타올랐다. 밝은 빛이 하늘을 향해 퍼졌다. 갑자기 수천 가지 색으로 반짝이는 눈보라가 일더니 하늘은 뒤덮은 구름 아래로 줄무늬를 그리듯 빛을 던졌다. 또다시 쿵, 쾅, 와장창 소리가 울렸지만 마법의 힘도 호텔 담을 무너뜨리지는 못했다. 누군가 소리를 질렀다.

탬슨이야!

마우스는 마지막 복도로 돌아들었다. 스위트룸 입구의 두 기둥은 온전하게 서 있었다. 그러나 문 위에서 으르렁

마우스의 결단

거리던 곰은 지붕과 함께 날아가고 없었다. 부서진 받침대 토막 몇 개가 어두운 하늘을 더듬었다. 담 위쪽 모서리에 금속 받침대가 휜 채 걸려 있었다. 그 주위에서 밝고 푸른 번개가 번쩍 하더니 위 아래로 흔들리다가 펑! 하고 가느다란 불꽃 비로 변했다.

마우스는 스위트룸 문지방에 선 채 두근거리는 가슴으로 현관 안쪽을 들여다보았다. 거기서 침실로 난 흔적은 내리는 눈에 곧 덮여버릴 것 같았다. 현관 중앙에 탬슨의 가죽가방이 보였다. 덮개가 활짝 열려 있었다. 마우스가 호텔 입구에서 들고 올 때 이미 짐작했던 대로 속이 비어 있었다.

마우스는 남은 용기를 다 짜내어 안으로 들어가 가방부터 지나쳤다. 가방은 정말로 비어 있었지만, 안쪽 면을 보니 조금 전까지 어떤 생명체가 갇혀 있었던 것 같았다. 가죽은 온통 긁힌 자국과 멍 자국으로 덮여 있었다. 누군가 밖으로 나오려고 손톱으로 할퀴고 이로 물어뜯은 것 같았다. 마우스는 언젠가 탬슨 대신 그 가방을 오로라 호텔 현관에서 들어다 주었을 때, 그러니까 가방을 처음 보았을 때, 가방 안에서 뭔가 요동친 일이 떠올랐다. 언젠가라고? 겨우 며칠 전이었건만 마우스는 매우 오래전에 일어난 일처럼 여겨졌다. 그 날 이후 너무도 많은 일이 벌어졌다. 세상이 뒤집혔었고, 마우스의 삶도 뒤집혔다. 모든 것이 뒤집혔다. 마우스 자신이 가장 심했다.

마우스는 가방을 건드릴 용기가 나지 않아 그대로 둔 채, 살짝 열려 있는 침실 문으로 다가갔다. 틈 사이로 부자연스러운 빛줄기가 떨어졌다. 마우스는 들어가기가 조심스러웠지만 침실에서 무슨 일이 일어나는지 알아보려면 달리 방도가 없었다.

마음을 다잡고 문을 안으로 밀었다. 빛줄기가 펼쳐지더니 오색으로 반짝였다. 마우스는 그 빛 속에 잠겼다. 눈이 부셔 몇 초 동안 눈을 감았다 떴지만 여전히 아무것도 알아볼 수 없었다. 마우스는 손가락 마디로 눈꺼풀을 비빈 후 다시 쳐다보았다.

널따란 유리벽이 사라지고 없었다. 유리 조각이 눈에 파묻혀 있었다. 침실은 이제 테라스로 이어져 하늘로 열린 넓은 무대가 되어 있었다. 그 위에서 필사적인 결투가 벌어지고 있었다.

사방에서 북극광이 너울거렸다. 마우스를 둘러싸고 탬슨을 둘러싸고 눈보라 여왕을 둘러싼 채, 하늘을 찌를 듯 높은 기둥을 만들며 춤을 추었다.

그리고 또 한 사람이 둘러싸여 있었다.

얼음무지개의 처음과 끝

　마우스가 문에 부딪친 뒤 몇 초 지나지 않아 갑자기 밝은 빛이 사라졌다. 빛은 벽과 가구와 방 안의 사람들 위에서 잠시 더 반짝이더니 이내 모든 것이 흐릿한 겨울 햇빛 속에 묻혔다.

　방 안의 시설물은 부서져 널리 흩어져 있었다. 가구들은 대부분 마우스의 팔보다 조금 긴 나무토막이 되어 총알처럼 벽과 바닥에 꽂혀 있었다. 누군가 걷잡을 수 없는 막강한 힘을 휘두른 게 틀림없었다. 두 마녀의 결투에서 모든 것은 무기가 되었다. 가구의 잔해뿐만 아니라 유리 조각과 날카로운 고드름도. 방바닥에 쌓인 눈에 이상한 파도가 이는 것으로 보아 바람도 무기로 쓰인 모양이었다. 강한 돌풍이 불어 바닥에 쌓인 눈이 입술 모양으로 부풀어 올랐다.

황폐해진 침실 한가운데 눈보라 여왕이 등을 바닥에 댄 채 쓰러져 있었다. 마침 일그러진 얼굴로 상체를 일으키는 중이었다. 여왕은 문턱을 넘어 테라스로 나갔다. 그것이 문턱이라는 사실은 그 부분이 눈에 덮인 채 조금 위로 솟아 있는 모양으로 알아볼 뿐이었다.

탬슨은 침실의 뒷벽 앞에 무릎을 꿇고 앉아 머리를 앞으로 숙이고 있었다. 파란 머리칼이 흐트러진 커튼처럼 얼굴을 덮고 있었고, 탬슨은 온몸을 떨었다. 마우스는 갑자기 찾아 든 고요 속에서 탬슨의 거친 숨소리를 들었다. 마치 목구멍에 무엇이 걸린 사람의 숨소리 같았다.

두 마녀 사이의 20미터에 걸친 구간이 폐허가 되었고, 그 가운데 또 한 사람이 서 있었다. 마우스가 그 사람이 어디서 그렇게 갑자기 나타났는지 알아차릴 때까지는 몇 초가 걸렸다.

마우스는 눈보라 여왕이 가져온 거대한 짐 상자들을 보

았다. 그 가운데 하나가 활짝 열려 있었다. 사람 하나가 들어가기에 충분했다.

낯선 남자는 키가 크고 야위었지만 전체적으로 당당한 인상을 풍겼다. 움직이지는 않았지만 그의 자태는 강한 카리스마를 내뿜었다. 그는 팔을 옆구리에 붙인 채 똑바로 서서 머리를 약간 목덜미 뒤로 젖히고 있었다. 마치 하늘을 우러러 보는 것 같았다. 짧게 자란 수염이 턱을 감싸고 있었고 긴 머리칼이 어깨에까지 닿았다.

그의 모든 것이, 얼굴에서 옷까지 다 얼음이었다.

마우스는 자기 앞에 선 사람이 누구인지 짐작이 갔다. 동시에 눈보라 여왕이 무엇 때문에 그 사람을 자신의 성에서 이곳까지 그 먼 길을 데려왔는지 궁금했다. 단지 자신의 적을, 심장의 고드름을 훔친 도둑을 조롱하기 위해?

그 사람이 스펠웰 마법사라는 사실에는 의심의 여지가 없었다. 탬슨의 아버지였다. 그 경이로운 집안의 전설적인 가장. 그는 최고의 마법사인 동시에 혼을 불러내는 가장 신통한 사람이었다.

그러나 스펠웰 마법사는 이미 이 세상 사람이 아니었

다. 그는 얼음 조각이 된 채 거기 그렇게 서 있었다. 투명 유리처럼. 그의 어깨와 머리 그리고 코끝에 눈이 쌓여 언덕을 이루었다.

탬슨은 몸을 일으키려고 했으나 다시 무릎을 꿇고 쓰러졌다. 눈보라 여왕도 똑바로 서려 했으나 그녀도 끙 하고 주저앉았다.

두 사람 다 문 앞에 선 마우스를 보지 못한 것 같았다. 마우스는 머뭇거렸다. 그러나 곧 놀라움을 떨쳐 내고 방을 가로질러 탬슨에게로 달려갔다. 마우스가 탬슨에게 팔을 뻗으려 하자 탬슨이 머리를 쳐들었다.

"안 돼!"

탬슨은 끙끙거리며 말했다.

파란 머리칼 사이로 탬슨의 얼굴이 보였다. 얼굴이 왠지 이상했다. 매우 창백했다. 손은 거의 흰색이었고, 코는 그녀의 아버지처럼 투명했다. 코끝이 얼음으로 변해 있었다.

"만지지 마!"

탬슨이 핏기 없는 입술로 밋밋하게 말했다.

"나는…… 얼음 마법에 걸렸어."

마우스는 힘없이 손을 내려놓았다.

"달아나! ······너무 위험해······."

탬슨이 말했다.

"어찌 된 일이에요?"

탬슨이 오른손을 들어 보였다. 마우스는 깜짝 놀랐다. 탬슨의 손이 손가락에서 팔목까지 투명한 얼음이 되어 굳어 있었다.

"내가······ 건드렸어."

탬슨이 부르짖었다.

"아버지를······ 만졌어······."

마우스의 시야가 눈물에 가려 흐려졌다. 눈보라 여왕이 탬슨에게 어떤 덫을 놓았는지 알 것 같았다. 여왕은 탬슨이 스펠웰 마법사를 보면 그를 만질 것이라는 사실을 이미 예측하고 있었다. 탬슨은 스펠웰 마법사를 죽인 마술과 똑같은 마술에 걸린 것이다.

마우스는 어쩔 줄 몰라 눈보라 여왕을 건너다보았다. 여왕은 바닥에 누운 채 파란 얼음 같은 눈으로 마우스를 쳐다보았다. 그 눈은 분노로 번득였다. 그러나 무엇보다도 마우스가 거기 있다는 사실에 놀란 것 같았다.

"에를렌…… 어디 있어?"

여왕이 쉰 목소리로 물었다. 그녀의 목소리도 탬슨 못지않게 기운이 없었다.

마우스는 자신이 여왕의 말을 제대로 알아들었는지 자신이 없었다. 벌벌 떨며 여왕을 향해 한 걸음을 내딛고 또 한 걸음을 내디뎠다.

"가까이 가지 마!"

탬슨이 마우스의 등 뒤에서 힘겹게 말했다. 마우스는 멈춰 섰다.

"에를렌!"

눈보라 여왕이 신음했다. 그녀의 머리가 다시 목덜미 쪽으로 떨어졌다. 여왕의 목소리가 어찌나 날카롭던지, 그녀 주위의 얼음 조각들이 온통 짤랑거렸다. 스펠웰 마법사의 얼음 몸뚱이가 떨렸다. 탬슨의 얼음 손도 흔들려 기타 줄처럼 울렸다.

눈이 이상했다. 이곳저곳에서 눈이 움직였다. 방 안 여기저기서 여왕을 향해 기어갔다. 눈부시게 하얀 눈보라가 위로 아래로 밀리면서 북극의 지배자를 향해 물결쳤다.

마우스는 탬슨 주위를 맴돌았다.

"여왕이 무얼 하려는 거예요?"

"나도…… 몰라."

"제가 언니를 어떻게든 도울 수 있어요?"

탬슨은 뚝, 뚝 끊어지는 동작으로 머리를 가로저었다.

"나는 가지고 있던 주문을 모두 여왕에게 던져버렸어. 거의 제압할 뻔했는데……."

"하지만 우리는……."

"달아나, 마우스!"

탬슨은 투명한 얼음 손을 들어 섬뜩하도록 황홀하게 바라보았다.

"아픈 것조차 못 느끼겠어."

마우스 주위의 눈이 다 기어가 버려, 이제는 부서진 나무토막이 발아래 바로 닿았다. 마우스는 처음에 힘이 빠진 여왕 둘레에 눈이 담을 쌓는 줄 알았다. 그러나 그것은 착각이었다. 휘날리는 눈보라는 여왕의 곁을 지나 테라스 끝에서 모여 높이, 높이 쌓였다. 난간 앞의 앙상한 화초들이 눈에 완전히 덮였다. 하늘에서 더 많은 눈이 내려 몇 초 지나지 않아 마우스는 여왕의 모습을 알아볼 수 없게 되었다.

장막 같이 퍼붓는 눈 속에서 무슨 일이 벌어지고 있었다. 그러나 그저 움직임만 알아볼 수 있을 뿐, 자세히는 알 수 없었다.

마우스는 다시 탬슨 곁에 쪼그리고 앉았다. 탬슨을 돕고 싶은 마음이, 만지고 싶은 마음이 더욱 더 간절해졌지만 참았다.

"여왕이 달아나려고 해."

탬슨은 비통하게 말했다.

마우스는 눈보라 여왕의 힘을 잘 몰랐으므로 탬슨의 짐작이 맞는지도 알 수 없었다. 여왕은 싸우느라 분명 힘이 약해졌다. 탬슨이 주문으로 거의 제압할 뻔했다. 그러나 완전히 제압하지는 못했다. 여왕이 정말 자신의 적에게 치명적인 타격을 가하지도 않은 채 달아나려는 걸까?

모르겠어? 벌써 했잖아! 마우스의 마음속 목소리가 속삭였다. 마우스는 그제야 비로소 탬슨이 죽으리라는 사실을 깨달았다.

탬슨은 입가에 고통에 찬 미소를 띠었다. 마우스가 무슨 생각을 하는지 알아차린 게 분명했다.

"몸이 점점 얼어가고 있어. 옷 밑으로. 참을 수가 없었어. 아버지잖아. 작별 인사라도 해야 했어."

마우스는 눈물을 흘리며 탬슨을 바라보았다. 눈물은 턱에 닿기도 전에 뺨에서 얼어붙었다. 아! 탬슨을 안을 수만 있다면! 하지만 그러면 마우스도 얼음 마법에 걸릴 것이었다. 아주 잠깐 마우스는 아무래도 상관없다고 생각했다. 그러나 잠깐이었다.

마우스는 정신을 차리고 뻣뻣한 동작으로 뺨의 눈물을 닦았다.

"시간을 끌어."

탬슨이 외쳤다.

"네?"

"여왕을 붙잡아 봐. 잠깐 동안만……."

마우스는 오래 생각하지 않고 벌떡 일어났다. 그러고는 얼음이 된 스펠웰 마법사 곁을 지나 날뛰는 눈 장막 속으로 뛰어들었다. 장막에 가려 눈보라 여왕도, 테라스도, 상트페테르부르크의 겨울 풍경도 보이지 않았다. 세상이 거기서 끝나는 것 같았다. 아무것도 구별할 수 없었다.

마우스는 휘날리는 눈보라 속을 눈 먼 사람처럼 위태롭게 더듬어 방금 여왕이 누워 있던 자리를 지났다. 거기서는 눈송이가 바닥에 닿기도 전에 무언가에 빨려가듯 테라스 끝으로 날려가, 그곳에서 높이 쌓였다.

마우스는 처음에 그것이 단순한 얼음산인 줄 알았다. 난간 너머의 낭떠러지를 다 가릴 만큼 거대한 언덕이 생긴 줄 알았다. 그러나 그것은 다리의 한 쪽 끝이었다.

얼음과 눈으로 대충 만든 울퉁불퉁한 무지개다리가 테라스 가장자리에서 시작해 폭설 속으로 나 있었다. 그 다리가 어디로 가는지 마우스는 알 수 없었지만 북쪽으로 가는 것만은 분명했다.

눈보라 여왕은 마우스 바로 앞 몇 미터 떨어지지 않은 곳에 있었다. 흰 드레스에 밝은 머리칼 그리고 창백한 피부 때문에 마우스는 여왕을 못 보고 지나칠 뻔했다. 그러나 마우스는 얼음무지개의 경사면 위로 낑낑대며 오르는 구부정한 여왕의 모습을 알아보았다. 어찌나 힘겹게 오르는지 불쌍하다는 생각이 들 지경이었다. 여왕은 마우스를 등지고 있었다. 북풍에 머리칼이 여러 가닥으로 날려, 마치 하얀 메두사 머리 같았다.

"잠시만요!"

마우스가 생각에서 깨어나 이렇게 외쳤다.

눈보라 여왕은 잠시 머뭇거렸으나 뒤도 돌아보지 않고 계속 올라갔다.

"되돌려 놔요!"

마우스의 입에서 이런 말이 저절로 튀어 나왔다. 너무도 유치하고 가망 없는 요구였다.

"되돌릴 수 있잖아요! 탬슨에게 건 얼음 마법을 풀어 줘요!"

그러자 여왕이 멈춰 섰다. 날뛰는 눈 폭풍 속에 격노한 모습이었다. 폭풍의 중심에서 눈송이들이 매우 서서히 떨어져 나가, 보이지 않는 다리의 반대 쪽 끝으로 가서 붙었다. 얼음 무지개는 도시의 지붕들 위로 점점 더 높이 올라갔다. 언젠가는 도시를 벗어날 것 같았다. 심지어 바로 북극에 닿을 것 같았다.

"내가 왜?"

여왕이 물었다. 폭풍에 목소리가 일그러졌지만, 소용돌이치는 눈보라 속에서도 비열한 미소를 짓고 있는 모습이 보였다. 그 미소는 마법의 결투로 지친 여왕에게 한 자락 남아있던 아름다움마저 싹 쓸어버렸다.

"제가 여왕님께 심장의 고드름을 갖다 드렸으니까요!"

마우스는 이렇게 대답하면서도 그 논리가 종잇장만큼이나 얄팍하다는 사실을 잘 알고 있었다. 여왕이 그 종잇장을 짝짝 찢었다.

"그래서 약속한 대로 에를렌에게 가죽을 돌려주었어."

그 말에는 반박의 여지가 없었다. 눈보라 여왕은 협상에서 자신의 몫을 다 했다.

탬슨이 여왕을 붙잡으라고 했다. 잠깐이면 된다고. 그런데 왜 붙잡으려는 거지?

"하지만 에를렌은 여전히 여왕님을 따를 거예요. 안 그래요?"

동화 속에나 나올 법한 얼음 다리 끝에서 마우스는 눈

보라 여왕을 올려다보아야 했다.

"여왕님이 에를렌을 불렀으니 에를렌도 함께 갈 거예요."

"그럴 지도 모르지."

"그건 공평하지 못해요."

잠시 폭군 여왕이 마우스의 반박에 대해 진지하게 생각하는 듯했다.

"나는 에를렌을 오래전에 잡아서 하인으로 삼았어. 그러나 지금 그가 내 말을 듣는다면 그건 자기가 하고 싶어서 하는 거야. 이제 나는 그를 부릴 힘이 없어."

"에를렌은 여왕님을 두려워해요."

"너도 그래야 할걸?"

핼쑥해진 여왕의 얼굴을 둘러싸고 머리칼이 펄럭이며 혀처럼 날름거렸다. 마우스의 눈앞에 벙어리 소년이 떠올랐다. 그의 커다란 갈색 눈이 보였다. 그리고 가죽을 되찾은 뒤 순록으로 되돌아간 모습도 보였다.

눈보라 여왕은 대화가 싫증나 몸을 돌렸다. 여전히 구부정했지만 이제 눈에 띄게 기운을 차린 모습으로 다리를 밟았다. 여왕은 곧 다시 눈 폭풍 속으로 사라질 것이다. 이번에는 영원히. 벌써 얼음다리의 끝이 움직이기 시작했다. 맨 밑에서부터 눈덩이가 풀려 앞으로 물결쳐 나가더니 반대쪽 끝에 가 붙었다. 이런 마법의 다리는 처음과 끝을 단단한 땅에 붙이고 있을 필요가 없었다. 허공에 붕 뜬 채 한 쪽 끝이 떨어져 나와 다른 쪽 끝에 가 붙었다.

마우스는 갑자기 자기 옆에 누군가 와 있는 느낌이 들었다. 오른쪽을 보니 눈 폭풍의 끝자락에서 어떤 형체가 나타났다. 처음에는 탬슨이라고 생각했다. 나부끼는 긴 외투와 펄럭이는 머리칼, 높다란 펠트 모자가 보였다.

그러나 탬슨의 모자는 망가졌다. 마우스가 일곱 문의 마법을 깨면서 망가뜨렸다.

누군가 마우스의 왼쪽 어깨를 건드렸다. 또 한 사람이 있었다. 오른쪽 사람보다 좀 작고 가냘파 보였다. 그러나 차림새는 비슷했다. 단지 색깔만 달랐다. 탬슨처럼 알록달록했다. 그 사람은 마우스의 어깨를 잡고 있던 가느다란 손을 내려놓고, 머리를 가로저어 아무것도 묻지 말라는 표시를 했다.

젊은 아가씨였다. 아니, 소녀라고 하는 편이 옳았다. 기껏해야 열여덟 살 쯤 되어 보였다. 불처럼 빨간 곱슬머리가 펠트 모자 아래로 동글동글 말려 내려와 있었다. 폭풍에도 헝클어지지 않을 것 같았다.

"좀 옆으로 비켜 줄래?"

소녀가 상냥하게 말했다.

마우스는 다시 오른쪽을 보았다. 처음에 나타난 사람이 가까이 와 있었다. 대략 마흔 쯤 된 남자였다. 음울한 얼굴에 호박색의 두 눈동자가 불타고 있었다. 검고 긴 머리칼이 사납게 날렸고 눈썹이 무성했다. 그의 눈빛이 마우스를 스쳐 눈보라 여왕을 찾았다. 여왕은 다리 위에서 멀어져 가고 있었다. 그 남자는 마우스가 소녀의 요청을 들어 줄 틈도 주지 않고 마우스를 잡아 거칠게 뒤로 밀었다.

"뭐예요!"

마우스는 이렇게 외치고는 바로 눈 속에 엉덩방아를 찧었다.

"루퍼스!"

빨간 곱슬머리 소녀가 화 난 소리로 외쳤다.

그 남자는 소녀의 말에 아랑곳하지 않고 얼음산을 기어 오르기 시작했다. 두 사람이 접은 우산을 들고 있다는 사실이 그제야 비로소 마우스 눈에 띄었다. 소녀의 우산은 빨간색과 주황색의 줄무늬였고 남자의 우산은 까마귀처럼 검었다.

"기분 나쁘게 생각하지 마."

소녀가 마우스에게 이렇게 말한 후 유쾌하게 계속 나불거렸다.

"저 사람은 원래 저래. 내가 고양이 눈을 세 개로 만들었을 때 나한테 어떻게 했는지 알아? 지폐를 나비로 변하게 했을 때도 그랬고 또 내 우산이……."

"펠리스!"

그 남자가 뒤도 돌아보지 않고 외쳤다.

"이리 와!"

소녀는 어깨를 으쓱 하고 미안하다는 듯 씩 웃은 후 오빠를 따라 다리 위로 기어올랐다. 소녀의 갸름한 발아래로는 눈이 부드럽고 푸석푸석했다. 곧 풀려 반대쪽 끝으로 날아갈 징조였다.

　루퍼스와 팰리스. 그래서 탬슨이 시간을 끌려고 했구나!
탬슨은 오빠와 막내 동생이 상트페테르부르크로 올 것이
라는 사실을 알고 있었던 게 분명했다. 아니면 단지 그러
기를 바랐거나. 탬슨은 루퍼스 이야기를 할 때 매우 조심
스러웠다. 거의 두려워하는 것 같았다. 탬슨답지 않게.
　그건 그렇고, 탬슨은?
　마우스는 벌떡 일어나려 했지만 발이 미끄러졌다. 겨우
중심을 잡고 우왕좌왕한 끝에 눈구름을 헤치고 나와 폐허
가 된 침실로 돌아왔다.
　탬슨은 조금 전과 똑같이 무릎을 꿇고 앉아 있었다. 얼
음이 옷 밖으로까지 번졌다. 빠지직 하고 얼음이 깨질 때
와 같은 소리를 내며 탬슨이 서서히 머리를 들어 마우스
를 바라보았다. 얼굴이 굳어 있었다.
　"저 사람들이 왜 언니를 돕지 않아요?"
　마우스가 절망적으로 물었다.
　"여왕이 가도록 내버려 둬도 될 텐데."
　"그들은 나를 도울 수 없어."
　"그래도 어떤 방법이……."

얼음무지개의 처음과 끝

“한 가지 있어.”

마우스가 귀를 기울였다.

“제가 어떻게 하면 돼요?”

“아무것도. 나 스스로 해야……”

탬슨이 입술을 거의 움직이지 않고 대답했다.

“뭘요?”

“어쩌면 내가.”

그 말을 끝으로 탬슨의 입술이 얼음으로 변했다.

마우스 등 뒤 눈 속에서 무슨 소리가 났다. 마우스가 돌아보자 날씬한 근육질의 몸뚱이가 방문을 통해 빠르게 걸어 들어왔다. 충직한 갈색 눈 위로 가지 뿔이 잘려나간 그루터기가 보였다.

“에를렌? 어떻게……”

에를렌을 타고 있는 쿠쿠시카는 앉아 있다기보다 누워 있다고 해야 옳았다. 마우스는 처음에 그를 전혀 알아보지 못했다. 이제 보니 그는 마지막 힘을 다해 에를렌에 매달려 있었다. 쿠쿠시카는 갑자기 에를렌 등에서 미끄러져 내렸다. 마우스는 몇 걸음을 옮겨 그에게 다가가 에를렌에서 내리기 편하게 도왔다. 쿠쿠시카는 열에 들떠 눈 속에 쓰러졌다. 그의 시선이 얼음이 된 스펠웰 마법사를 스치고 탬슨을 향했다. 그리고 마우스에게서 멈췄다.

"저 아래 호텔 현관에서 갑자기, 아무것도 없는데 두 사람이 나타나더니 우리 곁을 휙 지나갔어."

에를렌이 항의하듯 코를 씩씩거렸다.

"그래, 좋아."

쿠쿠시카가 말을 고쳤다.

"소녀가 에를렌을 쓰다듬고 있는데 남자가 소녀를 끌고 갔어. 아무튼 그 둘은 계단 위로 뛰어갔고, 우리는 그들을 쫓아왔어. 그 남자가 손짓을 하자 눈덩이가 사라졌어. 그냥 간단히. 그리고는 6층으로 갔어. 그래서 우리도, 우리도 이리로 왔어."

"군인들은 아직 호텔로 들어오지 않았어요?"

쿠쿠시카가 머리를 가로저었다.

"나는 그들의 전술을 알아. 혹시 또 다른 폭탄이 터질지 모르니 일단 기다릴 거야. 폭탄이든, 폭탄이라고 생각하는 것이든."

얼음무지개의 처음과 끝

쿠쿠시카는 깨진 벽과 날아간 지붕 자리를 가리켰다.

"탬슨이."

마우스가 몸을 돌리며 말했다.

"그래. 안 됐어."

쿠쿠시카가 안타까워하며 말했다.

에를렌이 주둥이로 마우스를 툭 쳤다. 마우스는 에를렌의 눈이 가리키는 곳을 보았다. 테라스에는 이제 눈이 그쳤다. 폭설은 칼로 자른 듯 100미터나 떨어진 밖에서만 날뛰고 있었다. 거기서 상트페테르부르크 시의 지붕들 위 높은 곳에 마법의 얼음다리로 눈구름이 몰려들었다. 폭풍에 가려 보이지는 않았지만 얼음다리는 아직도 앞으로 뻗어나가고 있을 터였다. 호텔 건물에 닿았던 부분은 이제 완전히 떨어져 나갔다. 호텔 쪽 끝은 난간에서 약 2미터 떨어진 허공에 붕 떠 있었다. 아직도 눈과 얼음 조각들이 물결이 되어 폭풍 속으로 흘러갔다.

"그 두 사람이 여왕을 쫓아갔지?"

쿠쿠시카가 물었다.

마우스는 얼른 머리를 끄덕이고는 서둘러 탬슨 곁으로

돌아가 눈 쌓인 방바닥에 앉았다. 얼음 마법을 풀기 위해 할 수 있는 일이 아무것도 없었지만, 적어도 마지막 순간까지 탬슨의 곁을 지켜주고 싶었다. 탬슨의 손조차 잡을 수 없었기에 너무도 가슴이 아팠다.

에를렌이 빠르게 마우스에게로 와서 또 코로 툭 쳤다.

"알아. 다리가 멀어지고 있어."

마우스가 탬슨에게서 눈을 떼지 않은 채 훌쩍이면서 말했다.

"나도 봤어."

혹시 순록의 눈이 사람의 눈보다 더 예리한 걸까? 마우스가 놓친 것이 있었나?

마우스는 얼어붙은 눈물을 훔치고 다시 다리를 바라보았다. 얼음다리가 잘려나간 자리와 난간 사이는 더 벌어졌다. 적어도 3미터는 되었다. 그리고 다리 끝은 여전히 풀어지고 있었다. 멀리 얼음다리 위에서 벌어지고 있는 일은 여전히 폭풍에 가려 아무것도 보이지 않았다.

"아무것도 안 보여."

마우스가 나직이 말했다.

얼음무지개의 처음과 끝

에를렌이 흥분해서 발로 눈 속을 팠다. 마우스는 무슨 말인지 알아들었다.

"너도 가려고?"

마우스가 힘없이 에를렌의 목을 쓰다듬었다.

"너는 여전히 여왕의 포로구나. 그렇지? 여왕에게 가겠다고……."

실망과 슬픔이 마우스의 숨통을 조였다.

"그래. 그건 네가 결정할 일이야."

그러나 에를렌은 또 다시 마우스를 툭 치더니 머리를 돌려 자신의 등을 보았다.

"같이 가자고? 너와 함께 다리 위로 달리자고?"

에를렌이 더 빨리 바닥을 팠다. 마우스가 우울하게 머리를 가로저었다.

"내가 저기서 할 수 있는 일은 아무것도 없어. 팰리스와 루퍼스가 여왕을 무찌르는 것을……."

마우스 옆에서 쨍그랑 하고 소름끼치는 소리가 울렸다.

"안 돼!"

마우스가 나지막이 부르짖었다.

탬슨의 얼음 몸뚱이에 금이 가더니 순식간에 몸 전체에 가지를 뻗었다. 얼음 팔 하나가 떨어졌다. 그리고 다리 하나도. 탬슨이 부서졌다. 마치 얼음 알을 뚫고 나온 듯, 그 속에서 하얀 것이, 날개가 달린 형체가 빠져나왔다.

다 자란 흰 독수리였다.

독수리는 쨍그랑 하고 부서진 얼음 조각에서 치솟아 공중에 머물렀다. 독수리만이 할 수 있는 동작이었다. 그러고는 마우스에게로, 그리고 다시 부서진 탬슨의 몸 위로 질주했다. 독수리는 투명한 머리 위에 내려앉았다. 발톱 아래서 얼음이 부서져 나갔다. 독수리는 우아하게 펄쩍 뛰어 눈 속에 빠진 마우스의 무릎 바로 앞에 앉았다.

"탬슨?"

마우스가 메마른 목소리로 물었다.

흰 독수리는 높고 날카로운 울음을 내뱉었다. 그러고는 마우스의 눈을 뚫을 듯 쳐다보았다.

마우스 주위의 모든 것이 빙빙 돌았다. 마우스는 조심스럽게 한 손을 뻗어 떨리는 집게손가락으로 독수리의 가슴을 쓰다듬었다. 독수리는 기꺼이 마우스가 그러도록 내버려두었다.

"탬슨⋯⋯."

탬슨은 마우스에게 독수리의 모습으로 눈보라 여왕의 성으로 날아가 여왕의 심장 고드름을 훔쳤다는 이야기를 했었다. 이제 정신과 마력마저 얼어버리기 전에 그 모습으로 되돌아간 것이다. 그런데 다시 사람으로 돌아올 수 있을까? 아니면 영원히 독수리의 몸에 갇히고 만 것일까?

에를렌이 마우스를 좀 세게 툭 쳤다. 거의 화를 내는 듯했다. 마치 짐승으로 사는 게 어때서? 하고 말하려는 것 같았다. 그러고는 옆구리를 마우스 쪽으로 돌렸다. 등에 오르라는 몸짓이었다.

흰 독수리는 작은 동그라미를 그리며 날아올랐다. 그 힘찬 날개 짓이 마우스의 얼굴에 얼음 바람을 날렸다. 독수리도 다리를 향해 날아갔다. 다리는 눈에 덮인 테라스 난간에서 점점 더 멀어지고 있었다. 독수리는 지그재그를 한 번 그리더니 마우스와 에를렌의 머리 위에서 빙빙 돌았다.

"얼른 타."

쿠쿠시카가 말했다.

마우스는 어쩔 줄 몰라 쿠쿠시카를 쳐다보았다.

"하지만 저는…… 저는 여기 사람이에요. 오로라 호텔 사람. 그리고 저는……."

마우스는 입을 다물었다. 시간이 없었다. 테라스와 다리 사이는 곧 에를렌이 뛰어도 닿지 못할 만큼 벌어질 것이다.

쿠쿠시카는 아픔을 참으며 미소를 지었다.

"오로라 호텔은 오랜 세월 동안 너를 가두었어, 마우스. 하지만 이제 너는 할 수 있어. 가. 어서."

"그럼 아저씨는요?"

"벌써 잊었어? 나는 비밀경찰이야."

그의 미소는 이제 좀 억지스러워 보였다.

"내가 뭐라고 둘러댈게. 경찰은 내 말을 믿을 거야. 걱정 마."

마우스는 쿠쿠시카에게 달려들어 그를 꼭 껴안았다. 그리고 키스를 했다.

"고마워요, 쿠쿠. 저에게 해 주신 모든 일에 대해."

쿠쿠시카가 머리를 가로저었다.

얼음무지개의 처음과 끝

“내가 고마워.”

마우스는 훌쩍이면서 동시에 웃었다.

“무릎을 다치게 해서요?”

“아니. 뭐랄까…… 교훈을 얻게 해 줘서.”

쿠쿠시카는 마우스의 짧고 뻣뻣한 머리칼을 쓰다듬었다. 그러고는 등을 가볍게 때렸다.

“자, 출발. 서둘러!”

마우스는 무거운 마음으로 일어서서 에를렌의 등에 올랐다. 에를렌은 발로 바닥을 파고 코로 숨을 씩씩 뿜은 후 달리기 시작했다. 낭떠러지를 향해 똑바로.

“안녕, 쿠쿠!”

마우스는 돌아보며 외쳤다.

쿠쿠시카가 손을 흔들며 대꾸했지만 들리지 않았다. 머리 위에서 흰 독수리가 북쪽을 향해 날았다.

에를렌은 펄쩍 뛰었다. 난간을 넘어 하늘로 뛰어 올랐다.

얼음무지개 위의 결투

    얼음다리의 끝이 점점 더 가까이 다가왔다. 호텔 건물에 붙었다 떨어진 면이 곧 부서지려 했다. 얼음이 한 켜, 한 켜 빠르게 눈으로 변해 앞으로 날아갔다.

    에를렌의 앞다리가 다리에 닿았다. 얼음의 결정들이 치솟아 올랐다. 뒷다리도 닿았다. 에를렌은 멈추지 않고 짙은 눈 폭풍 속으로 달려 들어갔다. 머리 위에서 까악 하고 흰 독수리의 울음소리가 눈에 덮인 하늘을 뚫었다.

    마우스는 얼음다리 양 옆으로 난 낭떠러지를 알아보았다. 짙은 눈보라 때문에 잿빛으로 흐릿하게만 보였다. 네브스키 광장 북쪽에 있는 상트미하일 궁전의 탑이 지붕들만 보였다. 마우스는 그 모든 광경이 실제처럼 보이지 않았다. 벽지에 그린 그림 같았다. 지금 에를렌이 미끄러지더라도 낭떠러지 아래로 떨어지지 않고 벽에 부딪칠 것 같았다. 그 곳에서는 이성적으로 한 생각이 모두 허황된 생각으로 변해버리고, 거기서 눈에 보이는 세상은 속임수로 드러날 것만 같았다.

흰 독수리가 더 크게 울었다. 얼음 조각들이 마우스의 얼굴을 때렸다. 사방에서 끊임없이 눈송이가 몰려와 얼음 다리 앞쪽 끝으로 가서 붙었다. 다리는 북쪽을 향해 점점 더 멀리 뻗어나갔다.

마우스는 너무도 추웠다. 하필 지금 감기에 걸렸다는 사실을 깨달았다. 코가 막혔고 재채기가 났다. 뜨거운 녹차 한 잔이 너무도 그리웠다.

마우스는 눈 폭풍 속에서 사람의 형체를 보았다. 누가 팰리스이고 누가 루퍼스인지, 그리고 누가 눈보라 여왕인지 구별이 되지 않았다. 에를렌은 더 빨리 달렸다. 그러나 세 사람을 따라잡는 데는 너무도 오랜 시간이 걸렸다. 세 사람까지의 거리가, 아니 어쩌면 시간까지도 제멋대로인 것 같았다. 아무튼 마구 얽힌 채 돌아가고 있는 듯했다.

아래로는 지붕으로 덮인 도시를 은회색의 네바강이 가로질렀다. 마우스는 마가레테 섬의 페트로파블롭스키 대성당을 얼른 알아보았다. 오로라 호텔의 3층에 걸려 있던 동판화에서 본 그대로였다. 그 너머로 길이 네모반듯하게 난 페트로그라드의 뾰족지붕 마을이 보였다. 그리고 도시의 변두리가 이어졌다. 눈보라가 더 심하게 날뛰기 시작했다. 다리 아래로 더는 아무것도 보이지 않았다. 주위는 온통 흰색 뿐. 마우스는 눈이 멀 지경이었다. 땅에서 보면 미완성의 얼음무지개가 두터운 눈구름으로 보일 것이다.

눈에 보이지 않는 파도가 마우스의 얼굴을 강타했다. 마우스는 비명을 지르며 에를렌의 등에서 중심을 잃고 두 팔을 허우적거렸다. 그러고는 에를렌의 엉덩이 아래로 미끄러져 눈 속에서 두 번, 세 번 구른 끝에 배를 깔고 쓰러졌다. 개미의 독처럼 추위가 뺨으로 파고들었다. 마우스는 일어나려고 했으나 그때마다 미끄러졌다. 마침내 일어섰다. 왼쪽 팔꿈치가 아팠다. 다른 데도 몇 군데 부딪쳤다.

에를렌은 마우스를 버려둔 채 한참 지나간 다음에야 멈

쳐 섰다. 커다랗게 뜬 눈으로 마우스를 돌아보고는 다시 앞을 향했다. 세 마술사는 다시 눈 속으로 사라졌다.

흰 독수리가 까악 하고 외쳐 울었다. 그러더니 여러 목소리가 한 데 섞여 울렸다. 마우스는 그 가운데 펠리스의 목소리만 알아들었다. 또다시 끔찍한 비명이 고막을 찔렀다. 마우스는 그 목소리를 알았다. 눈보라 여왕이 지르는 소리였다.

에를렌이 잠시 앞다리를 높이 들고 서 있더니 앞으로 내달렸다. 이제 그도 눈보라 속에서 벌어지는 소동에 합류했다. 독수리는 어디에도 보이지 않았다. 그러나 흥분한 울음소리는 끊이지 않았다.

퍼붓는 폭설에 우박이 섞였다. 달걀만 한 우박이 마우스의 어깨에 떨어졌다. 가까이에 또 하나가 떨어져 얼음 다리에 머리만 한 웅덩이가 파였다. 지금은 제자리에 서 있으나 뛰어가나 마찬가지였다. 어디에도 몸을 피할 만한 곳은 없었다. 에를렌을 다시 따라잡는 일도 어렵기는 마찬가지였다.

발아래로 다리 바닥의 파동이 거세지고 눈 물결의 흐름

도 더 빨라졌다. 마우스는 에를렌을 찾아 나섰다. 뒤로는 얼음다리의 절벽이 쉬지 않고 깎여 내려갔다. 마우스는 뒤를 돌아보았다. 장막 같은 눈보라 속에서도 낭떠러지가 보였다. 낭떠러지는 무서운 속도로 마우스를 덮칠 듯 다가왔다.

마우스는 더 빨리 달렸지만 앞으로 나아갈 수 없었다. 발아래 얼음 바닥은 점점 더 미끄러워졌다. 그래도 미끄러지지는 않았다. 그러나 바닥이 거센 파도를 일으키며 부풀어 올라 마우스는 결국 균형을 잃고 말았다.

"탬슨! 에를렌!"

마우스는 외쳤다.

둘 가운데 누구도 보이지 않았다. 온통 눈이 멀도록 밝은 흰 벽뿐이었다. 마우스는 당황했다. 뒤를 돌아보았다. 어느새 다가온 잿빛 낭떠러지가 마우스의 발을 탐욕스럽게 핥았다.

마우스는 더는 서 있을 수 없었다. 바닥은 너무 물렀고 눈 파도는 너무나 심하게 요동쳤다. 얼음다리가 제자리에서 흔들리는 것 같았다. 마우스는 눈 속에 얼굴을 박고 넘어졌다. 쓰러진 몸뚱이 아래로 눈 물결이 출렁이며 뱀처럼 꿈틀거렸다. 물결을 타고 발과 엉덩이와 가슴과 머리가 차례로 들썩이기를 거듭했다. 마우스는 손가락으로 눈 속을 할퀴었으나 잡고 지탱할 만한 것은 아무것도 없었다. 무릎 아래로는 물결의 느낌이 없었다. 종아리가 얼음다리의 절벽 모서리에 걸쳐 있었기 때문이었다. 넘어져서 뒤로 미끄진 후 어느새 경사면까지 와 있었던 것이다. 얼음다리 아래로 발이 떨어졌다. 그리고 다리가, 그 다음에는 몸 전체가 떨어졌다.

까악 하는 독수리 울음소리가 고막을 찢을 듯 날카롭게 울렸다. 칼날 같은 발톱이 마우스의 제복 재킷과 두꺼운 스웨터를 한꺼번에 움켜쥐었다. 피부가 긁혔다. 마우스는 자신의 몸이 공중으로 내던져지는 것을 느꼈다. 그리고는 다시 단단한 바닥에 떨어졌다. 아프지는 않았다. 마우스는 자신이 떨어진 곳이 얼음다리의 바닥이 아니라 순록의 등이었다는 사실을 잠시 후에야 깨달았다. 여왕이 질러대는 소리에도 불구하고 에를렌은 마우스를 구하려고 되돌아왔던 것이다. 머리 위에서 흰 독수리가 휙 날아가는 모습이 보였다. 독수리는 번개와도 같이 눈의 장막 속으로 다시 사라졌다.

"고마워!"

마우스는 에를렌의 귀에 대고 속삭였다. 에를렌은 곧바로 독수리를 뒤쫓아 달리기 시작했다.

곧 이어 눈앞에 세 사람의 모습이 보였다. 둘은 바닥에 쓰러져 있었고 하나는 무릎을 꿇고 있었다. 눈 위에 점점이 짙은 얼룩이 보였다. 무시무시한 손톱에 찢긴 듯, 검은 외투가 갈기갈기 조각나 흩어져 있었다. 나무 막대와 굽은 살만 남은 앙상한 우산도 보였다. 또 하나의 우산은 뾰족한 끝이 눈 속에 꽂힌 채, 분을 참지 못하고 주둥이로 허공만 덥석 덥석 물었다. 그리고 두 개의 펠트 모자가 보였다. 하나는 검었고 부분적으로 그을려 있었다. 다른 하나는 주황색이었다. 겉은 멀쩡했지만 주인이 있는 곳에서 몇 미터나 떨어져 있었다.

루퍼스와 펠리스가 눈 속에 쓰러져 있었다. 두 남매는 아직 살아 있었지만 눈에 띄게 타격을 입은 상태였다. 루퍼스는 일어나려 했으나 팔꿈치가 주저앉았다. 루퍼스는 소리를 지르며 다시 쓰러졌다. 팰리스는 조용히 신음했다. 오른팔이 이상한 모양으로 옆으로 뻗어 있었다. 아마도 부러진 것 같았다. 그녀의 눈은 적을 향해 분노로 이글거렸다.

눈 속에 무릎을 꿇고 있는 사람은 눈보라 여왕이었다. 머리는 앞으로 숙인 채 숨을 헐떡였다. 드레스는 여기저기 찢어졌고, 그 아래로 우유 빛 얼음피부가 드러났다. 팔과 등에 난 상처에서는 피가 나야 하건만, 물 같은 것이 반짝거리더니 곧 얼어버렸다.

에를렌은 속도를 줄이고 여왕 가까이에서 제자리걸음을 했다. 여왕이 눈을 치켜뜨더니 순록을 향해 머리를 돌렸다. 마우스는 에를렌 목 뒤에 숨고 싶은 충동을 억눌렀다. 입술을 꼭 다물고 여왕의 시선에 맞섰다. 여왕은 미소를 지었다. 이번에는 아까처럼 못되어 보이지 않았다. 오히려 부드럽고 상냥해 보였다. 지친 얼굴에는 과거의 아름다움도 한 자락 돌아와 있었다.

"에를렌."

여왕이 떨리는 손을 뻗으며 속삭였다.

“가자. 나를 집으로 데려가 줘. 북극으로.”

“안 돼.”

팰리스가 쉰 목소리로 끙끙거렸다. 그녀는 일어서려 했지만 곧 다시 바닥에 쓰러졌다. 빨간 곱슬머리가 눈 속에서 피같이 보였다.

에를렌은 망설였다. 발을 동동 굴렀다. 코를 씩씩거리며 혼란스러운 숨을 내쉬었다.

“이리 와.”

여왕이 에를렌에게 손짓했다. 그녀의 손은 좀 전보다 더 세게 떨렸다. 결국 팔을 내려놓고 말았다. 손가락이 반짝이는 눈과 함께 녹는 것 같았다.

“가지 마.”

마우스가 에를렌에게 속삭였다.

“너는 여왕의 말을 듣지 않아도 돼. 이제 여왕은 네 주인이 아니야.”

“아니라고?”

여왕이 올려다보았다. 표정이 굳었다.

“그럼 누구야? 너야? 어린애가?”

"에를렌은 누구의 말도 들을 필요 없어요."

마우스는 여왕이 여전히 두려웠지만 힘주어 대꾸했다. 폭군이 힘을 잃은 채 궁지에 몰렸으니 최후의 발악을 할지도 몰랐다.

"에를렌에게는 누구의 편에 설지 스스로 결정할 권리가 있어요."

"결정한 다음에는 너처럼 멋대로 바꾸고?"

마우스는 줄곧 스스로 옳다고 여겨지는 대로 해 왔다. 그러므로 조금도 부끄럽지 않았다.

"에를렌은 스스로 결정해야 해요."

마우스는 이렇게 말하고 에를렌의 등에서 미끄러져 내려왔다. 마우스는 에를렌을 쓰다듬고 옆구리에 입 맞춘 후 한 발 물러섰다.

"여왕에게 가고 싶으면 가."

마우스가 말했다.

"여왕이 다시 예전처럼 무섭고 막강해지도록 북극으로 데려가고 싶다면 그렇게 해."

에를렌은 더욱 당황해서 발을 구르더니 가만히 멈춰 섰

다. 벌름거리는 콧구멍으로 다시 한 번 숨을 씩씩거리고
는 이내 잠잠해졌다. 그의 시선이 마우스를 찾았다. 그러
고는 바닥을 훑었다. 팰리스의 펠트 모자를 지나 마침내
눈보라 여왕에게 가 멈췄다. 그를 바라보는 여왕의 눈빛
에 실팍한 희망이 감돌았다.

에를렌은 매우 천천히, 심사숙고하며 걸었다.

마우스는 아래 입술을 깨물고 침묵했다. 루퍼스가 조용
히 신음했다. 팰리스가 다시 한 번 일어서려고 했지만 또
쓰러지고 말았다. 눈보라 여왕의 입가에 미소가 살아났
다. 까악! 독수리 울음소리가 눈 폭풍을 뚫었다.

마우스 등 뒤에서 우르르 쏴아 하는 소리가 울렸다. 얼
음다리의 끝이 밀려 왔다. 여전히 뒤에서 눈이 밀려와 앞
으로 날아가고 있었다. 머지않아 모두 다 낭떠러지 아래
로 떨어질 위급한 상황이었다.

에를렌은 걸어가며 머리를 뒤로 돌렸다. 순록이 그런
동작을 하니 이상해 보였다. 그의 시선이 자신의 옆구리
를 지나 마우스에게 향했다. 에를렌의 눈에 하얀 겨울하
늘이 비쳤다. 그는 다시 앞을 향해 눈보라 여왕을 보았다.

여왕은 또 다시 에를렌에게 손을 뻗고 있었다.

"에를렌. 내게로 와."

여왕이 거친 목소리로 말했다.

마우스는 어깨를 축 늘어뜨린 채 한 걸음 떨어져 에를렌을 따랐다. 뒤에서는 얼음다리의 절벽이 점점 더 가까이 다가오고 있었지만 마우스는 뛰지 않고 차분히 걸었다.

에를렌이 마우스와 여왕 사이에 서자 마우스는 눈 위에 떨어진 팰리스의 펠트 모자를 쳐다보았다. 모자 속의 그림자가 지나치게 어두워 보였다. 어쩐지 살아 있는 것 같았다. 일곱 개의 문을 지나기 위해 탬슨의 모자에 손을 넣을 때 받은 느낌과 너무도 똑같았다.

"이리 와. 착하지?"

여왕이 이렇게 말하는 소리가 들렸다.

에를렌은 또 한 번 망설이는 듯 잠시 서 있었다. 그의 몸에 가려 마우스는 여왕의 눈이 보이지 않았다. 에를렌은 다시 한 번 마우스를 돌아보았다. 마우스는 그의 뜻을 알아차렸다.

마우스는 머뭇거리지 않고 펠트 모자를 집어 들었다. 모자 안쪽이 너무 어두워 한없이 깊어 보였고, 마우스를 덥석 물 것 같았다. 얼음에 꽂힌 우산은 날카로운 이가 돋친 아가리로 지칠 줄 모르고 허공을 덥석 덥석 물어댔다. 마우스는 모자의 챙을 두 손으로 잡고 안쪽이 아래로 향하도록 돌렸다. 그리고 앞으로 갔다.

에를렌이 다시 움직였다. 여왕에게 다가갔다. 곧 그녀 곁에 도달할 순간이었다.

마우스는 에를렌을 따라갔다. 그와의 간격을 좁혔다.

여왕 저 편에서 팰리스가 힘겹게 신음했다. 팰리스는 눈 위에 쓰러져 움직이지 않았다. 손가락 하나 달싹하지 않았다. 루퍼스는 머리를 들고 남은 힘을 다해 일어서려 했으나 또 다시 쓰러지고 말았다.

마우스 뒤에서는 얼음 절벽이 다가오고 있었다. 스르륵, 쿵! 쾅! 발아래로는 얼음바닥이 물결치며 앞으로 밀려갔다. 절벽이 가까이 다가오면 올수록 얼음다리도 더욱 거세게 움직였다.

"옳지!"

여왕이 에를렌에게 말했다. 에를렌이 멈춰 섰다. 여왕 바로 앞이었다.

마우스가 성큼 성큼 뛰었다. 네, 다섯 걸음 만에 에를렌을 끼고 돌았다.

눈보라 여왕이 마우스를 보았다. 손에 들고 있는 펠트 모자에 시선이 꽂혔다. 여왕의 입이 벌어졌다. 그 순간 독수리가 하늘에서 내리꽂히듯 날아왔다. 탬슨의 발톱이 흰 머리칼을 움켜쥐었다. 여왕이 비명을 지르고 독수리도 새된 소리로 울었다. 여왕은 두 손을 머리 위로 휘둘러 자신의 머리칼을 잡아 챈 새를 떨어내려 했다.

그러는 동안 팰리스는 꼼짝 않고 누워 있었다. 입술만 움직였다. 마우스가 신음이라고 생각했던 소리가 사실은 수수께끼 같은 음절이 이어진 주문이었다.

마우스는 여왕 주위를 빙 돌았다. 독수리는 날갯짓을 하느라 하마터면 여왕을 놓칠 뻔했다. 에를렌이 옆으로 껑충 뛰었다.

마우스는 이제 여왕 바로 뒤에 섰다. 팔만 뻗으면 닿을 거리였다. 헝클어진 머리칼이 어지럽게 휘날리는 가운데

독수리가 날뛰고 있었다. 잠시 여왕은 시야에서 마우스를
놓쳤다.

독수리는 소름끼치도록 새된 소리를 내지르고는 돌연
여왕에게서 떨어져 하늘로 날아올랐다.

여왕이 헉헉거리며 이리저리 헤맸다. 자신의 주의를 딴
데로 돌리려는 적들의 작전을 눈치 챘다. 그러나 마우스
가 더 빨랐다. 들고 있던 펠트 모자를 뒤로 뺐다. 그리고
있는 힘을 다해 여왕의 머리에 눌러 씌웠다.

✦

일이 너무도 빨리 끝나 마우스는 실감이 나지 않았다.
한눈을 팔았더라면 마지막 장면을 놓쳤을 것이다.

마우스는 있는 힘껏 펠트 모자를 눌렀다. 모자의 챙이
눈보라 여왕의 눈을 지나 날씬하고 예쁜 코로 내려왔다.

팰리스는 목소리를 높였다. 우물거리는 주문 소리가 바
람에 끊겼다.

눈보라 여왕이 입을 벌렸지만 소리를 지를 겨를도 없었

다. 모자는 순식간에 내려와 여왕의 머리를 힘차게 틀어
잡고 어깨를 빨아들인 다음 상체와 엉덩이를 차례로 삼켰
다. 마침내 여왕의 길고 하얀 다리까지 잡아먹었다.

펠트 모자는 눈 위에 내려앉았다. 약간 구겨지기는 했
지만 평범한 모자와 다를 바 없었다. 별로 세련되지 않은
모양의 주황색 모자일 뿐이었다.

눈보라 여왕이 사라졌다.

팰리스는 입을 다물었다. 루퍼스가 눈 속을 기어 팰리
스에게 다가갔다. 두 손으로 동생의 머리를 들어 자신의
무릎 위에 내려놓으며 다정하게 이름을 불렀다. 독수리가
하늘에서 내려와 날개를 펼친 채 남매 곁에 앉았다. 그러
고는 주둥이로 팰리스를 콕콕 두드렸다.

마우스는 넋이 나간 듯 멍하니 서있었다. 차갑고 축축
한 것이 뺨에 와 닿았다. 에를렌의 코였다.

"다 끝난 거야?"

마우스가 물었다.

얼음다리에 충격이 휩쓸고 지나갔다. 그들을 둘러싸고
날뛰던 눈보라가 잠잠해졌다. 마치 구름 속에서 밖으로

나온 듯 시야가 밝아졌다.

그랬다. 땅바닥이 가까워지고 있었다. 그들은 서서히 아래로 내려가고 있었다.

얼음무지개가 무너졌다.

⚜

처음에는 그런 것 같았다. 다리가 무너지는 줄 알았다.

그러나 마우스는 그렇지 않다는 사실을 곧 알아차렸다. 다리가 정말로 아무런 방해도 받지 않고 무너졌다면 그들은 이미 다리 밖으로 날아갔을 것이다. 조각난 얼음무지개는 결코 수평을 유지한 채 떨어지지는 않았을 것이고, 추락하는 속도도 훨씬 더 빨랐을 것이다.

마우스 뒤에서 얼음다리의 끝이 슥슥 다가왔다. 마우스는 즉각 에를렌의 가죽을 잡아 세 마술사를 향해 밀었다. 팰리스가 움직이며 신음을 했지만 마우스는 오래 쳐다볼 시간이 없었다. 그녀의 시선은 최면에 걸린 듯 발아래 펼쳐지는 경치에 이끌렸다. 하얗게 눈 덮인 툰드라(일년 내내 얼음이 녹지 않는 북극 지방의 땅-옮긴이)의 벌판이 드넓게 펼쳐져 있었다.

루퍼스가 갑자기 말을 하기 시작했다. 알아들을 수 없는 소리로 밋밋하게 흥얼흥얼거렸다. 그는 눈을 내리 깐 채 손으로 팰리스의 눈을 가렸다. 독수리가 소리를 지르고 날개를 퍼덕이며 흥분했다. 팰리스가 입을 열고 자신의 모국어로 뭐라고 물었다.

루퍼스가 머리를 끄덕였다. 그러고는 독수리에게 뭐라고 말한 뒤 마우스를 한 번 더 건너다보았다. 이번에는 슬퍼 보였다. 조금도 음침해 보이거나 두려움을 불러 일으키는 얼굴이 아니었다.

루퍼스가 한 마디 말했다. 그리고 그와 팰리스가 동시에 서로 떨어졌다. 이상한 현상들이 연이어 펼쳐졌다. 색색의 비가 내리더니 입김 같아 보이는 구름 두 개가 나타났다. 아래에서 위로 바람이 불어 입김 구름을 하늘로 날렸다. 두 남매는 순식간에 사라졌다. 호텔 현관에서 나타났을 때와 같이.

가라앉는 얼음무지개 위에는 마우스와 순록과 흰 독수

리만이 남았다.

"어디로 간 거야?"

마우스가 물었다. 그리고 대답도 짐작했다. 루퍼스가 힘이 빠진 팰리스를 안전한 곳으로 데려갔을 것이다. 아마도 집으로.

"우린 어떡해?"

마우스가 속삭였다.

그들은 하얀 경치 속으로 빨려들 것 같았다. 세상이 온통 하얗다. 마우스의 발아래에서 끔찍한 충격이 전해져 왔다. 처음에는 무엇이 부딪친 줄 알았는데, 알고 보니 독수리가 마지막 순간에 마우스의 발을 잡아 다리 바닥에서 들어올린 것이었다. 에를렌이 마우스 옆으로, 아래로 비켜섰다. 그러고는 다리에서 뛰어내렸다. 잠시 비틀거렸으나 흰 눈 위에 안전하게 내려섰다.

그 순간 마지막 남은 얼음무지개가 땅바닥에 떨어졌다. 다리를 공중에서 붙들고 있던 마법이 아직 남아 있던 덕분에 다리는 그다지 세게 부딪치지 않았다. 그럼에도 불구하고 떨어진 다리는 크게 진동하며 부서졌다. 얼음다리는 가루가 되어 땅에 내린 눈 위에 쌓였다.

독수리는 발을 벌려 잡고 있던 마우스를 내려놓았다. 마우스는 어지러웠다. 균형을 잃고 넘어져 눈 위에 쓰러졌다. 잠시 후 일어섰지만 여전히 어리둥절했다. 혹시 내 몸이 가루가 된 것은 아닐까? 마법에 걸리지는 않았을까? 아니면 죽었거나 그 비슷한 상태가 된 것은 아닐까?

머리 위로 새파랗게 맑은 겨울 하늘이 걸렸다. 어디에도 구름은 보이지 않았다. 사방으로 눈에 덮인 평지가 멀리 뻗어 있었고, 곳곳에 앙상한 나뭇가지가 망을 보듯 삐죽이 나와 있었다.

에를렌이 빠르게 다가왔다. 아직 다리가 좀 후들거렸다. 코로 마우스의 어깨를 치며 머리를 움직여 자기 등을 가리켰다. 마우스는 하자는 대로 하려 했지만 그녀의 시선은 얼음다리의 잔해 속에 보이는 주황색 물건에 가 닿았다.

"잠깐만."

마우스는 떨리는 목소리로 말하고 눈밭을 성큼성큼 걸어갔다. 그리고 얼음 속에서 찌부러진 펠트 모자를 끄집어냈다. 안쪽은 이제 더는 검지 않았다. 그런데도 그 속에 손을 넣을 용기는 나지 않았다.

마우스는 탬슨을 찾았다. 탬슨은 독수리의 모습으로 마우스 곁 눈밭에 앉아 있었다.

"일곱 문의 마법이었죠? 팰리스가 그 주문을 외운 거죠?"

독수리가 까악했다.

마우스는 눈보라 여왕이 했던 말을 떠올렸다. 자신은 오로지 얼음으로 되어 있어, 일곱 문 가운데 첫 문을 지나면 완전히 녹아버릴 것이라고 말했었다.

"그럼 여왕이 죽었어요?"

독수리는 머리를 떨어뜨렸다. 사람과도 같은 동작이었다. 마우스는 그 동작이 '그렇다'는 뜻이기를 바랐다.

마우스는 펠트 모자를 내려놓고 에를렌을 향했다. 마지막 남은 힘을 다해 순록 등에 올라탔다. 뒤에서 독수리가 날개를 퍼덕이는 소리가 들렸다. 독수리는 날개를 펼치고 모자 쪽으로 날아갔다. 그리고는 날카로운 발톱으로 모자를 갈기갈기 찢었다. 아마도 모자 속에서 아무것도 되돌더라도 호텔 밖으로 한 발짝도 못나가던 사람이 지금은 드넓은 벌판을 바라보며 기대에 부풀어 있었다.

"어디든 따뜻한 곳으로 가자. 응?"

마우스가 에를렌의 귀에 대고 속삭였다.

에를렌은 냄새를 맡는 듯이 머리를 들었다. 흰 독수리가 하늘에서 새된 소리를 지르고 앞서 날았다.

에를렌이 움직였다. 서서히 달리기 시작했다. 마우스는 두 손으로 에를렌의 가죽을 꼭 잡은 채 눈앞에 펼쳐지는 환한 경치를 즐겼다. 끝없는 세상을. 새로 얻은 자유를.

독수리는 수정같이 맑은 파란 하늘을 가르며 바람을 타고 기분 좋게 울었다.

멀리서 곰가죽 외투를 입은 노인이 빙그레 미소를 짓고 서 있었다. 그러나 마우스의 눈에는 오로지 러시아의 끝없는 벌판만이 보일 뿐이었다. 끝을 알 수 없는 수평선만이. 저 너머에는 무엇이 있을까? 마우스는 에를렌을 타고 가며 궁금해 했다.

서리 아저씨가 머리를 끄덕여 고마운 마음을 표시했다.

에를렌은 마우스를 태우고 세상을 향해 달렸다.

얼음무지개 위의 결투

아오지 못하도록 일곱 문을 영원히 닫으려는 것 같았다. 어쩌면 흔적을 남기지 않는 편이 좋겠다고 생각해서 그러는지도 모를 일이었다.

에를렌이 마우스를 태운 채 발을 동동 굴렀다.

"어디로 가?"

마우스가 물었다. 마법 스웨터를 입고 있는 덕분에 떨리지는 않았지만 그래도 몹시 추웠다.

독수리는 공중으로 날아오르더니 사라져 버렸다. 해의 위치로 보건대 틀림없이 북쪽으로 갔을 것이다. 지배자가 사라진 얼음제국으로. 그러나 독수리는 한 바퀴 빙 돌고는 곧 돌아왔다.

마우스는 마지막으로 한 번 더 얼음다리의 잔해가 만든 눈의 언덕을 바라보았다. 찢어진 펠리스의 모자 조각들이 작은 불꽃처럼 반짝였다. 바람이 불어와 조각들을 사방으로 날려 버렸다.

저 건너 지평선에는 허허벌판뿐이었다. 그 곳은 상트페테르부르크에서 멀리 떨어진 곳이었다. 마우스는 상상도 하지 못할 정도로 먼 곳까지 와 있었다. 며칠 전까지만 하

진정한 용기

사람이 세상을 살아가는 데 꼭 필요한 것은 무엇일까. 배고픔을 달래 주고 힘을 내게 하는 음식일까? 추위를 막아 주고 몸이 다치지 않게 보호해 주는 옷일까? 지친 몸을 뉘어 휴식을 취할 수 있는 잠자리일까?

사람은 누구나 죽지 않고 목숨을 유지하기 위해 음식과 옷과 집이 꼭 필요하다. 그런데 이것만으로 행복해질 수 있을까? 단지 먹고 자면서 그날그날 무의미하게 보내는 삶이 아니라 진정으로 행복해지기 위해 우리에게 무엇이 있어야 할까?

마우스는 오로라 호텔에서 태어났다. 아버지는 누구인지도 모르고, 어머니는 마우스를 낳자마자 비밀경찰에게 붙잡혀 처형당했다. 마우스는 열두 살 어린 나이에 호텔에서 손님들의 구두를 닦고 사우나 청소를 하며 살아간다. 모든 것이 화려하고 품격 높은 오로라 호텔에서 마우스는 겨우 끼니나 이을 뿐, 좋은 음식, 예쁜 옷, 포근한 잠자리 같은 것은 꿈도 꾸지 못한다.

마우스는 호텔 밖으로 나간 적이 없었다. 동료 종업원들의 놀림과 따돌림을 받으면서도, 따듯하고 안전한 오로라 호텔에 사는 덕분에 굶어 죽거나 얼어 죽지 않는 일을 다행으로 여기며 살아가고 있었다.

어느 날 젊은 마녀 탬슨 스펠웰이 오로라 호텔에 나타나면서 마우스의 인생에 예기치 못한 사건이 일어난다. 자신도 모르게 탬슨과 눈보라 여왕이 벌리는 결투에 끼어든 마우스는 크나큰 모험을 하게 된다.

마법에 걸려 거꾸로 선 채 호텔 창 밖으로 나가야 했고, 쏟아지는 눈 속에서 5층 높이의 호텔 외벽을 타고 아슬아

슬하게 옆 건물로 피신해야 했다. 호시탐탐 마우스를 노리는 올빼미도 따돌려야 했고, 엘리베이터가 다니는 수직 갱도에서 사슬에 매달리기도 했다. 열두 살 소녀가 견뎌내기에는 너무도 벅찬 어려운 고비를 마우스는 여러 차례 넘겨야 했다.

마우스를 힘들게 만든 일은 목숨을 위협하는 위기만은 아니었다. 어찌 해야 좋을지 판단하기 어려운 절박한 상황 또는 가슴 아픈 상황이 꼬리를 물었다. 잠시나마 탬슨을 배신하고 눈보라 여왕을 도와야 했고, 믿고 따르던 쿠쿠시카가 사실은 자신을 감시하기 위해 호텔에 투입된 비밀경찰이라는 충격적인 사실을 감당해야만 했다. 또 자신의 눈앞에서 얼음이 되어 부서져 가는 탬슨의 모습을 지켜보아야만 했다. 그러나 마우스는 이 모든 정신적, 육체적 고난을 다 이겨내고, 순록 에를렌의 마법을 풀어주고 눈보라 여왕을 무찌르는 데 성공한다.

마우스는 호텔 밖으로는 나가볼 생각도 해본 적이 없는 겁쟁이 아이였다. 무엇이 이 어린 소녀에게 그토록 큰 용기를 내게 했을까?

탬슨이 폭탄으로 눈보라 여왕을 죽이려고 했을 때, 마우스는 그 때문에 에를렌이 희생당하는 일을 모른 척할 수 없었다. 에를렌의 마법을 풀어주기 위해 탬슨을 배신하면서까지 눈보라 여왕이 시키는 대로 했다. 뿐만 아니라 차르와 황실 가족, 경찰과 군인들, 호텔 투숙객 등 죄 없는 사람들이 폭탄에 목숨을 잃는 일을 보고만 있을 수 없었다. 그리고 위기에 몰린 탬슨을 홀로 둔 채 혼자만 호텔을 빠져나갈 수도 없었다. 당장이라도 호텔이 폭파될 절박한 순간에도 마우스는 피신할 기회를 마다하고 위험에 맞섰다. 어떻게 그럴 수 있었을까?

마우스는 자신을 구해 준 에를렌의 은혜를 잊지 않았다. 자신과는 아무런 상관이 없는 사람들이라도, 그들의 목숨도 가볍게 여기지 않았다. 자신을 크나큰 위험에 빠뜨리기는 했지만, 자신을 믿어 주고 친절하게 대해 준 탬슨과의 우정도 저버리지 않았다. 혼란 속에서도 그때그때 올바른 판단을 내리고 절박한 순간에도 힘을 내게 해 준 것은 다름 아닌 마우스의 마음씨였다. 친구를 사랑하는 마음! 사람을 사랑하는 마음! 마우스의 이러한 마음씨는

옮긴이의 말

복수심에 가득 찬 탬슨의 마음을 움직여, 결국 폭탄에 불을 붙이는 일을 포기하게 만들었다. 그렇다. 진정한 용기는 사랑에서 싹트는 것이다.

마녀들의 결투가 끝나고 다시 평화가 찾아오자 마우스는 에를렌과 함께 넓을 세상을 향해 힘찬 발걸음을 내딛는다. 자신의 행복을 찾아 나서는 걸음이었다. 이제 더는 바깥세상이 두렵지 않다. 동료들의 놀림과 비웃음을 말없이 참아내기만 하던, 자신을 괴롭히는 올빼미를 그저 피하기에 급급했던 지난날과는 영원히 마침표를 찍었다.

마우스는 이제 더는 남루하고 연약한 겁쟁이가 아니다. 새로운 모험이 기다리고 있는 넓은 세상에서도 마우스는 이제 두려워하거나 움츠러들지 않을 것이다. 그 어떤 어려움이 닥치더라도 반드시 이겨낼 것이다. 가슴 속에 가득한 용기와 자신감으로.

● 김해생

독일을 대표하는 작가들 가운데 한 사람인 카이 마이어는
1969년에 태어났다. 그는 영화와 연극을 전공했으며
몇 년 간 기자로 활동한 후, 1995년부터 창작에 전념했다.
『물의 여왕』과 『해적의 저주』는 열아홉 개의 언어로 번역되었다.
약 40편에 달하는 그의 작품 가운데 『에덴의 책』
『연금술사와 죽지 않는 여인』 등이 대표작으로 꼽힌다.

옮긴이 김해생은 숙명여자대학교 독어독문학과,
한국외국어대학교 통역대학원 독일어학과, 한국외국어대학교
대학원 독일어과를 졸업했다. 1994년 오스트리아의
빈대학교에서 문학박사 학위를 받았다.
2007년 현재 숙명여자대학교와 한국외국어대학교에 출강하면서
번역작가로 활동하고 있다. 옮긴 책으로는 『파우스트 박사』 외에
『굼벵이 주부』 『아이의 눈으로 보면 답이 보인다』 등이 있으며,
『파우스트 박사』로 제12회 한독문학번역상을 수상했다.